KB018601

국경없는 병원으로 가다

국경없는 병원으로 가다
분쟁지역으로 들어간
국경없는의사회 한국인 의사의 현장 이야기

2019년 12월 20일 초판 1쇄 펴냄

펴낸곳 도서출판 **삼인**

지은이 이재헌
펴낸이 신길순

등록 1996.9.16 제25100-2012-000046호
주소 03716 서울시 서대문구 성산로 312 북산빌딩 1층

전화 (02) 322-1845
팩스 (02) 322-1846
전자우편 saminbooks@naver.com

표지디자인 전병준
본문디자인 디자인 지폴리
인쇄 수이북스
제책 은정제책

©2019, 이재헌
ISBN 978-89-6436-170-2 03810

값 15,000원

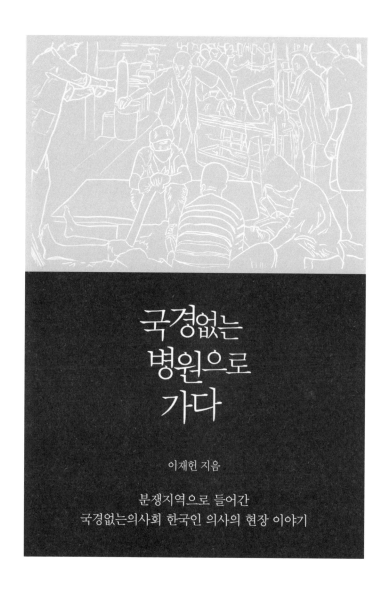

국경없는 병원으로 가다

이재헌 지음

분쟁지역으로 들어간
국경없는의사회 한국인 의사의 현장 이야기

삼인

태경 그리고 진우, 윤우에게

핫 플레이스

저는 가끔 핫 플레이스를 찾아가고는 합니다. 요즘 핫하다는 경리단길과 이태원, 홍대와 연남동, 종로 익선동, 잠실 롯데타워를 찾아 볼거리, 맛집을 즐기고 쇼핑을 하고는 합니다. 지난 몇 년간은 또 다른 핫 플레이스들을 다녀왔습니다. 시리아 국경에 인접한 요르단 람사에서 시리아 전쟁으로 팔다리가 터져나간 환자들을 만나고, 치안이 불안정한 아이티 타바에서 남녀노소 불구하고 매일매일 총상과 칼에 찔려 오는 환자들을 수술하고, 부룬디 부줌부라에서 숨죽이며 환자들을 치료하고, 지난해에는 팔레스타인 가자 지구에서 비무장 민간시위대를 향한 이스라엘군의 총격에 매주 쏟아지는 대량 사상자들을 접하고 왔습니다. 뜨거운 정세 속에, 여행이 자제되는 지역으로, 때로는 만일의 사태를 대비하여 상속인을 지정하는 법률 문서를 출발 전 제출해야 하는, 무력분쟁 지역의 의료 구호 프로젝트들이었습니다. 무력분쟁 지역은 자연재해, 감염병 창궐, 의료 사각지대와 더불어 국경없는의사회(MSF; Médecins Sans Frontières)의 주요 활동 지역 중 하나입니다.

지난 3년간 국경없는의사회에 합류하여 네 차례 무력분쟁 지역으로 다녀왔지만, 국경없는의사회의 구호현장에 이제 갓 발을 담가본 정도인 듯합니다. 국경없는의사회는 1971년 프랑스의 의사와 언론인으로부터 시작한 국제 인도주의 의료 구호 NGO(비정부기관)입니다. 전 세계 4만7천여 명(2018년 기준)의 활동가들(국제 구호활동가, 현지 직원 및 사무소 직원)이 보편적 인권과 인도주의가 무너진, 비정상적이고 의료가 절박한 세계 곳곳으로 사람들의 관심이 잘 닿지 않는 곳까지 들어가고 있습니다. 민간 후원금을 바탕으로, 전 세계 70여개국 약 450개 프로젝트의 현장에서 현지 주민들의 의료적 필요를 독립적이고 자율적으로 파악해 인종, 종교, 성별, 정치적 성향에 관계없이 공정하게 그리고 중립적으로 치료를 제공하고 있습니다.

보편적 인권과 인도주의가 무너진 세상이 줄어들었으면 합니다. 세상을 바꾸는 힘은 작은 관심에서부터 시작합니다. 국경없는의사회에 대해 저는 대학생 때 관심을 가지기 시작하여 꾸준히 후원자로 함께하였습니다. 저에게는 로망 같은 단체였습니다. 언젠가는 이 다국적 팀과 함께 구호현장에서 활동해보고 싶다는 막연한 꿈이 있었는데, 그 꿈의 문을 열고 뛰어들어 새로운 세상과 만나온 지난 몇 년은 저에게 특별한 경험이자 또 다른 시작이 아닐 수 없습니다.

구호현장에서 활동하며, 인도주의 구호활동에 보여주는 작은 관심들이 실질적으로 한 사람의 생명을, 인생을 이어가게 하는 것을 봅니다. 그리고 나아가 이와 같은 활동이 물질적인 원조와 자선을 넘어서 하나의 국제적인 시민운동(movement)이라는 것을 느끼고 있습니다. 넓게 본다면, 구호현장 활동이 총탄 소리가 들리고, 쫓겨난 사람들이 뙤약볕 아래 헐벗고 있고, 굶주린 사람들의 퀭한 눈이 감염병 속에 사그라드는 곳에서만 있는 것은 아닙니다. '국제사회 필수의약품 접근성 강화' 정책 토론을 비롯한 여타 국제사회의 문제에도 관심을 보이고 함께 고민하고 때로는 목소리를 내는 것도 넓은 의미의 현장 활동이라 생각합니다. 민간 시민운동으로서 우리가 요구하는 것은 단순히 자선이 아니라, 변화라는 것을 알아가고 있습니다.

분쟁과 참사는 안타깝게도 인류 역사상 아직도 세계의 많은 곳에서 발생하고 있습니다. 자연재해는 예측하기 어렵게 갑자기 들이닥쳐서 사람들을 놀라게 하고 슬프게 하는데, 무력분쟁은 사람이 만든 끔찍한 재해라 더 안타깝기만 합니다. 이것을 근본적으로 해결하는 건 성숙한 시민의식과 안정된 정치를 통한 사회적 안전망 구축이 아닐까 합니다. 의료가 분쟁과 참사를 해결할 수는 없을 것입니다. 하지만 그런 지역에서의 의료는 절망의 나락으로 떨어지고 있는 꺼져가는 생명에 힘을 주는 하나의 희망 등불이 아닐까 합니다. 이런 등불을 밝히는 것은 현장 활동가들뿐 아니라 주위에서 지지해주시는 분들이 있기에 가능합니다. 인도주의적 연대가 아픔을 치유합니다.

구호현장에 직접 뛰어들어 MSF 티셔츠를 입지 않더라도, MSF를 가슴 한편에 두고 있다면 그 사람은 이미 '국경없는의사'라고 생각합니다. 우리 단체의 모든 활동의 바탕에는 후원자가 있습니다. 구호현장에서 독립성과 중립성, 공정성을 고수하며 인도주의 구호활동의 원칙에 맞게 환자들에게 다가갈 수 있는 원동력은 MSF를 가슴 한편에 둔 그 '국경없는의사'들이 함께한 덕분입니다.

국경없는의사회 구호현장에 다녀온 저의 작은 경험을 함께 나누고자 합니다. 졸필의 글들이 책으로 엮이기까지 많은 조언과 도움이 필요했습니다. 책의 기획과 틀을 상의한 국경없는의사회 한국사무소의 데보라 국장님과 책 출판을 기원해준 모든 팀원들에게 고마움을 전합니다. 다듬어지지 않은 초고를 흔쾌히 받아주시고 출판이 되기까지 조언과 격려로 이끌어주신 삼인출판사에 감사의 인사를 드립니다. 또한 다이어리가 어엿한 책으로 거듭나기까지 응원해주고 퇴고 작업을 함께 한, 《한국경제신문》의 기자로 활동하는 저의 오랜 벗인 이상은에게 고마운 마음을 한껏 보냅니다. 마지막으로 국경없는의사회를 비롯해 저의 활동을 곁에서 늘 지지해주는 아내 선혜에게 사랑과 고마움을 다시 한 번 건넵니다.

2019년 11월
이재헌

3장   아이티 타바 : 치안의 부재, 혼돈의 시대

4장 부룬디 부줌부라 : 부서진 '아프리카의 심장'

5장   팔레스타인 가자 : 반복되는 피의 금요일

나는 일기를 썼다

　무력분쟁 지역으로 다가갔다. 아무나 갈 수 없는 지역, 아니 아무도 가고 싶어 하지 않는 지역이라고 하는 것이 더 정확할지도 모르겠다. 나를 보호할 무기 한 점 없이 갔다. 아니 어쩌면 무기가 없기에 더 떳떳하게 갈 수 있었던 걸지도 모르겠다. 내가 믿는 것은, 즉 우리 단체의 무기는 중립성이다. 정치적, 경제적, 군사적, 종교적으로부터의 독립성과 공정성이 바로 그 옆에서 함께하고 있다. 나는 혼자 비행기에 올랐지만, 그곳에는 인도주의 깃발 아래 몇 년째 이어지고 있는 프로젝트를 수행하는 동료들이 있고, 나는 선임의 바통을 넘겨받아 그들과 함께 칼을 들었다. 수술용 메스로 총알 파편을 빼내고 폭탄으로 찢긴 살들을 다듬고 터져나온 뼈와 동맥, 신경과 같은 내부 장기를 복구하기 위해 피부를 갈랐다.

　한편 우리는 또 다른 길을 가르며 다가갔다. 감염병 창궐 지역, 자연재해 지역, 그리고 난민 캠프, 이주민, 수감자, 일정한 거처가 없는 사람들의 의료 사각지대로 들어갔다. 인종, 종교, 성별, 정치적 신념에 관계없이, 폭력과 소외 그리고 재앙으로 생존에 위협을 받는 사람들에게 한 걸음 더 다가갔다. 2019년 11월 현재, 70여 개국에서 450여 개의 프로젝트가 진행되고 있고, 남수단, 미얀마, 말라위, 나이지리아, 카메룬, 방글라데시 등지에서 우리나라의 활동가들이 활동하고 있다. 내가 참가하는 외상(trauma) 프로젝트와는 또 다른 풍경과 도전이 기다리고 있는 곳이다. 우리는 그곳에서 MSF 티셔츠를 입는다. 우리는 국제 인도주의 의료 구호 NGO이다.

때로는 특별한 순간을 보다 선명히 기억하고 추억하기 위해 무언가를 남기고 싶어 한다. 그 무언가는 사진이 될 수도 있고, 기념품이나 선물, 편지 또는 일기가 될 수도 있다. 분쟁 지역에서 국경없는의사회의 구호활동가로 활동한 경험은 나에게 특별한 순간이 아닐 수 없다. 나는 일기를 적었다. 그 순간을 기억하기 위해, 내가 만난 팀원들과 환자들을 기억하기 위해, 그리고 일상에서 눈을 돌리기 쉽지 않은 세상 너머에 구호의 손길이 필요한 사람들이 있다는 것을 나 자신이 잊지 않기 위해 일기를 적었다. 소개드리는 글은 각 현장의 밤공기 속에서 적은 다이어리를 정리한 글들이다. 세상에는 아직 수많은 암흑이 있고, 또 수많은 희망 릴레이가 있다. 희망은 작은 관심으로부터 시작한다. 희망을 찾기 어려운 지역에서의 다이어리가, 누군가에게는 그곳의 사람들에 대한 따뜻한 관심으로 이어지기를, 희망의 끈으로 이어지기를 바라는 마음이다.

프롤로그

MSF PROGRAMMES AROUND THE WORLD

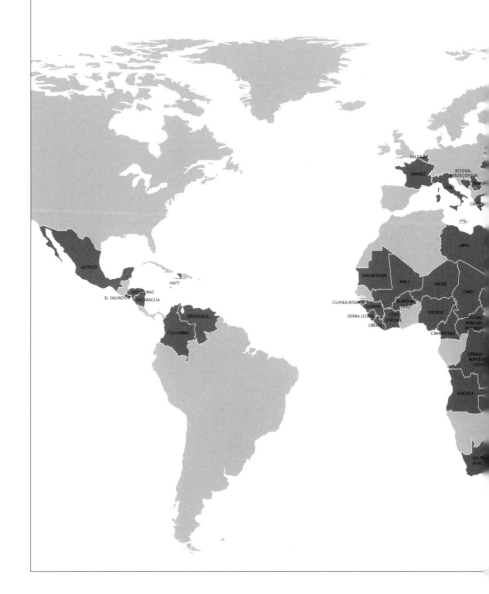

Source: Médecins Sans Frontières(MSF) International Activity Report 2018

1장

서른일곱 :
국경없는의사회에 합류하다

구호현장으로 파견을 앞두며 국경없는의사회 연수과정에 참여했다. 외과계 전문의들은 GAS*
Week를 통해 심도있는 오리엔테이션을 받고, 마음가짐을 가다듬었다.

*GAS: Gynecology(산부인과), Anesthesiology(마취과), Surgery(외과)

1. 면접

프랑스 운영본부의 심사관이 물었다.

"오케이, 잘 들었습니다. 이 정도의 경험과 경력이면 현장에서 정형외과 외상 환자를 치료할 수 있는 수술적 술기(기술)는 이미 충분하겠네요. 그럼, 마지막으로 하나만 더 묻겠는데요, 개복 수술도 할 수 있나요?"

머릿속이 하얗게 변했다. 아, 떨어졌구나. 그간 들었던 이야기들이 갑자기 홍수처럼 떠오른다. '구호현장에서는 영역을 가리지 않고 기본 수술이면 모두 다 할 수 있는 만능 가제트 써전(surgeon, 외과계 의사)이어야 한다.' '외과계 의사라면, 전문과를 막론하고 모든 외과적 기본 처치 및 시술은 물론이고 제왕절개, 충수돌기절제 수술 같은 지역 사회에 필수적인 수술도 가능해야 한다.' '모든 환자를 어떤 수술이 되었건 닥치는 대로 다 해야 한다는 중압감을 느낄 수도 있다. 그곳에서는 지역 전체를 통틀어 당신만이 유일무이한 외과 의사일 수도 있기 때문이다.' 등등.

면접을 보러 간다고 했을 때 들은 이야기들이다. 여러 이야기들 속에는 면접에서 떨어진 경험담도 있었다. 외과(GS: General Surgery) 의사에게 산부인과(OBGY: Obstetrics and Gynecology) 수술인 제왕절개 수술을 할 수 있는지 물었는데, 가능하지 않다고 답하니 그 순간 바로 면접에서 떨어졌다는 것이다. "다음에 제왕절개 수술에 대한 기본을 배운 후 다시 지원하라"며 면접이 끝났다고 했다. 그래서 외과 의사는 제왕절개를 배우고 지원하라는 조언이 시험 족보처럼 돌았었다.

오늘은 내가 시험대에 올랐다. 정형외과(OS: Orthopaedic Surgery) 의사인 나에게 외과 수술이 가능하냐고 묻는다. 3초도 안 되는 시간이었지만, 머릿속이 복잡해졌다. 하지만 질문에 대한 답은 명확했다.

"개복 수술이요? 아…… 그건 가능하지 않습니다……."

말꼬리에 힘이 빠졌다. 말을 떼고 나니, 착잡한 심정이 모락모락 올라온다. 너무 간단명료하게 답했나. 어떤 종류의 개복 수술에 대해 묻는지 되물어볼 걸 그랬나. 지금은 못하지만 앞으로 배워오겠다고 말할 걸 그랬나. 합격하고 나면 연수 프로그램에 보내주기도 한다는데, 못한다고 답하기 전에 프로그램에 대해 물어볼 걸 그랬나. 아니, 지금이라도 물어볼까. 파견 전에 어떻게든 배워보기로 하고 그냥 할 줄 안다고 답할 걸 그랬나.

이리저리 궁리해봤지만 결국 말할 수 있는 답은 똑같았다. 외통수에 걸린 기분이었다. 면접에 합격하고 싶은 마음이야 굴뚝같았다. 하지만 합격하고 싶은 마음에 허투루 이야기할 문제가 아니었다. 전혀 개념도 모르는 수술을 할 수 있다고 답할 수는 없었다. 단기간에 배울 수 있는 것도 아니다. 정형외과 의사인 내가 개복 수술을 처음부터 배우는 건 어렵다. 게다가 수술은 수술 자체뿐 아니라 수술 전후의 케어가 그 수술 못지않게 중요하다. 특히 바이탈(생명 증후를 말하는 vital sign을 줄여서 부름)이 흔들리는 경우라면 그에 맞는 중환자 케어에 대한 깊이 있는 지식과 경험이 필요하다. 바이탈을 다루고 개복 수술에 익숙한 외과 의사와 산부인과 의사라면 서로 간에 기본적인 수술을 호환하면서 배울 수 있을는지 모르겠지만 나는 정형외과 의사다. 개복 수술이나 흔들리는 바이탈을 교정하는 건 내 전문 분야에서는 익숙하지가 않다.

　나의 전문과인 정형외과는 팔, 다리, 척추 및 골반 등 근골격계의 질환과 손상을 깊이 있게 다루는 분야다. 물리학적 개념이 어느 과보다도 필요하며, 뼈를 맞추어 고정하고 힘줄과 인대를 복구하는 등 팔다리의 기능을 되살리는 전문 과목이다. 수술의 종류와 방법이 광범위해서 그 어느 과만큼, 어쩌면 그 어느 과보다도 공부를 더 넓고 깊게 해야 하는 과목이다. 정형외과와 특성이 다른 외과나 산부인과 영역의 수술이나 중환자 케어를 비롯한 바이탈 케어와는 멀어져왔는데, 이제부터 기본부터 시작해서 익힌다는 것은 만릿길보다 더 까마득한 노릇이다.

　심사관 역시 정형외과 의사였다. 면접을 시작하며 자신을 소개하는 이야기를 들으니 구호현장에서 10년 넘게 활동했다고 했다. 그는 전 세계 어느 현장을 누비고 다녔을까. 무엇을 보고 무엇을 느꼈을까. 어떤 환자들을 접했을까. 그는 정형외과 의사이면서 다른 영역의 수술도 다 할 수 있는 만능 써전일까. 궁금증이 막 밀려오는데 갑자기 현실감각이 돌아왔다. 이런 생각을 할 때가 아니고 이제 부족한 부분을 어떻게 보충해서 다시 지원해야 할지를 물어봐야겠구나. 살짝 한숨이 나오려고 했다. 그런데 시원한 웃음소리가 들렸다.

　"그래요, 우리는 정형외과 의사예요, 하하."

잠시 어리둥절했지만 곧 합격이라는 뜻을 깨달았다. 나는 그렇게 꿈꿔왔던 단체에 채용되었다. 자기소개서를 포함한 서류 심사, 일본의 인적자원(HR)부 채용담당관 토모코와의 1차 면접, 그리고 2차 세부 기술 면접을 거쳤다.

내가 지금 채용됐다고 기뻐하는 이곳은 험난한 야생 같은 벌판에서 활동하는 단체다. 다들 가기 싫어하고 꺼리는 곳을 기꺼이 애써 찾아 들어가는 단체다. 때로는 현장에서 죽을까봐 미리 상속인을 지정하는 법률 문서를 제출하고 다녀야 하는 단체다. 최저임금 정도 수준의 월급만을 제공하는 단체다. 그러면서도 지원한다고 다 뽑지도 않는다. 다 뽑기는커녕 대부분은 한두 차례씩 떨어지고 또다시 지원해서 겨우 붙곤 하는 콧대 높은 단체다. 여기는 준비된 사람만을 뽑는다는 '국경없는의사회'다.

일본 지부의 인적자원부 토모코가 합격 축하 이메일을 보냈다. 일본 지부에서 환영 겸 오리엔테이션 프로그램을 개최한다며 초대장을 동봉했다. 기꺼이 초대에 응했다. 내 나이 서른일곱의 일이었다. 좋아하던 직장에 사표를 내고, 잘 붓고 있던 적금도 깨고, 그러고는 환영 파티에 참가하러 갔다. 미친 짓인지도 모르겠다. 그러나 소풍 가듯 즐거웠다. 학생 시절 창문 너머로 바라만 보던 세상에 한 발짝 들여놓는 순간이었다. 가슴이 뛰었다.

2. 사려 깊고 따뜻한

서울아산병원 3층 외과계 중환자실은 쉬지 않고 움직이고 있었다. 나는 서울아산병원 중증외상팀 내 정형외과-외과 간 펠로우(전문의 자격증을 취득한 후 지도교수 밑에서 세부전문 수련 과정 중인 전문의) 교환 프로그램으로 이곳으로 파견 나와 한 달간 머무는 중이었다. 중증외상 환자들이 이곳으로 실려 와 치료를 받고 있었고, 암 수술이나 장기이식 수술 등 큰 외과 수술을 마친 환자들은 이곳 중환자실에서 다들 힘든 고비를 넘기고 있었다. 때로는 고비를 넘기지 못하고 살아서 나가지 못하는 환자들도 있었다. 그 힘든 과정을 환자의 보호자들도 함께 견뎌냈다. 제한된 면회 시간에 출입이 허가되면, 환자 가족들은 애타는 얼굴로 또는 애처로운 얼굴로 출입증을 목에 걸고 환자가 누워 있는 침대로 향했다. 보호자에게 환자 상태에 대한 설명을 마치고 이들의 모습을 한 걸음 떨어져 물끄러미 바라보다 보면, 어릴 적 아버지와 함께 있던 내 모습이 비쳤다. 아버지도 저렇게 중환자실에 누워 계셨다.

중환자실에 처음으로 발을 들인 건 중학교 3학년의 여름이었다. 중환자실은 의식이 없거나 쇠약한 환자들을 둘러싸고 온갖 기계음이 들려왔고, 각종 수치를 기록하는 모니터의 그래프가 끊임없이 뜀뛰기를 하며 흘러갔다. 습도를 유지하느라 그런 건지, 분주하게 울려대는 각종 장비들 때문인지, 바삐 움직이는 의료진의 모습 속에서 공기는 후덥지근하게 느껴졌다. 온갖 링거 줄이 주렁주렁 늘어진 모습이 밀림 같았다. 생소하고 무겁게 느껴지는 공간에서 걱정과 불안을 안고, 인공호흡기에 의존해 침상에 누워 계신 아버지를 말없이 바라보며 의식 없는 손 위에 조심스레 내 손을 얹고 '저 왔어요' 인사했다.

아버지는 그해 초여름 건강이 급격히 나빠졌다. 하루가 다르게 기운이 빠져갔고, 얼굴과 눈동자는 누렇게 떴다. 좀 쉬어서 나을 상태는 아니었다. 보다 못한 어머니가 병원으로 끌고 갔다. 초기 진찰을 한 병원에서는 검사 결과를 보며, 소견서를 써줄 테니 서울의 대학병원에서 가능한 한 빨리 상담을 받아보라고 했다. 췌장암이었다. 췌장암 수술은 널리 시행되지 않는 고난이도 수술이라며 서울로 올라가보라 했다. 지금도 생존율이 낮은 췌장암은 그 시절에는 곧 사망선고처럼 여겨질 때였다. 망연자실한 아버지와 무섭고 막막한 마음의 어머니는 그날로 사설 앰뷸런스를 불러 무작정 서울로 올라갈 채비를 했다.

"금방 다녀올게."

앰뷸런스에 오르면서 아버지는 미세하게 떨리는 목소리로 한마디만 남기셨다. 어머니가 나를 힘껏 끌어안고 안심이 되는 말을 이것저것 해주시고는 이내 차에 올랐다. 앰뷸런스가 떠나고 혼자 남겨진 아파트 골목에 부는 저녁 바람이 초여름답지 않게 서늘했다.

나는 넉넉하지 않은 살림의 고모네 집에 맡겨졌다. 고시원보다 작은 공간에 옷과 잡동사니가 빼곡하게 들어찬 작은방에 머물렀다. 고모는 방이 너무 좁으니 거실로 나와 편히 쉬라고 했지만 나는 사양했다. 그냥 방에서 웅크리고 있고 싶었다.

휴대폰이라고는 없고 호출기도 보편화되지 않았던 시절, 하루의 소식을 듣기 위해서는 약속한 시간에 맞춰 전화기 앞에서 기다려야 했다. 아버지는 다행히 오래 기다리지 않고 수술을 받을 수 있었고, 수술은 성공적이라고 했다. 수술 직후에는 2~3주만 지나면 돌아올 수 있으리라 낙관적으로 예상했다. 하지만 수술 후의 경과는 예상과 다르게 흘러갔다. 배액관에 문제가 생겨 재수술을 해야 했다. 그 후 경과가 좋지 않아 또다시 수술실에 들어가야 했다. 그러고는 중환자실에 꽤 오래 있어야 했고, 처음엔 2~3주 머물면 된다던 기간이 2~3개월로 고무줄처럼 늘어났다. 한 계절이 지나서야 다급하게 마음을 졸이던 치명적인 시기를 넘기고 아버지는 살아 돌아오셨다. 그것만으로도 다행이긴 했지만 살아 돌아오신 것이지 건강한 상태는 아니었다. 마치 깨진 유리잔을 테이프로 덕지덕지 붙여놓은 것 같았다. 아버지는 건강을 쉽사리 되찾지 못했다.

3년 뒤 암은 재발했다. 아버지는 뼈에 가죽만 붙은 듯한 모습이 되어갔고, 주기적으로 입원해 항암 화학요법 치료를 받아야 했다. 통증과 합병증으로 응급실도 들락거려야 했다. 주말이나 방학이면 병원을 찾아가 간병을 도왔다. 아버지는 침상에서 내려와 화장실까지 가는 것도 어려워했다. 소변과 대변을 침대 위에서 처리해야 했다. 소변을 비우는 일은 쉬웠다. 하지만 처음 대변을 비울 때 나는 움찔하지 않을 수 없었다. 검은색 변이, 짓뭉쳐진 핏덩어리였다. 코를 찌르는 메스껍고 역한 냄새가 죽음의 냄새 같았다.

아버지는 대소변 처리를 어린 아들에게 맡기는 것도 그렇고, 불편한 간이침대에서 자고 엎드려 공부하고 간병도 하는 고3 아들을 안쓰러워 하셨다. 기력도 없고 때때로 찾아오는 극심한 통증에 몸부림치는 아버지의 상태였지만, 대학 원서 접수 날짜가 다가오면서는 아들의 진로를 묻고 고민을 거듭하며 힘없는 손으로 대학 진학과 진로에 관한 책들을 넘기셨다. 중고교 교사로서 진학 상담에 익숙하셨던 아버지는 전부터 내가 의학을 전공하면 적성에 맞으리라고 했지만, 내가 고교에서 문과를 택하자 말리지는 않으셨다. 그러다 원서 접수 얼마 전 어머니께서 교차 지원이 되는 의대에 대한 소식을 접하고 아버지께 말씀드리자 내게 의대로 진학하기를 다시 한 번 권유하셨다.

말기 암 병동에서 보호자로 지내며 내가 느낀 병원은 고통으로 가득한 공간 같았다. 그 속에서 살아가게 될 모습이 선뜻 내키지 않았다. 하지만 병원은 어느새 익숙한 공간이 되어 있기도 했다. 아버지는 미소를 잃지 않으려 노력하셨고, 꺼져가는 시간이지만 그래도 생명과 삶을 이어가게 해주는 병원과 의료진이 고맙다고 하셨다. 병원이 고통 속에서 허우적대는 공간이 아니라 희망을 밝혀가는 공간이라는 것을 알려주셨다.

나는 의대 합격증을 들고 아버지의 병실로 들어섰다.
"의대 공부가 무척이나 힘들다지만, 우리 아들은 잘해낼 거야. 사려 깊고 따뜻한 의사가 될 거야."

어깨를 토닥여주시는 앙상한 손에는 축하와 기원이 담뿍 담겨 있었다.

아버지는 내가 대학교에 입학한 해 가을에 돌아가셨다. 아버지의 부탁대로 나는 울지 않았다. 우는 것은 망자가 가는 길을 주저하고 머뭇거리게 하니 다음 생의 인연을 기약하며 담담히 보내달라 하셨기 때문이다. 장례식장에서도 상주로서 의젓하게 조문객을 맞이하려 노력했다. 그러나 발인 날, 운구 차량 앞좌석에서 영정사진을 안고 화장터로 출발하는데 눈물이 주체할 수 없게 왈칵 쏟아져 내렸다. 나는 그저 아버지 잃은 어린아이였다. 하염없이 아팠다.

나는 의사가 되었고, 가끔 아버지가 남긴 덕담들을 떠올리곤 한다. 좋은 스승을 만나고, 좋은 사람들과 인연을 맺고, 꾸준히 노력하고 도전하면서 성장하기를 바란다고, 그리고 의사의 한마디는 환자에게 기운을 북돋기도 힘을 빼놓기도 한다며 많은 이들에게 자상한 손길을 보내기를 바란다고 말씀하셨다. 그리고, 의사가 건강해야 환자도 건강하게 치료할 수 있다며 건강도 잘 챙기라고 덧붙이셨다. 의사와 환자 그리고 사회를 말씀하시며 '사려 깊고 따뜻한 의사'를 이야기하신 아버지 말씀의 의미를, 의사로 생활하며 다시 곰곰이 새겨본다. 다른 사람을 포용하고 배려하는 의사가 되기를, 그리고 환자와 사회와 함께 건강하게 성장하는 의사가 되기를 바라신 것이 아닐까.

3. 점프, 번지점프

의과대학 입학에 많은 축하와 기대를 받았다. 성취감을 마음껏 느끼고 스스로를 자랑스럽게 여기며 한껏 자신감에 부풀어 오를 법도 했는데 나에게는 뭔가 값지고 멋진 옷이지만 내 스타일에는 안 맞는 옷을 입은 양 어색했다.

고교 1학년 때 학교 도서관에서 우연히 발견한 책이 있었나. 조한혜정 교수님의 『(탈식민지 시대 지식인의) 글 읽기와 삶 읽기』라는 책이었다. 이렇게 딱딱한 제목의 책을 누가 보겠나 하면서 무심코 들추었다. 그런데 표지를 넘기니 책의 맨 앞 장에 누군가가 적어둔 '삶에 느낌표를 찍자!'라는 메모가 눈에 들어왔다. 문득 가슴이 설렜다. 그 짧은 한마디의 메모에 끌려 전혀 읽어보리라 생각하지도 않은 책을 넘겼고, 이 책은 교과서와 문제집만 주구장창 파고들던 와중에 신선한 바람과 같았다. 2학년으로 진급하면서 문과와 이과 중 하나를 골라야 했을 때, 문과를 선택했던 것은 이 무렵 그 책을 시작으로 여러 책을 읽으며 느꼈던 설렘 때문이었다. 대학은 그냥 가야 해서 가는 게 아니라 이런 배움을 얻을 수 있어서 가는 것이구나, 생각이 들었다.

하지만 문·이과 교차 지원으로 들어간 의과대학 1학년 의예과 생활은 내가 꿈꾸던 것과 완전히 달랐다. 고교 수업 때처럼 모든 일정이 이미 여유 없이 빡빡하게 짜여 있었다. 게다가 문과생에겐 익숙지 않은 이과 과목들이라 더 당혹스러웠다. 꾸역꾸역 따라가기는 했지만 심란할 때가 많았다. 고교 울타리를 막 넘어선 나에게는 교실 밖의 다양한 사회를 더 찾아가서 알아보고 싶은 마음과 독서와 토론을 통해 사회, 문화, 예술에 대한 담론을 나누는 캠퍼스 문화에 대한 갈증이 있었다. 그 시절 어느 선배가 아니었으면 이런 갈증에 허덕이다가 의대 본과에 올라가기 전에 진로 변경에 대해 심각하게 고민했을지도 모른다.

네 학번 차이가 나는 선배는 학과 수업에 소홀하지 않으면서도 사회 문제에 관심이 많았고 사회과학 도서를 손에서 놓지 않았다. 수직 관계가 뚜렷했던 의대에서 권위주의적이지 않았으며, 토론을 좋아하고 참여와 생활 속에서의 작은 실천들을 해나가는 선배기도 했다. 그는 현재, 경기도의료원 안성병원장으로 취임(2018년 11월)하여 공공의료의 바른 길을 모색하고 실천하고자 하는 포부로 정성을 쏟고 있는 임승관 선배이다. 우리의 학창 시절, 나는 그를 따라 인권영화제를 보러 다니고, 사회과학 경제 철학 교양도서를 들여다보고, 때로는 광주 망월동 묘역을 방문하기도 하고, 양심수 석방을 위한 문화제 같은 다양한 사회 이슈의 행사에도 참여했다.

1997년 눈 내리는 겨울 저녁, 동아리 공부를 마치고 학교 정문 앞 밥집에서 선배가 이런 이야기를 했다.

"재헌아, 군 복무를 대체해서 타국 만리 오지에서 3년 동안 활동하는 프로그램이 있어. 한국국제협력단(코이카, KOICA) 의사야. 아프리카나 남미, 동남아 등에서 의사로 일하는 거래. 멋있어 보이더라. 나도 나중에 전문의가 되면 그 프로그램에 지원해보고 싶어."

선배가 들려준 그 일은 또 다른 넓은 세계를 무대로 하는 멋있고 숭고한 활동으로 느껴졌다. 그는 차근히 준비해 기회가 오면 지원해보고 싶다고 했다. 나 또한 그를 이어서 한번 도전해보고 싶다는 생각이 들었다. 그러나 전문의가 되려면 10년이 넘게 남은, 갓 1학년을 마친 예과생이었던 나에게는 그저 아득한 꿈이었다. 나뿐 아니라 아직 본과 실습생이었던 선배에게도 막연한 꿈이었을 것이다. 바람이나 포부가 늘 현실로 이뤄지지만은 않는다. 선배는 코이카 프로그램에 지원하지 않았다. 하지만 그 막연한 꿈이 나에게 씨앗이 되었다.

10여 년이 지나 나는 어느덧 전문의가 되었고, 코이카 의사로서 아프리카 탄자니아행 비행기에 올랐다. 탄자니아 북쪽 도시 아루샤에 있는 마운트메루 병원에서 근무했다. 따뜻한 날씨 속에서 현지의 좋은 사람들과 지내는 생활은 행복하기도 했지만, 그곳에서 나는 때때로 나의 한계에 직면해야 했다.

가까이 지내던 탄자니아인 친구 말리가 세렝게티 초원 한복판에서 차가 전복되는 사고로 팔이 거의 절단되다시피 손상을 당했을 때, 그가 의지할 수 있는 유일한 의사는 나였다. 친구여서가 아니라, 아루샤 전체 120만 명의 인구를 감당하는 상급병원인 마운트메루 병원의 유일한 정형외과 전문의가 나였기 때문이다. 이 병원에 정형외과 전문의가 배치된 것은 1970년대 쿠바에서 파견된 의사가 한 명 있었고

32

국경 없는 병원으로 가다

그 후론 내가 처음이라고 했다. 말리와 가족들은 제발 팔을 쓸 수 있게만 해달라고 간청했다.

말리가 병원에 도착한 때는 이미 사고 후 열 시간 이상이 지났고 뼈가 드러난 상처 부위는 진흙, 먼지, 풀잎 등에 범벅이 되어 있었다. 미련 없이 바로 절단하는 것이 적절한 치료로 보일 만큼 심각한 손상이었다. 팔을 쓰는 것은 고사하고 감염을 막고 그 팔이 몸에 달려 있게 하는 것만으로도 큰 성공이라고 할 수 있었다. 하지만 그 정도의 결과라도 얻으려면 아무리 못해도 적절한 약과 기본적인 정형외과 수술 기구는 있어야 했다. 애쓰고 노력했지만, 그는 결국 며칠 후 썩어 들어가는 팔을 절단했다.

1차 세계대전 때 독일군이 부상병 치료소로 지었다는 마운트메루 병원은 수술용 무영등은 고사하고 형광등조차 전기가 끊길 때가 있어 쓰지 못하곤 했다. 엑스레이 필름도, 거즈, 진통제, 항생제도 모자랐다. 물도 끊기곤 했다. 물이 없어서 수술실을 쓸 수 없던 날도 있었다. 단지 물이 없어서 환자들이 수술을 제때 받지 못했다. 애써 노력했는데, 한국이었다면 일어나지 않았을, 정전으로, 물품 부족으로, 단수로, 노력이 헛수고로 끝나는 일들을 겪어야 했다. 좌절이 반복됐다. 특히 친구 말리의 일은 마음속에 아픈 멍울로 남았다.

마음 한구석에서 이곳의 의료 환경이 조금만 더 좋았더라면 그리고 내가 조금만 더 능력이 되었더라면 얼마나 좋을까 하는 생각이 늘 되풀이됐다. 탄자니아에서 2년 반 근무를 마칠 무렵 나는 서울아산병원 정형외과 중증외상파트의 김정재 교수님께 편지를 올렸다. 외상을

33

좀 더 심도 있게 배우고 싶었다. 펠로우로서, 제자로서 받아들여달라고 인사를 올리며 펠로우에 지원했다.

2012년 1월 귀국 직후부터 서울아산병원에서 김정재 교수님을 '사부님'으로 모시고 세부전문 수련을 받았다. 골절 학계에서 내로라 할 권위가 있는 그의 수술은 감탄스러웠다. 교과서에 나오는 같은 수술법이어도 그것을 풀어가는 디테일은 내가 생각지도 못했던 방식과 손길이었다. 빠르고 정확했으며 군더더기 없이 동작 하나하나가 날카로우면서 아름다웠다.

그 후 2013년, 나는 권역외상센터가 있는 아주대학교병원으로 옮겼다. 인턴 수련을 마치고 떠난 모교에 9년 만에 돌아온 셈이었다. 반갑고 좋았다. 특히 임승관 선배가 당시 아주의대 감염내과 교수로 재직하고 있었다. 세월이 지났지만 선배를 만나면 나는 여전히 큰형에게 안기는 막내 같았다. 가끔 선배와 만나 도란도란 이야기를 나누었는데, 그때 나는 느낄 수 있었다. 몸은 한국으로 돌아왔지만 내 마음은 아직 탄자니아에서 돌아오지 않았다는 것을. 내 마음은 종종 먼 곳에서 배회했다.

재난 지역에서 구호활동을 할 기회가 왔을 때 기꺼이 간다고 손을 들었다. 2013년 11월 8일 필리핀에 태풍 하이옌이 들이닥쳤다. 공식적으로 확인된 사망자 수만 6300여 명, 실종자는 1000여 명에 이르는 슈퍼 태풍이었다. 집을 잃은 사람은 67만 명에 달하고, 250만 명은 먹을 게 없어 배를 곯고 있는 상황이었다. 전체 피해자 수는 1100만 명을 헤아린다고 했다. 경기도 인구와 비슷한 정도였다.

아주대학교병원도 힘을 보태기로 결정했다. 대학 입학 동기이자 외과계 중환자실 교수로 일하던 이재명과 함께 선발됐다. 수원시 의사회 구호팀에 편성돼 필리핀으로 향했다. 우리가 들어간 카를레스는 최대 피해 지역 타클로반에 비해 피해 규모가 작았지만 오히려 그 때문에 구호단체의 손길이 아직 많이 미치지 않은 사각지대였다.

비가 억수로 쏟아지는 날 현장에 도착했다. 마을회관 같은 배급소에 우산도 쓰지 않은 채 진흙을 헤치고 와서 배급을 받으려는 사람들의 손길은 절박해 보였다. 지역 보건당국과 조율을 어느 정도 하고 출발했지만, 어수선한 상황이라 혼선이 많았다. 어디서 어떻게 진료할지를 두고 우왕좌왕하는 사이에 시간만 흘러갔다. 공들여 준비한 의료품인데 전달도 못 한 채 시간이 버려지는 것 같아 안타까웠다. 일주일이 채 되지 않는 단기 활동인지라 더욱 그러했다.

그런 가운데 국경없는의사회 구호 텐트를 보게 됐다. 일부가 무너져 내린 학교의 운동장에 구호 텐트를 친 이들은 기본적인 진료와 예방접종을 동시에 진행하고 있었다. 태풍 발생 다음 날부터 빠르게 구호가 시작되었다고 했다. 현장조사, 당국과의 협의, 구호사업 진행까지 우리 쪽과는 다르게 구호활동에 있어 프로페셔널한 느낌이 물씬 났다. 규모도 달랐다. 밤에는 구호품을 가득 실은 커다란 배가 경적을 울리며 도착했다. 하얀색 조끼를 입은 활동가들이 바쁘게 움직였다. 그 규모와 체계에 전율이 느껴졌다. 정성껏 행한 우리 팀의 작은 구호활동도 십시일반 적극적 도움을 보태는 작지 않은 의미가 있었다. 하지만 왜 지속적이고 체계적으로 구호활동을 하는 것이 필요한지, 그리고 그 효과가 얼마나 다른지를 절감했다.

그때까지만 해도 국경없는의사회는 나에게 미지의 세계였다. 후원은 대학생 시절부터 해왔지만 진짜로 그들 중 하나가 될 자신은 없었다. 내가 이 역동적으로 움직이는 다국적 팀에 들어간다면 정말 제 역할을 잘할 수 있을까. 좀 더 경험이 필요하지 않을까. 이런저런 망설임을 안고 작은 경험들을 쌓아 나갔다. 2014년, 수원시와 자매결연을 맺은 캄보디아의 수원마을에서 수원시 보건소 팀과 함께 의료봉사를 했다. 같은 해, 코이카 외부 전문가로 섭외되어 베트남 후에성의 병원에 대한 외상 환자 치료 활성화 사업 사전조사 작업에도 참가했다. 서울의료원 재활의학과 김종규 선배와 함께 다녀왔다. 코이카 국제보건의료 전문관 이훈상 선생님이 동행했다. 굵직한 국제보건의료사업을 이끌어 나가고, 우리나라의 젊은 국제보건실무자들의 '허브hub' 같은 그를 알게 되면서 나는 국제보건 영역에서 열정적으로 활동하고 있는 분들을 만나고 그들의 세미나를 들으러 다니기 시작했다. 2015년에는 네팔 대지진에 다일공동체와 함께 긴급구호팀으로 합류했다. 그리고 같은 해에 권역외상센터장님의 추천으로 미 해군과의 파트너십 훈련(Pacific Partnership)에 참가할 기회를 얻기도 했다. 배 안에 열두 개의 수술실과 총 1000명의 환자를 수용할 수 있는 병상을 구비한 떠다니는 종합병원이라고 할 수 있는 미 해군 병원선 머시(US Navy Hospital Ship Mercy, T-AH-19)에 올랐다. 대한민국 해군본부 의무감실 오재원 중령(이비인후과 전문의) 팀과 이인형 교수님이 이끄는 서울대학교 수의학과 팀이 함께 올라 필리핀에서 한 달간 민군 합동 대민 의료지원을 했던 그해의 여름도 인상 깊었던 시간이다.

이제는 국경없는의사회에 언제 합류하느냐가 관건이었다. 막연한 꿈으로 남겨두고 싶지 않았다. 하지만 30대 중후반은 어정쩡한 나이기도 했다. 또래 친구들은 정착하고 뿌리를 내리기 시작한 이들이 많았다. 아닌 경우에도 그 목표를 위해 애쓰고 있었다. 그런데 나는 다시 안개가 낀 듯한 방황의 길로 가는 꼴 같았다. 이건 역행이 아닌가. 이러다가 떠돌이 의사로 평생 방랑하며 살게 될지도 모른다는 생각도 들었다. 대체 왜 가고 싶은 거야. 스스로 거듭 물었다. 안 해보면 미련이 많이 남을 것 같았다. 그럴 거면 차라리 마흔이 되기 전에 해보는 게 낫지 않을까. 열정이 있을 때 가슴을 뛰게 하는 새로운 세상과 부딪쳐보고 싶었다. 하지만 여전히 늘 망설여지기는 했다. 번지점프대까지 올라서 뛸까 말까 고민하는 형국이었다. '왜 하고 싶은지'를 물었을 때는 생각이 갈래갈래 흩어져서 정리가 되지 않았다. 그러다 질문을 바꿔 '정말 하고 싶은지'를 자신에게 물어보았다. 의외로 마음이 간단명료하게 답했다. "그렇다"고. 한 번이라도 국경없는의사회의 구호현장에 다녀오는 것은 스스로에게 큰 도전이고 명예가 아니겠는가. 해보고 나서야 내 인생의 다음 장으로 넘어갈 수 있겠다는 확신이 섰다.

몸담았던 아주대학교 의과대학 정형외과에서 송별식을 마련해줬다. 침낭을 송별 선물로 받았다. 침낭을 만든 회사 이름이 마침 '트라우마(외상)'였다. 가려는 방향과 잘 어울려 마음에 들었다. 정형외과 외상파트에서 형 동생하며 지낸 정준영, 송형근, 최완선 교수가 떠나는 길을 배웅해줬다. 2015년의 겨울을 지나며 2016년 새해를 맞이하고 있었다.

4. 네팔에서 만난 아이

2015년 5월, 네팔 대지진 구호현장을 찾았다. 그곳에서 만난 한 아이는 하늘을 보고 있었다. 까만 눈이었다. 탁해진 까만 눈이었다. 초점은 이미 사라졌고 눈꺼풀은 감기지 않았다.

내가 도착한 날은 강도 7.8에 달하는 끔찍한 대지진이 발생한 지 6일 째였다. 사망자는 수천 명, 이재민은 수백만 명에 이르렀다. 네팔 북쪽 신두팔촉 지역의 빔타르 마을을 흐르는 강에는, 수위가 얕은 언저리나 둔덕에 떠내려가지 못한 무거운 소의 시체가 차곡차곡 걸려 있다가 물살이 세지면 하나둘 다시 떠내려가기도 했다.

그리고 가끔씩은 떠내려가는 사람의 시체도 보이고, 물이 고인 곳에서는 썩고 있는 시체도 볼 수 있었다. 마을의 강기슭에는 초등학생 정도 몸집의 아이도 고여 있었다. 신발 한쪽만 신겨진 채 떠내려온 아이는 윗마을 어딘가에 살았을 것이다. 그 마을도 내가 있는 빔타르 마을만큼이나 무너져 내렸을 것이었다. 빔타르 마을은 188가구 중 186채의 집이 산산이 무너졌다. 많은 생명이 죽었다. 강에 사체가 많았다. 생기를 잃은 몸은 곧 부패하기 시작했고, 마을 사람들은 화장을 다 할 수가 없어서 또는 화장을 해줄 가족이 없어서 강으로 사체를 떠내려 보내기도 했다고 설명했다.

아이에게 다가갔다. 버려져 홀로 썩어가는 아이의 주검을 보기가 괴로웠다. 두건으로 코를 가리고 있었지만 소용이 없었다. 메슥메슥 욕지기가 올라왔다. 주검을 인양하며 바라본 아이의 텁텁한 눈동자에 비친 세상은 까맣게 일그러져 있었다. 문득 눈물이 났다. 수려하게 펼쳐진 히말라야 산맥을 비추는 햇살이 뭉그러졌다.

나의 형은 버려져 죽어가고 있었다. 국민학교 3학년이었던 형과 아이들은 동네의 야트막한 뒷산에서 곧잘 뛰어놀았다. 숨바꼭질도 하고, 해 질 무렵이면 집에서 손전등을 챙겨 나가 사슴벌레나 장수풍뎅이를 잡으러 다니기도 했다.

평범한 여름날이었다. 형은 여느 때와 같이 친구들과 곤충 채집을 하러 뒷산으로 올라갔다. 하지만 그날은 저녁이 깊어지고 밤이 되어도 형은 오지 않았다. 일을 마치고 밤이 되어서야 돌아온 어머니가 형의 이름을 부르며 찾기 시작했다. 이어 돌아온 아버지도 동네 집집마다 문을 두드리며 어린 아들을 찾아 헤매기 시작했다. 같이 놀러 다니던 형의 친구들은 이미 집에 돌아와 있었다. 아이들의 이야기를 들어보니, 어둠 짙은 내리막길을 달려 내려오다가 동네 초입에 들어설 때 뒤에서 귀신 비명 같은 소리가 들렸다고 했다. 다들 혼비백산해서 뿔뿔이 제 집으로 달음박질쳐서 왔기 때문에 형이 어떻게 되었는지는 모른다고 했다. 비명 소리가 들렸다는 곳으로 향했다. 가로등 없는 동네 초입에는 비탈길 아래로 건물을 짓기 위해 기초공사를 하고 시멘트를 부어놓은 참이었다.

절벽 같은 공사장 벽을 따라 손전등을 비추니 아이가 보였다. 아버지는 질척이는 시멘트 속으로 들어갔다. 형은 의식이 없었다. 입안까지 시멘트가 차 있었지만 가냘픈 숨이 붙어 있었다. 얼마 동안이나 버려져 있었던 것일까.

건축 현장에 안전시설이 제대로 갖춰지지 않던 시절이었다. 소방서는 있어도 119구조대는 창설되지 않은 때였다. 우리 집에는 자가용이 없었고, 작은 도시의 밤거리에도 차는 많지 않았다. 휴대전화는 당연히 없었다. 다급해진 아버지는 아이를 둘러업고 시멘트에 질척이는 발로 병원을 향해, 희미한 빛을 따라 먼 길을 뛰기 시작했다. 흐느적대고 달그락대는 아이의 부러진 팔이 가슴에 부딪혔다.

종합병원 응급실까지 도착했지만, 이미 형의 시간은 얼마 남지 않았다. 응급실 당직 선생님은 엑스레이로 금 간 두개골을 확인했다. 외상성 뇌출혈에 의한 의식소실이라고 했다. 신경외과 당직 선생님이 호출됐다.

우리나라에 CT가 중소도시까지 도입되기 전이고, 응급 치료 시스템도 지금보다 크게 부족했다. 밤늦은 호출에 다급히 나온 신경외과 선생님은 이미 가능성은 거의 없어 보이지만 두개골을 뚫어 피를 빼보는 것이 좋겠다고 했다. 응급소생실에서 시술이 이뤄졌다. 그러나 얼마 지나지 않아 형의 생의 시간은 멈추었다. 어머니는 쓰러졌고, 아버지는 오열했다.

갑작스레 닥친 죽음의 후유증은 오랫동안 가시질 않았다. 아이의 죽음은 살아 있는 가족의 삶에 붙어 따라다녔다. 형은 우리 3남매 중

41

에 가장 총애 받는 아이였다. 나는 유쾌하고 활달한 형이 좋았고, 매일매일 쫓아다니며 형이 하는 걸 따라 하려 했었다. 이제는 사진으로만 볼 수 있는 형은 그저 아이에서 멈춰버린 모습이지만, 사진을 볼 때면 문득 나는 사진 속의 어린 나로 돌아가 나의 옆에 있는 형과 함께 우리의 동네를, 우리의 세상을 누비며 놀고 싶은 마음을 느끼곤 한다. 나는 아직도 형을 떠나보내지 못한 건 아닐까. 어쩌면 내가 외상 환자들을 치료하러 자꾸 오지로 향하는 데는, 무의식중에 형을 살려 되찾고 싶다는 마음이 남아 있어서가 아닐까 생각할 때가 있다. 아이의 죽음으로 인해 일그러진 내 가족과 나의 시간을 되돌리고 싶은 그런 마음.

네팔에서 돌아온 후 명절도 제삿날도 아니지만 절에 가고 싶어졌다. 위패가 모셔진 법당에 들어가 형 재곤을 위해 향을 하나 올렸다. 그리고 그 옆에 네팔에서 만난 이름 모를 아이를 위해 향을 하나 더 꽂았다. 두 번 차분히 절을 했다. 처마 높게 달린 풍경 소리가 낮게 내려와 피어오르는 향 앞에서 잘랑였다.

5. 훈련

　국경없는의사회 첫 파견을 앞둔 2016년 3월, 나는 파견 전 연수를 받기 위해 짐을 꾸렸다. 어머니는 아들이 의과대학의 교수로 자리 잡으려 하지 않고 또 어딘가로 떠나려는 것이 못내 아쉬운 표정이었다. 결혼이 자꾸 늦어지는 점도 걱정하셨지만 아들이 하는 일의 의미를 이해하시고 말리지는 않으셨다.

　6.25 전쟁 당시 다섯 살이었던 어머니는 폭파되는 교량 파편에 옆구리를 다쳤다. 마땅한 의료시설이 없던 그때, 외국에서 온 국제적십자위원회(ICRC) 사람들이 치료해준 것을 고마워하셨다. 내가 밖으로 돌아다니기 시작할 무렵부터 때때로 그 시절 이야기를 하신다. 나의 활동을 헤아리며 너그럽게 받아들이고자 그 어릴 적 기억을 꺼내어 소중히 간직하시는 것이다. 지금은 어머니도 나처럼 국경없는의사회의 정기 후원자다.

　멀리 여행을 갈 때면 어머니는 상비약을 이것저것 준비해주신다. 아들이 의사지만 그것은 어머니의 몫이라 하신다. 상비약 주머니를 건네시는 희끗한 머리카락의 어머니를 보며 감사와 존경, 애틋한 마음이 뒤섞인 채로 집을 나섰다.

첫 파견 전에 스웨덴 스톡홀름에서 열리는 GAS Week에 참석하러 가는 길이었다. GAS는 Gynecology(산부인과), Anesthesiology(마취과), Surgery(외과)의 약자다. 외과계 전문의들이 모여 국경없는의사회가 파견 가는 지역에서의 진료에 대해 심도 있는 강의와 토론을 하는 연수 과정이었다. 그동안은 1년 중 여름에 한 번 홍콩에서 개최되어왔는데, 유럽에서 열리는 것은 이번이 처음이라고 했다.

카롤린스카 대학에서 연수가 개최되었다. 말로만 듣던 이 대학의 교정을 밟아보았다. 전 세계 의과대학 중 매년 상위 10위 안에 들어가고 북유럽에서는 독보적인 1위를 차지하는 대학이자, 노벨의학상 수상자를 뽑는 위원회가 활동하는 곳이다. 교정을 감상하며 좀 더 둘러보고 싶었지만 시간이 별로 없었다. 보건대학원 건물에서 열리는 연수 과정은 아침부터 저녁까지 빡빡하게 진행됐다.

여기에 모인 외과계 전문의들은 나처럼 이제 막 활동을 시작한 이들이 대부분이었지만, 이미 경험이 풍부한 이들도 참석했다. 구호현장에서의 경험을 나누고 새로운 지식을 보완하기 위해서였다. 스물한 개의 모듈로 구성하여, 현지에서 외과계 의사로서의 역할 및 학술적 강좌뿐 아니라, 의료물품의 관리, 현지에서 주로 사용하는 멸균기의 원리와 사용법, 의료 폐기물의 처리 등에 대한 워크숍이 진행되었다. 국경없는의사회가 파견 가는 지역이 인적 물적 자원의 제약이 많은 상황이라 진료실에서의 역할뿐 아니라 다방면에서의 병원 업무에 필요한 사항들을 익혀야 했다. 최소한 기본 개념이라도 갖고 현장에 가야 했다.

GAS Week의 마지막 날은 하루 종일 대량 사상자 훈련 프로그램이 진행됐다. 카롤린스카 외상센터 교수님이자 국경없는의사회 구호활동가인 헨릭(마취과 전문의)이 스웨덴에서의 대량 사상자 대비와 발생 시 대처에 대한 사회 시스템을 소개하며, 파견지에서와의 차이점과 적용시킬 수 있는 부분, 한계점 등에 대해 강의했다. 이어 벨기에의 의학교육 전문가이며 구호활동가인 소니아는 대량 사상자 발생 시의 팀 구성과 응급환자 분류법을 가르쳤다. 강의에 이어 소니아는 바로 실습을 해보겠다며 준비해 온 팀별 조끼를 책상 위에 올려놓고는 A4 용지를 돌렸다.

종이에는 시나리오가 적혀 있었다. 이러저러한 여건의 지역에서 어디에 있는 와중, 시장 내 폭파사고로 인한 대량 사상자가 발생하여 10분 내로 환자들이 병원으로 몰려온다는 소식이 전달되었으니 이에 준비하라는 시나리오였다. 시나리오를 읽고 있는 우리에게 소니아는 큐를 던졌다. 팀 구성부터 준비까지 10분이 주어졌다. 그 10분의 다급함을 우리는 눈치채지 못했다. 팀을 나누어보는 간단한 실습인가 보다 하며, 누가 어느 팀으로 갈지, 누가 팀장이 될지 느긋하게 정했다. 10분이 금세 지났다.

소니아가 "이제 환자를 맞이할 준비가 되었냐"고 했다. 다음 강의와 토론이 시작되는구나 싶었다. 그런데 소니아가 손뼉을 한 번 딱 치며 신호를 보내자, 강의실 뒤편의 격벽이 활짝 열렸고 그와 동시에 날카롭게 비명을 질러대며 영화 특수 분장 수준으로 분장을 한 모의 환자들이 각 손상에 대한 정보 표식을 달고 모의 환자로서 연기를 시작했다.

예상치 못한 이 모의 환자들이 몰아닥치는데, 실제가 아닌 훈련이었음에도 진땀을 뺄 정도로 혼란스러웠다. 특히 미친 사람처럼 시도 때도 없이 꽥꽥 소리 지르며 의료진에 협조하지 않는 환자, 자기 먼저 봐달라고 계속 불러대며 소리치고 떼쓰는 환자, 살려달라며 바짓가랑이를 잡고 놓지 않는 환자들 속에서 적절한 상태 평가와 분류를 하는 과정은 쉽지 않았다. 1분 1초가 급하게 이 많은 환자들을 효과적으로, 눈에 보이는 중환자와 응급상황이 감추어진 중환자, 심하게 다친 것처럼 보이나 실제는 중하지 않은 경환자 등으로 분류하여 적절한 팀으로 옮겨야 하는데 그저 우왕좌왕하며 시간만 흘려보냈다.

방금 들은 강의인데도 막상 예상치 못한 시뮬레이션에서 급하게 적용하려니, 마음의 준비도 덜 된 상태에서 갈피를 못 잡았다. 심지어 초반에는 팀별 조끼도 입지 못한 채 허둥지둥하기 바빴다. 카롤린스카 대학생을 모집하여 준비한 마흔 명 남짓한 모의 환자들은 진지했고, 참가자들도 급하게 정해진 리더를 중심으로 정신을 가다듬고 진지하게 집중해서 훈련에 임했다. 나름 이 모의 사태를 최선을 다해 마무리하기는 했다. 하지만 실제 그런 상황이 닥치면 침착하게 잘할 수 있을지 걱정이 되었다.

"저는 긴장성 기흉 환자 역할이었어요. 초기에는 숨을 쉬고 걸을 수 있는 환자라 그린존으로 넘겨졌어요. 시간이 지나면서 호흡이 급격히 악화되는 설정이었는데, 의료진들은 다른 환자를 보느라 다들 바빠서 재진찰을 받지 못했고, 저는 구석 의자에 앉아 있었어요. 그리고 시간이 지나 헐떡이다 죽었어요."

"신속히 치료해주고 제 목숨을 살려줘서 정말 감사해요. 저는 과정과 결과에 전반적으로 만족했는데 굳이 개선점을 말해보라 하신다면, 아무런 말 한마디 듣지 못하고 몸이 실려 나가니 불안했어요. 말을 알아들을 수 없는 외국어라도 말 자체와 뉘앙스를 통한 감정은 전달이 되는 거 같아요. 짧아도 좋고 못 알아듣는 말이라도 좋으니 위로나 설명의 말 한마디가 듣고 싶었어요."

"이 환자는 이 병원 환경에서는 살릴 수 없는 환자였어요. 여러분은 한 생명을 살리기 위해 최선을 다했고 심폐소생술을 하며 수술실까지 올리긴 했지만 환자는 죽었죠. 그 시간에 살릴 수 있는 다른 환자는 악화되어갔고요. 쉬운 결단은 결코 아니지만, 대량 사상자 발생 상황에서는 아직 숨이 붙어 있는 환자지만 냉정하게 즉시 포기해야 하는 경우도 있습니다."

시뮬레이션 훈련 후, 모듈레이터와 참가자 그리고 모의 환자가 함께 모여, 총괄하는 감독자와 치료자 그리고 환자 입장에서, 원활했던 부분과 부족하거나 개선해야 할 부분들에 대한 활발한 토의가 있었다. 특히 죽지 않아도 될 만한 컨디션이었는데 분류가 적절치 않아 죽었거나, 재분류에서 걸러지지 않아 사망하게 된 모의 환자들, 아무리 노력해도 죽을 컨디션이었는데 이 환자에 집중하느라 살릴 수 있는 다른 환자들을 살릴 시간을 빼앗기게 했던 모의 환자들 등을 검토하며, 또 한 번 정리하고 배울 수 있는 시간이었다.

연수가 끝난 뒤 반나절 자유시간이 주어져 나는 노벨박물관을 방문했다. 카롤린스카에서 박물관이 있는 스톡홀름의 구시가지인 감라스탄까지는 한 시간 내로 걸어서 갈 수 있는 거리였다. 박물관을 둘러보고, 1층 비스트로(음식점)에 들어가 '노벨 아이스크림'을 앞에 두고 1999년 노벨평화상 수상 연설문을 읽었다.

"인도주의 행동은 단순한 관용이나 자선을 넘어서는 것입니다. 인도주의 행동은 비정상적인 상황 한복판에서 정상적인 공간을 만들어내는 것을 목표로 합니다. 물질적인 원조를 넘어서, 우리는 각 개인들이 인간으로서의 그들의 권리와 존엄을 회복해 나갈 수 있기를 목표로 합니다." (「노벨평화상 수상 연설문」 중에서, 제임스 오르빈스키, 국경없는의사회 국제회장, 1999)

수상 연설문은 당시 벌어지고 있던 체첸공화국 민간인들에 대한 러시아군의 무차별 폭격을 지적하는 것으로 시작하여, 세계 곳곳에서 발생하고 있는 절박한 의료 환경과 비인도주의적 실태를 비판하고, 국경없는의사회가 지향하는 인도주의 활동의 의미와 어려움, 그리고 그 힘과 한계 및 앞으로 함께할 방향 등에 대해 진중하게 성찰하고 있었다.

나도 이제 곧 이 국제 인도주의 의료 구호 NGO의 현장으로 들어간다. 강의에서 듣던, 연설문 속에 나오는 그런 현장에 가게 된다고 생각하니 긴장도 되고 설레기도 했다. 새로운 도전이다. 출발이다.

2장

요르단 람사 :
삶과 죽음의 경계에서 5Km

요르단 람사(Ramtha, Jordan),
2016년 4월 19일~6월 18일

숙소에서 앞쪽으로 보이는 언덕이 시리아와의 국경이었고, 이 언덕 너머로 커다란 폭파음이 들려오기도 했다. 죽음과 절망의 땅에서 넘어온 환자들은 만신창이였다. 저 언덕을 바라보고 있자면 기분이 씁쓸해졌다.

1. 시리아의 이웃, 요르단

첫 번째 활동지는 요르단이었다. 우리에겐 생소한 중동의 국가인 듯하지만, 스크린을 통해 그 풍경을 한 번쯤은 봤을 법한 나라다. 영화 〈인디아나 존스 3〉, 〈트랜스포머 2〉의 배경이 된 고대도시 페트라, 그리고 영화 〈마션〉, 〈알라딘〉의 촬영지인 붉은 사막 와디 럼이 있는 곳이고, 우리나라에는 몇 년 전 드라마로 방영된 윤태호 화백의 〈미생〉에서 주인공 장그래가 중고차 수출을 추진하는 나라로 곳곳의 풍경이 소개되기도 했다. 시리아와 이스라엘, 이라크, 사우디아라비아와 국경을 맞대고 있는, 국왕이 다스리는 중동 지역의 왕국이다.

지금 이 나라의 근심거리 중 하나는 시리아 난민이다. 2011년 시리아 내전이 시작된 이후 560만 명 이상(UNHCR, 2018년 11월 기준)의 시리아 난민이 집을 버리고 피난했다. 유럽에서도 많은 난민을 받아주고 있지만 이웃 나라 터키, 레바논, 요르단이 감당해야 하는 난민이 더 많을 수밖에 없다. (터키에 350만 명, 레바논에 100만 명, 요르단에는 65만 명이 난민 캠프 등에 머물고 있다.) 요르단 인구는 1000만 명이 채 안 된다. 난민 수가 전체 인구에서 차지하는 비중이 8.9%에 이른다(시리아 이외 지역 난민을 포함한 비중). 이 숫자는 공식적인 등록 난민 기준이므로 실제는 이보다 많을 것이다. 그중 절반(51%)은 어린이다(2018년

51

터키의 남쪽, 이라크의 서쪽에 있는 시리아에는 '중동의 화약고'라는 별칭이 따라다닌다. 2011년 3월부터 8년이 넘게 내전이 지속되고 있다. 시리아 내전의 원인을 한마디로 설명하기는 어렵다. 경제가 좋지 않은 가운데 아랍 민주화 운동의 영향으로 혼란스러운 상황에서 독재자인 아사드 대통령을 끌어내리려는 외국 세력의 개입 등으로 내전이 시작됐다. 한국 언론에선 아사드 대통령이 이끄는 정부군과 반군이 대치한다는 정도로 소개되곤 하지만, 실제로는 싸움의 양상이 매우 복잡하다. 외신 기사를 보면, 시리아 내전은 세계 각국의 '대리전' 성격을 띠고 있다. 러시아와 이란은 아사드 대통령을 지원하고 미국은 사우디아라비아 등 중동 수니파 국가들을 통해 반군(시리아 국가동맹 등)을 간접 지원하는 식이다. 독재자에 대한 반대를 표명하고 있는 반군이 더 민주적인가 하면 그렇지도 않은 것 같다. 오히려 더 강한 원리주의 이념으로 사람들을 옭아매는 건 아닌가 싶은 세력들도 내전에 얽혀있다. 정부군과 대립하는 반군에는 이슬람국가(ISIS)도 있다. 시리아는 ISIS 세력의 주요 근거지이기도 하다. 내전의 양상은 해마다 달라져서, 누가 누구와 손을 잡고 누구와 싸우는 건지도 이제는 헤아리기가 쉽지 않다.

시리아 내전에서는 잔학한 살상무기들이 사용되고 있다. 드럼통에 폭약과 고철, 기름, 화학약품 등을 함께 넣어 만든 사제폭탄인 통폭탄(barrel bomb) 등 국제협약을 위반한 무기들도 난무했다. 이런 종류의 무기들은 대량의 폭발물을 담은 채 민간 지역에 부정확하고 분간

없이 투하되어 막대한 사상자를 발생시킨다.

그 안에서 고통 받는 것은 사람들이다. 국경없는의사회와 같은 인도주의 단체의 도움이 필요한 이유다. 국경없는의사회는 시리아 북부 의료시설 네 곳을 직접 운영하고 현지 의료시설 150곳을 지원하고 있다(2017년 기준). 또 시리아 남부를 커버하기 위해 요르단 북서부에 있는 이르빗 지역 람사에 의료진을 파견했다.

람사 병원은 시리아 국경에서 불과 5km 정도 떨어진 곳에 있다. 서울 시청에서 출발해 삼각지 정도까지 가는 거리다. 원래는 요르단 정부가 운영하는 병원이지만 시설 일부를 국경없는의사회가 임대해서 쓴다. 시리아에서 다친 사람들이 구급차에 실려 온다. 부상자들을 이송시키는 현지 구호단체에서 부상자를 실어 보내기도 하고, 현지 병원에서도 자신들의 역량을 넘어서는 환자를 람사의 국경없는의사회에 보낸다. 국경없는의사회는 이 지역에서 종전엔 시리아 쪽에 들어가 직접 환자를 치료하기도 했으나 의료진 납치 등이 발생하자 이를 중단하고 요르단 국경 안쪽에서 환자를 받는 것으로 전략을 바꿨다.

많은 환자들이 의식이 없는 채로 구급차 속에서 국경을 넘는다. 포장된 국도로 달리면 국경에서 차로 7분, 그 거리를 달려올 수 있느냐가 생사를 가른다. 오직 구급차를 탄 외상 환자 본인만이 요르단의 검문소를 통과해 국경을 넘을 수 있다. 가족도 안 된다. 아기나 어린이라 해도 예외가 없어, 대개 부모와 헤어져야 한다. 일단 살아서 람사 병원에 도착하는 것이 관건이다. 적지 않은 이들이 구급차에 타지 못하고 그 전에 죽는다. 차에 타서도 병원에 도착하기 전 상태가 악화되어 사망하는 일이 자주 생긴다.

누가 실려 오는가. 평범한 민간인들이 대부분이지만, 무장 군인들도 있다. 그것이 누구든지 따지지 않고 치료해서 살려내는 것이 우리의 임무다. 그것이 우리를 지켜주는 중립성이다. 전쟁터에서 다친 사람을 치료하고, 그러한 전쟁의 상처 속에서 태어나는 아기도 받아낸다. 인근 난민 캠프에 머무는 사람들을 돌보는 것도 국경없는의사회의 주요 임무다. 사람이니까, 사람을 돌본다. 그러한 손길 외에는 기댈 곳 없는 사람들을 찾아간다.

2. "휴식 없이 일할 사람 찾습니다"

2015년 12월, 국경없는의사회에 요르단 람사에서 2016년 2월 초부터 석 달간 일할 '정형외과 의사'를 찾는다는 연락이 왔다. 전문가들의 네트워크다 보니 무작정 홈페이지에 공지문을 띄우거나 메일을 보내지 않고 인적자원(HR) 담당자가 조건에 부합한다고 판단하는 이들에게 개별적으로 의사를 타진한다.

모집 공고문(Job Description)에 적힌 간결하게 정리된 현지 상황은 간단치 않았다. 람사 병원은 요르단에 있지만 시리아 분쟁으로 인해 발생하는 외상 환자 치료를 담당할 최전선으로서, 전쟁에서 다친 환자들로 병동이 가득 차 있고 많은 환자들이 극도로 심각한 부상을 입은 상태라고 했다.

이곳에서 요구하는 것은 굉장히 까다로운 업무라며 구체적인 묘사가 뒤따랐다. "끊임없이 응급실에 환자가 도착하는데 특히 밤이나 주말에 많이 몰려온다. 그렇기 때문에 바쁜 주간업무를 해치운 다음 다시 바쁜 야간업무를 하고 그다음 날도 또 그런 식으로 일할 가능성이 높다. 하루 쉬는 것도 결코 보장되지 않으며(A day off is never guaranteed), 6~8주마다 비공식적으로 휴식기간(R&R)을 제공하긴 하지만 쉽지 않을 수도 있다." 일단 육체적으로 견디지 못할 사람은 빠지라는 투다. 현지 스태프는 135명, 각국에서 파견된 스태프는 11명. 이 인원으로 당직 교대를 하면서 쏟아지는 응급환자를 받는 일이 결코 쉬울 순 없을 것이다.

하지만 나에게는 준비하고 기다렸던 일이다. 망설이지 않았다. 오케이! 흔쾌한 마음으로 가겠다는 답장을 썼다. 석 달간 힘껏 달려보기로 했다.

몇 차례 더 이메일이 오갔다. 납치와 감금을 당할 경우 어떻게 대처해야 하며, 그럴 때 단체(국경없는의사회)는 어떻게 조치할 것이라는 문서를 받아 읽었다. 납치 감금되었을 경우 내가 살아 있다는 것을 증명하기 위해 자신, 혹은 아주 가까운 사람만이 알 수 있는 질문과 답변을 다섯 개 적어 넣으라 했다. 만약의 경우 비명 소리, 울음소리만으로는 납치된 사람이 살아 있다는 것을 확인하기 어렵다. 다른 사람의 목소리이거나 이미 죽은 상태에서 녹음한 것을 들려주는 경우도 있기 때문이다. 생존 증명(proof of life) 문답 서류를 적은 후, 서명했다. 분쟁 지역에 간다는 긴장감이 갑자기 몰려왔다.

그다음은 만에 하나 사망 시 상속인을 누구로 지정할 것이며 상속 비율은 얼마로 할지를 묻는 건조한 서류였다. 납치 감금에 대한 서류보다 이것이 나를 더 머뭇거리게 했다. 이런저런 수련회에서 가상의 유서를 적어본 적은 있었지만, 이건 진짜였다. 진짜의 무게는 달랐다.

그렇게 해놓았는데 갑자기 일이 틀어졌다. 요르단에서 오지 말라는 것이다. '현장 사정'이라고 했다. 파견 일정은 무기한 연기되었다.

알고는 있었다. 현장 사정이나 활동가 사정에 따라 휙휙 상황이 급변하는 일이 많다는 것을. 하루 전에 일정이 취소되는 일도 실제로 발생한다. 현장 자체가 불안정하기 때문에 출국이나 입국 일정도 따라서 오락가락하는 일이 많다. 유연하게 대처하고 유연하게 마음을 먹는 것이 이 분야 일을 할 때는 꼭 필요하리라.

그러나 이렇게 일정이 꼬이니 허탈했다. 파견 일정을 받았기 때문에 이미 직장에 사표를 제출하고 큰마음을 먹고 나온 터였다. 막막하게 비어버린 일정 앞에서, 바보가 된 기분이었다. 다음 일정이 정해지지도 않은 무기한 연기였다. 언제까지 기다려야 하나, 다시 직장을 구해야 하나, 직장을 구했는데 또 파견 일정이 갑자기 잡히면 어떻게 하나, 국경없는의사회 활동을 해야 하니 몇 달 쉬겠다고 하면 양해해줄 만한 직장이 있을까……. 외과 전문의는 보통 2~3개월간 파견된다. 그만한 기간을 선뜻 휴가 혹은 휴직 처리해줄 병원은 우리나라에 극히 드물 것이다. 다른 나라에서도 쉬운 일은 아니다. 몇 군데 병원에 일자리를 타진하며 조심스레 계약 조건에 이런 내용을 넣을 수 있을지 협의를 시도해봤지만, 예상대로 부정적인 답이 돌아왔다.

파트타임으로 일해야 할지 고민하다가 마음을 돌렸다. 이왕 해보자고 뛰어든 것, 두어 달쯤 느긋이 기다리기로 했다. 아랍어를 조금이라도 알아두면 좋을 것 같아서 종로의 르몽드 어학원에서 60시간짜리 기초 과정을 수강했다. 지렁이같이 보이기만 했던 아랍 문자들이 구분이 되기 시작하니 뭔가 뿌듯했다. 게다가 마침 우리 반을 맡은 아비르 나이페 선생님이 요르단 출신이어서 현지에서 친숙하게 쓰이는 단어나 표현도 자연스레 배울 수 있었다.

그 외에는 한 달이 맥없이 흘러갔고, 마음은 움츠러들고 안달이 나려고 했다. 그런 차였는데, 반가운 편지가 연달아 왔다. 3월 초에는 스웨덴 스톡홀름에서 열리는 GAS Week 연수에, 그리고 7월에는 아이티에 가지 않겠느냐는 제안이었다. 주저 없이 간다고 했다. 7월까지면 조금 멀긴 해도 일정이 잡히니 한결 마음이 안정됐다. 그러고 나서 며칠 후, 다시 4월에 요르단에 가겠느냐는 편지가 왔다. 그것도 주저 없이 간다고 했다. 4~6월에 요르단, 7월에 아이티, 이렇게 연달아 갈 수 있겠느냐는 질문에 대한 내 대답은 정해져 있었다. 물론이죠! 텅 비어 있던 일정이 채워지면서 기다리던 봄을 맞이하듯 몸과 마음이 들썩이기 시작했다.

2016년 4월 19일, 국경없는의사회에서 보내준 티켓으로 아랍 에미레이트 항공 비행기를 탔다. 햇살이 따가운 봄날이었다. 람사 병원으로 곧바로 가지는 않았다. 요르단 수도 암만에 있는 중동 지역 총괄 사무소에서 현지 상황에 대한 브리핑을 받아야 했기 때문이다. 이튿날인 4월 20일, 드디어 람사로 향했다.

막상 도착한 현장은 조용했다. 전쟁터를 상상하며 온 터라 평온함이 오히려 의아했다. 출발 전에 염려했던 것에 비해 안전하다는 생각이 들었다. 가상의 선인 국경, 그 경계에서 요르단 편에 있었기 때문이다.

하지만 5km 너머 시리아는 지금 죽음의 땅이다. 요르단과의 경계에 바짝 붙어 있는 시리아 다라Daraa는 내전에 휩싸인 주요 도시 중 하나다. 2011년 3월, 바샤르 알 아사드 대통령을 비판하는 낙서를 한 학생이 구금됐고 이 사건을 도화선으로 반정부 시위가 벌어졌다. 이것은 시리아 내전의 시작점이기도 했다. 반정부 기류가 확산된다고 판단한 시리아 정부군이 집중적으로 이 지역을 공격했고, 이후 반군과 정부군, ISIS 등 여러 세력이 도시를 점령하기 위해 다투고 있다. 내가 도착한 2016년 4월엔 반군 중 자유시리아군(FSA)과 알 카에다 계열로 분류되는 알 누스라 전선이 ISIS(ISIL로도 표기)와 대치하고 있었다.

밤이 되어 환자들이 도착하기 시작하자 갑자기 여기가 전쟁 지역이라는 것이 와닿았다. 도착한 첫날부터 당직폰을 넘겨받았다. 당직을 시작하자마자 응급 콜이 와서 응급수술을 해야 했다. 환자들은 죽음의 땅의 정세를 시시각각으로 전달했다. 총탄과 지뢰, 수류탄에 다친 사람들이 구급차에 실려 람사에 도착했다. 비교적 평온한 날이 이어지다가도 예고 없이 갑작스레 환자들이 한꺼번에 몰려 들어왔다.

심한 손상으로, 그러니까 너덜너덜해진 상태로 실려 온 이 시리아인들은 자기 나라의 보호를 기대할 수 없다. 요르단으로 넘어왔어도, 요르단의 병원도 요르단 정부도 누구인지 알 수 없는 이 사람을 치료해주기 어렵다. 가족도 없고, 연고도 없고, 신원 파악도 안 된다. ISIS 소속일 수도 있다. ISIS가 아니더라도 다른 무장 단체의 테러리스트일 수 있다. 무력분쟁과 얽혀 있는 주요 인물이라면 다른 환자들과 갈등을 빚을 수도 있고, 병원 전체를 위험에 빠뜨릴 수도 있다. 그런 외국인을 선뜻 받아들일 수 있는 병원은 찾기 어렵다. 요르단 정부에서 운영하는 람사 병원도 마찬가지다. 국경없는의사회에 이들을 치료할 장소를 내어주는 정도가 그들이 해줄 수 있는 최대한의 후의일 것이다.

국경없는의사회는 람사 병원의 별관 한 채, 본관 병동 하나, 중환자실 내 병상(침대) 하나, 수술실 두 개를 빌려 쓰고 있다. 신원 불명의 시리아인들을 치료함으로써 발생할 수 있는 각종 리스크는 우리의 몫이다. 이곳에서 한 달에 150명가량의 목숨을 구한다(2015년 기준). 우리의 도움 없이는 살아나기 어려웠을 이들이다.

3. 오늘 그녀는 열일곱 살에 엄마가 됐다

난민 캠프로 진료를 다녀온 어느 날, 바빠서 점심을 거른 탓에 기운도 없고 배가 너무 고팠다. 숙소 문을 열고 들어가며 드디어 저녁밥을 먹겠다는 생각에 절로 얼굴이 펴졌다. 뭐 먹을 게 없나 하며 부엌을 서성이는데 캐나다에서 온 활동가 멜리사(간호사)가 나를 향해 소리쳤다. "딸이에요, 마들린이래요!" 아, 밥보다도 더 좋은 소식이었다. 제2병동에 입원하고 있던 아미라가 딸을 낳았다.

4월 21일, 선임 선생님과 함께 아침 회진을 돌며 환자들을 인계 받았다. 병상에 담요를 덮고 앉아 있는 소녀가 있었다. 그녀는 열일곱 살이었고, 수줍은 미소가 담긴 인사를 건넸다. 크게 다친 환자는 아닌가 보다라고 생각하는 사이에 선임 선생님이 진찰을 위해 담요를 걷어 올렸다. 나도 모르게 눈이 커졌다. 열일곱이라는데 배가 부풀어올라 있었다. 만삭이었다. 그리고 두 다리가 모두 절단돼 있었다. 하나는 무릎 아래, 하나는 무릎 위에서 잘렸다. 안타까운 한숨이 절로 나왔다. 한국에 있었다면 대학에 가는 문제나 교우 관계 문제로 고민하고 있을 나이에, 그녀는 두 다리가 없는 산모가 될 처지였다. 다른 세상을 살아가야 했다.

그런데 엄마가 될 준비를 하는 그녀가 조용히 건넨 말에는 엄청난 비극 속에서도 희망을 잃지 않는 씩씩함이 묻어 있었다. "두 다리가 없어졌지만 저하고 제 아이가 살았어요." 이 말을 어떻게 받아야 할지, 그녀의 여려 보이는 미소에는 성숙한 강인함이 묻어 있었고, 그런 모습 앞에서 나는 오히려 으레 하는 평범한 격려의 말조차 입에서 떨어지지 않았다. 마땅한 말이 떠오르지 않아서 그냥 어색하게 미소만 지어 보였다.

그녀는 지난 3월 말 집 근처에서 빨래를 하고 있었다. 어디선가 날아온 폭탄이 터졌다. 두 다리가 산산조각 났다. 시리아의 병원에서 반토막이 난 다리에 겨우 기초적인 응급 지혈만 하고 구급차에 태워 람사로 보냈다.

사실 예정일이 아직 조금 남아 있으리라고 여겼다. 어린 나이의 초산이라 제왕절개를 해야 하지 않을까 생각했는데 오늘 오후 우리 팀이 난민 캠프 진료를 다녀오는 사이에 아이가 자연분만으로 건강하게 이 땅에 태어났다. 의료진의 환호와 환성 속에 아기를 받아 안으며 한 그녀의 첫마디는 "엄마가 보고 싶다"였다. 울먹이는 목소리였다. 출산 자체만으로도 감정을 뒤흔들 만한 극적인 순간인데, 그녀는 이 출산을 어떻게 받아들이고 있을까. 아기 엄마라고 해도 10대 소녀일 따름이다. 그리고 딸의 임신을 축복해주던 그녀의 엄마, 아기의 외할머니는 국경 저쪽에 있다.

조만간 또 다른 출산 소식이 있을 것이다. 내가 도착한 첫날 밤 집도한 환자도 스물세 살의 임산부였다. 난데없이 날아든 총알이 그녀의 오른쪽 다리를 관통해 뼈를 부수고 나갔다. 무릎 아래를 절단해야 했다. 그녀 역시 가족도 친척도 아무도 없는 남의 나라에 와서 아이를 낳아야 한다. 걷기 어려운 몸으로 그 아이를 키워야 한다. 어찌 두렵지 않을까. 그녀의 얼굴에는 고통과 불안이 가득했다. 다행히 시간이 지나면서 상처가 안정화되자 밝은 표정을 하는 일이 조금 늘었다. 곧 태어날 아이를 위해서라도 마음을 추스르는 것 같았다.

스물세 살 예비 엄마를 시작으로, 람사 병원에 도착한 날부터 매일 밤 응급수술을 하러 나가야 했다. 시리아에서 낮에 다친 환자여도 람사에는 저녁이나 밤에 도착하는 일이 많다. 차로 7분 거리지만 국경에서 철저한 검문을 받느라 시간이 걸리기 때문이다. 밤에 응급 콜이 울리는 배경이다. 그러나 이것이 많이 좋아진 상태였다. 내가 도착하기 두 달 전까지 시리아 남부에는 러시아의 대대적인 공중 폭격이 있었다. 많은 사람들이 전란 속에 죽고 다쳤다. 람사 병원에서 국경없는 의사회가 쓰는 병상은 모두 40개다. 러시아의 폭격 때는 40개 병상으로는 감당할 수 없을 정도로 환자가 밀려들어 75명까지 수용했다. 교전 중에는 하루에 60~70명씩 중상 환자들이 몰려왔다. 그때보다는 낮지만 여전히 산발적으로 폭탄이 날아오고, 지뢰가 터지고, 총탄이 날아다닌다. 그리고 이런 어려운 상황에서도 새 생명이 태어난다. 그 아이들이 쉽사리 절망을 보지 말고, 어떻게든 희망을 보기를. 부디 그러하기를.

4. 2016. 4. 29. 알 주마 일기

4월 29일 새벽 네 시 반, 기도 소리가 확성기를 타고 울려 퍼진다. 새벽을 깨우는 모스크의 기도 소리에 어설프게 잠이 달아났다. 오늘은 금요일인 알 주마Al-Jumu'ah다. 알 주마는 우리나라의 일요일 같은 아랍 국가의 휴일이다. 무슬림들은 알 주마에 모스크에 간다. 나는 밀린 잠을 조금이라도 더 자고 싶었는데, 하필이면 우리 숙소가 바로 모스크 옆집이다. 판소리를 늘린 듯한 길게 떠내는 리듬을 타고 울려 퍼지는 이 소리는, 새벽 기도 시간 파즈르Fajr를 알리는 아잔Azan이다. 야속하게도 알 주마라 그런지 더 크게 외치는 것처럼 느껴진다. 어쩔 수 없었다. 아잔이 바라는 대로 나는 잠에서 깼다. 일찍 깬 김에 새벽 공기도 마실 겸 옥상에 올라 해 뜨는 것을 보았다.

여섯 시 반밖에 되지 않았는데 휴대폰이 울렸다. 한국에서 카톡이 날아왔다. 무사하냐고 물었다. 웅? 이 친구가 이런 식으로 안부 물은 적이 없는데 오늘따라 뜬딴지같이 무사하느냐니. 무슨 소린지 의아해하고 있는데, 오늘 국경없는의사회가 후원하는 병원이 시리아에서 폭격을 당했다는 뉴스를 봤다고 했다. 이럴 수가.

분쟁 지역의 의료시설들은 십자가나 초승달 모양, 단체 로고 등을 가능한 한 눈에 띄게 옥상 등에 표시해둔다. 폭격에서 조금이라도 비껴나기 위한 노력이다. 그러나 이러한 노력에도 불구하고 공격을 당할 때가 있다. 실수로 혹은 무차별 폭격에 당하는 경우도 안타깝지만, 더욱 안타까운 것은 의도적인 공격을 당하는 일이다.

시리아에서 지금 벌어지는 일이 그러하다. 의료시설을 겨냥해서 체계적으로 폭격하는 '전략'을 취하는 무장단체들이 있다. 국제인도주의법은 병원 폭격을 금지한다. 그러나 이 야만적인 단체들에게 주먹은 가깝고, 법은 멀다. 내전의 양상이 복잡한 만큼 인도주의 단체라 해서 쉽사리 중립적으로 받아들여지지 않는 탓도 있을 것이다. 2016년 한 해 동안 국경없는의사회가 시리아에서 직접 운영하거나 지원하는 의료시설 32곳이 적어도 71차례의 공격을 당했다. 또 2015년에는 64개 시설이 94번 폭격당해서 시리아인 의료진 23명이 사망하고 58명이 다쳤다.

영화로도 제작된 유명 소설 『헝거 게임』에서 주인공의 여동생은 의료진으로 일하다가 사망한다. 1차 폭격에 다친 사람들을 구하기 위해 달려갔다가 2차 폭격이 이뤄져 죽었다. 그 2차 폭격은 1차 폭격의 희생자를 구하러 가는 의료진을 목표로 한 것이었다. 현재 전쟁터에서는 실제로 이런 일이 벌어진다. 이른바 '더블 탭double tap 공격'이다. 1차 공격으로부터 20~60분 후 2차 공격이 이뤄진다. '우리 편이 아닌 자를 돕는 자'를 골라낸다는 목적으로 잔인하게 행해지는 비인도주의적 공격이다. 2015년 12월 13일 오후 세 시 삼십 분 시리아 두마에서 이러한 더블 탭 공격으로 1차 23명 사망 108명 부상의 피해가 발생했고, 세 시 오십 분 2차 공격으로 의료진 다수를 포함해

22명 사망 79명 부상 피해가 났다. 더블 탭 공격은 의료진이 곧바로 투입되지 못하게 막는 효과도 낳는다. 공격하는 입장에선 1차 공격의 피해를 극대화할 수 있다.

이번에 공격을 당한 병원은 국경없는의사회가 후원하는 알레포 지역의 병원이었다. 국경없는의사회는 이런 공격을 받을 때 카메라 위치, 사람들의 그림자 등을 바탕으로 정확한 공격 시간과 사건 순서를 계산하는 '포렌식 아키텍처'를 활용해 어느 단체의 공격인지를 가리기도 한다. 몇 분 사이에 같은 곳에 폭발이 집중된 것은 민간인과 의료진을 향한 고의적인 타격의 증거다. 전쟁터인 만큼 당장 손해를 배상 받거나 법정에 누군가를 세울 순 없다. 그래도 누가 무슨 짓을 벌였는지가 명확해지면 미디어에서 이 문제를 좀 더 주목할 수 있다. 반군 등 자생적 조직이 아니라 군대가 개입해 의도적으로 이런 소행을 저질렀다면 더욱 책임이 크다. 실제로 미군이나 러시아군의 병원 폭격은 국제사회에서 문제가 되고 있다. 무장단체들도 공격의 부담이 커질 것이다. 커져야 한다. 어떤 단체가 되었건, 의료시설을 향한 공격은 멈춰야 한다. 전쟁에도 규칙이 있다.

아침식사 자리에서 시리아 병원이 당한 공격 소식이 업데이트됐다. 모두들 안타까움을 표했다. 알레포는 시리아 북쪽에 있다. 시리아 남단 국경에 접한 이곳과는 600km 떨어진 곳이지만, 남의 일이 아니다. 팀원들 사이에 새삼 긴장감이 도는 것이 느껴진다.

아침부터 시리아 폭격 소식으로 뒤숭숭한 기분이었지만, 그런 팀

내 분위기와 달리 요르단은 평온하다. 한 바퀴 병원 회진을 돌고 다음 주의 계획을 세우며 하루를 보냈다. 점심엔 요르단 의료진과 만사프를 시켜 먹었다. 따뜻한 요구르트 수프를 부은 밥을 손으로 뭉쳐서 먹는 것이다. 바람이 불면 흐트러지는 찰기 없는 쌀이라 주먹밥이 잘 안 만들어진다. 식탁 위에 잔뜩 밥알을 흘리며 먹는 게 좀 창피했는데, 주위를 슬쩍 보니 요르단 친구들도 똑같이 흘리며 먹기에 안심했다. 쾌활하고 밝은 젊은 의사들이다. 농담을 이어가며 밥 먹고 차 마시니 평화롭고 정겹기만 한 시간이었다.

저녁에도 응급 콜 없이 숙소에서 평안하게 보내고 있었다. 장도 봐오고, 먹다 남은 치킨은 들고양이들에게 나눠줬다. 선임 외과 선생님이 귀국하며 나에게 고양이 집사 자리를 물려주고 갔다. 밤 아홉 시 반경에는 스파게티와 바게트 및 후식까지 먹은 후, 각자 음료를 들고 마당으로 나와 낡은 탁구대를 식탁 삼아 둘러앉아 이야기를 나누고 있었다. 즐거운 대화가 오가는 밤공기는 느긋했다.

그때 둔탁한 괴성이 들렸다. 부움!!!

언덕 너머에서 들린 폭발음에 심장이 내려앉는 것 같았다. 요르단이 아니다. 시리아 쪽이다. 이곳 람사에서 시리아와의 국경까지 5km, 국경에서 시리아 다라까지 3km에 불과하다. 내전에 휩싸인 다라에 폭탄이 떨어진 것이다. 부움! 한 번 더 같은 폭발음이 들렸다. 첫 폭발음으로부터 불과 5분 정도밖에 지나지 않았다. 옆에서 누군가가 중간 정도의 파괴력을 가진 폭탄인 것 같다고 했다. 지난 2월까지 지속된 러시아 공중 폭격 때는 이곳까지 땅이 흔들렸다고 했다.

다라의 시가지가 폭격을 당한 것은 내가 온 후엔 처음이었다. 응급실에서 대기해야 하지 않겠느냐고 했더니 먼저 온 팀원들이 고개를 저었다. 이런 경우는 환자가 발생해도 시리아에서 응급조치를 받고 국경 검문을 거쳐 이곳에 도착하려면 내일 아침이 되어야 한다는 것이다. 이렇게 가까운데, 그렇게 오래 걸린다는 것이 답답하기도 했지만 어쩔 수 없었다. 그렇다면 오히려 내일 환자가 몰릴 것을 대비해서 빨리 잠자리에 드는 게 나았다. 하나둘 자리를 접고 각자의 방으로 들어갔다.

4월 30일 새벽 네 시 반, 다시 기도 시간을 알리는 아잔이 울려 퍼진다. 그리고 여섯 시 반, 휴대폰 알람 소리가 울렸다. 푹 쉬었다는 느낌이 들지 않았다. 환자가 도착했다는 응급 콜을 놓칠까봐 자다 깨다 한 탓이다. 하지만 휴대폰을 켜봐도 부재중 전화는 없었다.

얼마나 많은 환자가 몰려오려나 긴장하며 출근했던 것에 비해 평범한 토요일을 보냈다. 일곱 시 반에 출근하고, 전체 회진을 돌고, 정규 수술을 시작했다.

낮 열두 시 반이 되었는데도 여전히 응급실은 잠잠하다. 둘 중 하나다. 이송할 만큼 크게 다친 환자가 없거나, 아니면 이송되기 전에 환자가 모두 사망했거나. 전자이길 바랄 뿐이다. 옆 도시인 이르비드에서 출퇴근하는 수술실 간호사가 "두 달 전 ISIS가 우리 집 옆에서 테러를 해 요르단 경찰과 대치했다"고 말을 붙였다. "다행히 하룻밤만에 진압됐지만, 총알이 빗발친 그날 밤 가족 모두 한숨도 잘 수 없었다"고 했다. 그는 "하룻밤도 힘들었는데 폭격과 시가전, 테러가 끊이지 않는 시리아에서 사람들이 어떻게 버티는지 모르겠다"며 고개를 저었다.

저녁 여섯 시 반이다. 숙소에서 국경을 바라본다. 7분 거리를 경계로 평화의 땅과 죽음의 땅으로 갈린다. 그 너머의 재앙은 사람이 만든 것이다. 군인들의 전쟁도 재앙이지만, 민간인들이 생활하는 공간에 대한 무차별 테러 공격은 범죄다. 심지어 이동할 수 없는 환자들과 생명을 살리려고 노력하는 의료진이 있는 병원에까지 폭격을 퍼붓는 일은 최소한의 인간성마저 포기하는 행위다. 인류 전체에 지울 수 없는 자해의 상처를 남길 것이다.

5. 수요일은 모래바람의 캠프장으로 간다

　매주 수요일 오후엔 람사 병원을 비운다. 자타리 난민 캠프에 가기 위해서다. 난민 캠프에는 병원이 없다. 국경없는의사회 등 구호단체들이 방문해서 진료소를 열고 운영하는 것이 이들이 받을 수 있는 의료 서비스의 전부다. 람사 병원에서 시리아 국경을 왼쪽으로 바라보며 한 시간 정도 동쪽으로 달리다 보면 사막 한가운데의 허허벌판에 옹기종기 나지막한 컨테이너의 행렬이 저 멀리 보인다. 난민들의 거처다.

　입구에 도착하면 장갑차가 배치된 검문소를 통과해야 한다. 걱정할 필요는 없다. 국경없는의사회의 하얀 조끼가 신분증이나 다름없어서다. 검문 경찰은 기꺼이 길을 열어준다. "슈크란(감사합니다)" 소리가 절로 나온다. 입구에 들어서도 사막에 임시로 만든 듯한 외길을 따라 한참을 들어가야 난민들이 주거하는 캠프에 도달할 수 있다. 본격적으로 캠프의 외곽에 이르면, 첫 번째 갈림길에 유엔난민기구 간판이 있다. 여러 나라의 국기가 그려져 있으면 반사적으로 우리나라 국기를 찾게 된다. 중간 아래쪽에서 태극기를 발견했다. 뿌듯해지면서 긴장이 조금 풀리는 기분도 든다.

　난민이라고 해서 꼭 구질구질하게 지내야만 하는 것은 아니다. 자기 나라에서 쫓겨나다시피 떠나왔을 뿐, 그들도 얼마 전까지 평범한 시민이었다. 컨테이너이긴 하지만 집에 알록달록하게 그림을 그려놓거나, 멋들어진 아랍어 캘리그래피를 적어놓은 모습이 적지 않게 눈에 띈다. 작은 꽃나무 화분을 집 앞에 두어 단장하기도 한다. 제법 큰 시장도 있다. 생필품은 물론이고 옷이나 음식, 아이스크림도 판다. 카페 같은 곳에서 차를 마시는 이들도 눈에 띈다. 우리가 목적지에 도착하는 시간인 오후 세 시경에 학교가 마치는 모양이다. 하교하는 꼬마 아이들이 삼삼오오 재잘거리며 지나간다.

이곳을 처음 방문한 날, 같이 동행한 요르단인 동료가 캠프를 지나며 나에게 이런 말을 건넸다.

"자타리 캠프가 2012년에 생겼으니 이제 4년이 돼가요. 4년이나 되니 마을이 형성되는 모습을 보게 되네요."

4년이라. 그 시간 동안 이 사람들은 허허벌판에 위치한 캠프의 경계를 허가 없이 벗어나지 못했다. 외출 허가를 어렵지 않게 받을 수는 있지만 최장 외출기간은 2주다. 그 이상 바깥일을 보려면 다시 들어와서 재허가를 받고 나가야 한다. 외출을 하려면 방금 차로도 한참 지나온 길을 뙤약볕 아래 걸어 나가야 대중교통을 이용할 수 있다. 그나마 외출할 곳이 있는 사람은 돌아갈 곳이 있다는 뜻이다. 사실 외출해도 갈 곳이 없는 이들이 상당수다. 몇 년간 이런 상태로 지내다 보니 집에 칠도 하고, 화분도 놓고, 아이스크림도 팔게 됐다. 사람답게 살고자 하는 의지가 드러난 것이다. 이 막혀버린 세월이 만든, 마을을 흉내 낸 모습이 먹먹하니 가슴 아픈 풍경으로 다가왔다.

요르단 정부와 함께 자타리 캠프를 공동 운영하고 있는 유엔난민

기구에 따르면, 여기 머물고 있는 난민 수는 약 7만 8천 명 정도다
(2018년 10월 기준). 경기도 동두천시(9만 명)나 강원도 속초시(8만 명)
인구와 비슷한 수준이다. 5명 중 1명은 5세 이하 어린이고, 다섯 가구
중 한 가구는 여성이 가장이다. 매주 평균 80명의 아기가 여기서 태
어난다. 약 2만 명의 어린이와 청소년이 32개 학교에 등록해 다니고
있다. 일할 수 있는 연령대(18~59세)의 인구는 3만 2천여 명이지만,
일할 수 있는 허가증을 받은 사람은 1만 명 정도에 불과하다. 그중 절
반(약 5천여 명)은 캠프 내에서 현찰을 얻을 수 있는 일자리를 구한 상
태다. 하지만 나머지는 일자리 구하기가 어렵다.

　마을이 형성되어가고 나름대로 경제활동이 이뤄지고 있기는 하지
만 진짜 도시나 마을과는 다르다. 단절되어 있기 때문이다. 단적인 예
가 병원의 부재다. 의료인의 관점에서 이것은 큰 차이다. 도시가 아니
라 사람들이 단지 임시로 모여 있을 따름이라는 것을 확인시켜주는
증거다. 병원으로 허가된 시설이 없는 대신 비정부기구(NGO) 단체들
이 요르단 정부의 허락을 받아 의료시설을 운영한다. 그중 하나가 제
5구역에 있는 국경없는의사회의 자타리 의료시설이다. 처음에는 다
른 단체들이 하지 않는 소아 백신사업 등 어린아이들을 위한 1차 진
료를 했다. 이후 다른 단체들이 비슷한 프로그램을 운영하게 되면서
우리는 한 단계 나아가, 수술 후 환자의 재활 치료에 중점을 두는 쪽
으로 역할을 바꿨다.

　자타리 의료시설에 둘러쳐진 철조망 안으로 들어와 차에서 내렸
다. 사막의 메마른 모래바람이 얼굴에 느껴진다. 빛바랜 국경없는의

사회의 깃발도 모래색이다. 이곳에 상시 배치된 국경없는의사회 소속 의료진의 팀 리더인 아흐메드가 누렇게 모래색이 배어 있는 흰 조끼를 걸치고 우리를 맞이했다. 가벼운 인사, 물 한 모금 마시고 바로 회진이다. 두 시간 남짓밖에 머물지 않기 때문에 시간이 많지 않다. 우리가 해야 하는 것은 전문의로서 어떤 치료 방법이 적합할지 판단해서 알려주는 컨설턴트 역할이다. 평상시 진료는 현지 배치된 의료진의 몫이다.

이곳에서 봐야 하는 환자들은 주로 팔이나 다리 등을 절단한 후 의족을 기다리는 단계거나 의족 착용 후 재활하는 단계다. 의족은 환자마다 다른 길이와 크기, 모양으로 제작되어야 하는데 다행히 HI(Humanity & Inclusion: 이전 Handicap International)라는 국제 구호 단체가 의족을 만들어 보내주고 있다. 의족이 필요한 환자들 외에도 폭탄이나 총알 등에 개방성 골절(뼈가 피부 바깥으로 튀어나오거나 튀어나왔다가 다시 들어간 골절)을 당해서 람사 병원에서 치료를 받은 후 이곳으로 온 환자들의 상태를 봐줘야 한다.

요르단에 오기 전, 한국에서 개방성 골절을 만나는 경우는 대부분 교통사고 등 불의의 사고에 의한 것이었다. 이곳에서 만나는 개방성 골절은 다르다. 총알이나 폭탄은 사람을 죽이거나 크게 다치게 만들려는 목적으로 제작된다. 그렇기 때문에 화약이 몸속에서 뼈를 터뜨리고 나간 자국은 단순 사고가 아니라 '죽이겠다는 의도'를 담고 있다. 상처가 스스로 그 의도를 웅변한다.

총상이든 교통사고든 치료 과정은 비슷하다. 우선 인체에 해가 될

73

수 있는 지저분한 오염원을 떼어내 상처를 정돈하고, 뼈의 모양을 전반적으로 맞춰 고정한다. 혈관이나 신경이 끊어진 것을 이어준다. 피부 조직을 재건한다. 총알이나 폭탄에 의한 상처를 치료하는 일은 더 어려운 기술을 요구할 것처럼 여겨지지만 실제론 그렇지만도 않다. 초기 치료에서는 복잡한 기술보다는 환자의 상태에 대한 정확한 판단, 그리고 부족한 시간과 자원을 가능한 한 효율적으로 활용하는 문제 해결 능력이 더 필요하다.

또 이전에 탄자니아 등에서 이미 경험한 것이지만, 현대 치료의 기술을 충분히 사용하기 위해서는 경험 있는 전문의뿐 아니라, 적정한 수의 숙련된 간호 인력, 그리고 물적으로 뒷받침하는 치료 장비와 공간 등이 필요하다. 그런 것이 없다면 복잡한 기술을 쓰고 싶어도 쓸 수가 없다.

당장 이곳 시리아 내전의 피해자들을 치료하기 위해서는 오히려 더 난이도가 낮은 기술을 써야 할 때가 많다. 치료 효과를 높이기 위해 고안된 복잡한 내고정 장치 대신 단순한 외고정 장치를 사용하는 식이다. 그것마저도 부품이 모자라 늘 씨름한다. 시대를 거슬러 올라간 의사가 된 기분이다. 과거 1950~1960년대 한국에서 수술을 한다면 이런 식으로 했겠지, 하는 생각이 든다.

자타리 캠프에서는 우리의 회진으로 향후 치료 방향이 결정된다는 것을 알고 있는 환자들이 열성을 갖고 우리를 주목한다. 가장 큰 관심사는 깁스나 외고정 장치를 언제 풀 수 있느냐다. 여기저기서 엑스레이 사진 좀 봐달라며, 이제 풀어도 되지 않느냐고 물어온다. 가장 고통스러웠던 시기가 지나 통증이 가라앉자 빨리 재활을 하고 싶은 마음이 커진 것이다. 오랜 기간 외고정 장치를 거추장스럽게 달고 있는 것이 어지간히 불편한 모양이다.

아무리 그래도 뼈가 어느 정도는 붙어야 이걸 빼줄 수 있는데, 심한 개방성 골절은 뼈가 부서진 양상이 복잡해 단순 골절보다 뼈가 붙는 게 더디다. 그래도 오늘은 외고정 장치를 빼도 된다고 대답해줄 수 있었던 환자가 넷이었다. 모두들 행복한 표정으로 휠체어를 끌고 치료실로 들어간다.

환자들의 질문에 가급적이면 긍정적으로 대답해주고 싶다. 어려운 처지에 있는 것을 알기 때문에 되도록이면 희망적인 말을 해주고 싶다. 하지만 그렇지 못한 경우가 많다. 사실은 환자 본인도 자신이 어느 정도로 다쳤고 치료가 끝나도 어느 정도의 장애가 남을지 대개 짐작하고 있다. 하루 이틀 입원한 환자가 아니다. 매일 그 생각을 하며 다른 환자들의 상태와 예후에 대해 이야기를 나누지 않겠는가. 그래도 새로운 의사가 회진을 하니 행여나 하는 마음으로 다시 물어보는 것이다. 지난번에 본 사람과 혹시 다른 이야기를 해주지 않을까 하는 기대다.

갓 스물을 넘긴 한 남자 환자가 어떤 치료를 받으면 어깨 관절을 움직일 수 있느냐고 물었다. 그는 폭탄이 떨어져 두 다리를 무릎 위에서 잃었다. 또 왼쪽 팔의 어깨 쪽 근육과 뼈가 날아갔다. 팔이 달려 있기는 한데 어깨 부분이 도려내진 모습이다. 어깨 관절의 기능은 전혀 없고 팔은 상처 조직에 단단히 매달린 상태였다. 다행히 그런 상태에서도 손을 움직일 수 있었다. 사실 팔 전체를 다 잘라내도 이상하지 않았을 것이다. 그러나 주요 혈관과 신경이 있는 곳이 덜 손상된 것을 발견하고 선임 선생님이 손만이라도 살려내기 위해 애를 쓴 결과다.

환자는 "두 다리를 잃었어도 의족을 차면 걸을 수 있으니 손과 어깨가 조금만 더 자유로이 움직이면 좋겠다"는 바람을 내비쳤다. "그렇게 되면 평범한 일을 하고 살 수 있을 것 같다"고 했다. 하지만 어깨 기능을 살릴 가능성은 없어 보인다. 그도 예상했던 답변일 것이다. 약간이나마 기대를 걸어보았던 그의 표정은 이내 꺾어져 시든 꽃 같은 시무룩한 표정이 되었다. 한창 펼쳐질 가능성의 미래를 준비하는 나이, 스무 살 청년인 그였다. 그저 평범한 시민이었다, 집 근처에서 폭탄이 터지기 전까지는.

다음 환자들을 진찰해 나가다가, 밝게 인사를 하는 열두 살 소년을 만난다. 내내 침대에 모로 누워 있는 아이다. 지난주에 이 아이의 엑스레이를 보며 혀를 내둘렀다. 이렇게 심하게 허리뼈가 앞으로 완전히 빠져나간 건, 정형외과 의사로 30년 넘게 외상 환자를 치료한 외과팀 리더(SFP, Surgical Focal Point) 에드가도 처음 본다고 한다. 폭탄이 터졌을 때 그 충격으로 날아가 바닥에 내동댕이쳐졌을 것이다. 그래서 허리가 완전히 꺾어진 것으로 보인다. 하반신이 완전히 마비됐다. 허리에는 커다랗게 열린 상처가 있다. 이런 모습으론 휠체어에 앉기도 어렵다. 휠체어라도 타고 다닐 수 있도록 하기 위해서는, 그리고 상처를 효과적으로 낫게 하기 위해서라도, 격하게 앞으로 꺾이고 빠져나간 허리뼈의 모양을 잡아주면 좋으련만. 그러기 위해서는 큰 수술을 받아야 한다. 람사 병원에서 할 수 있는 규모의 수술이 아니다. 어떻게 해야 할지 방법을 찾아보다가, 람사 의료팀 리더의 주도로 요르단 대학병원에 수술을 의뢰하는 절차를 밟기로 했다. 아이는 희망적인 소식에 기쁜 건지, 외국인 의사들이 진찰하고 치료하는 모습이 신기해서인지 마냥 천진난만하게 미소 짓는다. 여러 환자들을 지나 병실의 문을 열고 나갈 때도 멀찌감치서 웃으며 손을 흔들어 인사한다. 혹독한 겨울을 이겨내고 피어난 꽃봉오리 같았다. 앞으로도 눈사태에 묻히지 않고, 그 나름의 꽃을 피우는 삶을 기원한다. 길고 긴 치료와 재활이 필요할 것이다. 기나긴 엄동설한은 아직도 앞에 놓여 있다.

회진이 끝나고 람사로 돌아가는 길, 낮게 깔린 태양빛 사이로 세찬 모래바람이 또 불어온다. 한순간 눈앞이 보이지 않을 정도다. 2011년에 시작된 시리아 내전은 아직도 끝이 보이지 않고, 이곳 캠프 난민들의 미래도 앞이 보이지 않는 듯하다. 더운 모래바람이 추운 겨울의 눈보라처럼 느껴진다.

6. 병원을 비워라, 침상을 확보하라

오전 열한 시경, 두 번째 정규 수술을 시작하려는 찰나였다. 캐비닛 철제 선반 위의 당직폰이 양철북 치듯 요란하게 울려대기 시작했다. 써지컬 스크럽(수술을 위한 소독)을 하고 환자 앞에 서 있던 터라 당직폰을 만질 수가 없었다. 써큘레이팅(순회 간호사)에게 전화기를 귀에 좀 대달라고 부탁했다.

"하이, 재헌. 긴히 할 이야기가 있는데 혹시 지금 시간 돼?"

귀에 댈 필요도 없었다. 속사포같이 쏟아져 나오는 걸걸한 목소리가 전화기 바깥으로 쩌렁쩌렁 울려 퍼졌다. 의료팀 리더(MTL, Medical Team Leader)인 캐나다에서 온 니키다.

"하이, 니키. 지금은 수술 시작하려는 중이라, 열두 시쯤 어때?"

사무실로 와달라는 요청에, 시간이 되는 대로 최대한 빨리 연락하고 사무실로 갈 수 있도록 하겠다고 답변하고 통화를 마쳤다. 수술은 예상대로 열두 시쯤 끝났다. 하지만 다음 환자가 벌써 옆 수술방에서 마취를 하고 대기하는 상태라 사무실까지 다녀올 시간은 없을 것 같았다. 그녀에게 전화를 걸었다.

"알았어, 그럼 전화로 간략하게 이야기할게. 주치의의 허락이 필요한 상황이 있어. 재헌의 담당 환자 중 A와 B를 내일 시리아로 보내야 할 것 같아. 그렇게 해도 될까? 환자 C와 D도 다른 병원으로 보낸다는 거 에드가(외과팀 리더)와 이야기된 거 맞지? 그 두 환자도 내일 중으로 보내려고 해. 외고정 장치 제거하거나 교체해서 퇴원 조치해줄 수 있어? 급성기(신체 손상이 생겼을 때 주요 반응이 급격히 나타나는 시기)는 지났으니 퇴원이 불가능한 상태는 아닌 거 맞지? 내일 퇴원해야 하니까, 꼭 내일 퇴원할 수 있도록 부탁해."

아니, 내일 다 퇴원시킨다고? 적어도 1주는 더 여기 병원에서 치료하기로 한 환자들 아니던가? 지난 그랜드라운드(람사에서는 매주 일요일 오전에 모든 팀원이 함께 전체 환자를 리뷰하면서 개괄적인 한 주의 치료 계획을 세우는 회진을 한다) 때 했던 얘기와 다르다. 갑자기 이게 뭔 일인가 싶었다.

그래도 상부의 다급하고 단호한 부탁이었다. 이유는 다음에 물어보기로 하고, 일단 어떻게든 오늘 당장 서둘러서 모든 걸 준비하기로 했다. 그렇게 생각하니 더욱 골치가 아팠다. 네 명 중 세 명은 개방성 골절의 상처가 비교적 안정적이어서 외고정 장치를 제거하고 통깁스로 바꾸지 못할 정도는 아니었다. 하지만 한 명은 지금 외고정 장치를 빼기에는 무리였다. 게다가 오늘 가뜩이나 수술 일정이 많았다. 정규 수술이 다 끝나고, 이어서 네 명 환자의 외고정 장치를 빼내고 통깁스로 바꾸는 작업을 하려면 사람도 더 있어야 하고 관련 물품도 준비가 되어야 했다.

일단 할 수 있는 데까지 해보기로 했다. 수술실 팀원들에게 소식을 전했다. 응급수술도 아닌데 내일 정규 일정으로 처리하면 안 되느냐며 입을 삐쭉 내미는 팀원도 있었다. 그래도 다들 지시에 따라 자기 역할을 하기로 했다. 추가 근무할 사람이 정해지고 필요한 물품도 마련했다.

늦은 저녁, 네 명의 환자가 다음 날 퇴원할 준비를 마쳤다. 마지막 한 명, 외고정 장치를 뺄 상황이 아닌 환자를 두고 이리저리 궁리를 해봤지만 마땅한 방법을 찾지 못했다. 니키와 상의 후 그냥 외고정 장치를 단 채로 시리아에 보내기로 했다. 요즘에는 잘 하지 않던 일이었다. 외고정 장치를 단 채로 그를 시리아에 보낸다는 것은 그 부품을 다시 쓰지 못한다는 뜻이기 때문이다.

외고정 장치(External fixator)는 깁스와 달리, 뼈에 박은 핀을 피부 바깥까지 나오게 하고, 네댓 개의 핀을 클램프를 이용해 딱딱한 바bar에 연결하는 고정법이다. 다리나 팔을 고리 모양으로 둘러싸는 형태 (ring-fixator)도 있지만 이곳에선 막대기 형태로 된 것(mono-fixator) 만 구비되어 있다. 이 장치 가운데 환자의 몸속에 들어가는 핀 부분은 감염 등의 위험도 있고 이미 연결부위가 미세하게 망가지기도 해서 재사용하지 않는다. 하지만 몸 바깥에서 뼈가 아물 때까지 고정하는 부품은 재사용할 수 있다. 재고가 충분할 때는 여유를 부릴 수 있지만 지금은 물자 절약 모드다. 재고가 부족해지는 중에 다음 물품 조달까지 상당 기간 기다려야 하기 때문이다. 환자가 자타리 캠프로 간다면 추후 외고정 장치가 필요하지 않다고 판단할 때 빼서 다시 쓸 수 있지만 시리아로 갈 때는 그 부품을 수거할 수 없다. 그런 이유로 가급적 장치를 제거해서 부품을 확보한 후 보내고 있다.

그다음 날도 이상했다. 아침에 회진을 시작하기 전 니키가 사무실로 나를 불렀다. 니키는 환자 명단을 쭉 펼쳐놓고 이 중에서 조금이라도 퇴원 가능한 환자가 누구누구인지 골라달라고 했다. 왜 이렇게 서두르는 걸까? 설명 없이 재촉하는 니키에게 이유를 물었다.

그는 구체적으로 윤곽이 드러나지는 않았지만 국경 너머 정세가 불안하다고 했다. 엊그제 엄포성 폭탄이 터졌다는 것이다. 하지만 아직 정국이 어떻게 진행될지는 알 수 없었다. 공식적인 방침이 내려오지 않는 이유였다. 하지만 대비를 해야 할 것 같다고 했다. 지금은 람사의 병상이 모두 차 있다. 만약 지난 러시아 공습 때처럼 대량으로 사상자가 몰려오면 감당할 수가 없을 것이다. 병실이 꽉 찬 채 우왕좌왕하면 피해가 더 커질 것이기에, "병상을 최대한 비우고 준비하는 게 좋겠다"고 했다.

여덟 명의 환자 이름에 동그라미를 쳤다. 대부분 자타리 캠프로 보내질 것이다. 아직 재활을 시작하기에는 조금 이른 감이 있지만, 대량 사상자가 몰려온다고 가정한다면 우선순위가 달라질 수밖에 없었다. 만약 자타리로 보냈다가 그쪽에서 감당이 안 되면 그때 다시 데려오더라도 우선 보내기로 했다. 오전 회진을 마치고 동그라미를 친 이송 대상 환자들과 면담을 했다. 예상보다 빨리 병원을 떠나야 한다는 이야기를 듣는 환자들의 표정에 어리둥절함과 서운함이 어리었다.

병실을 비우기 시작한 지 이틀이 지났다. 급성기(acute phase)가 지난 아급성기(subacute phase) 환자들이 주로 머무는 제2병동 환자가 3분의 1가량 빠졌다. 열 개 병상이 들어가는 병실에 자리가 모자라 두어 개씩 침대를 더 끼워 넣었는데 이제는 빈 침상이 더 많아 허전해 보일 정도였다. 낮이면 휠체어와 목발을 이용해 복도를 돌아다니거나 정문 앞에 옹기종기 모여 앉아 바람을 쐬던 환자들이 확 줄어 병동은 한산한 모습이었다.

아직까지는 언덕 너머에서 별다른 소식이 없었다. 앞으로도 별 소식이 없기를 바라지만, 여차하면 두 번째 긴급 후방 이송이 이루어질 것에 대비해 명단을 정리하고 있었다. 고요해진 병동 복도를 지나고 있자니 마음이 죄어들었다. 병동 정문에 적힌 'No Weapon(무기 금지)' 마크가 새삼 크게 보였다.

7. 오지 못한 환자들

5월 16일 월요일 아침 여덟 시, 회진을 시작하려는데 의료팀 리더 니키가 예정에 없던 회의를 소집했다. 농담도 많이 하고 익살스런 표정도 잘 짓는 니키의 얼굴이 무거웠다. 시리아 남부 정세에 관한 이야기가 나올 것으로 짐작했다.

아니나 다를까 시리아 남부에 무력분쟁이 다시 시작됐다는 내용이었다. 이번엔 공식적인 공지였다. 지난 며칠간 시리아 남부의 도시 주변에 공포 사격과 폭탄 투하가 발생했다. 병상을 비워 만약의 사태에 대비한 것은 이런 이유에서였다. 불안한 예감은 현실이 됐다. 어젯밤과 오늘 새벽 시리아의 연락책이 본격적인 무력분쟁 발발 소식을 전했다.

뉴스에는 시리아 정부군이 수도 다마스쿠스를 탈환했다는 소식이 나왔다. 정부군은 전과를 선전하며 '다음은 다라'라는 내용을 유튜브로 배포했다. 다라는 이곳에서도 폭격 사실을 알 수 있을 정도로 가까운 시리아 남부의 도시였다.

오후 두 시, 해외 파견 활동가와 현지 의료진 주요 멤버들이 한자리에 모였다. 빔 프로젝터를 켰다. 대량 사상자가 발생할 경우에 어떻게 대비할지에 대한 계획이 나왔다. 가장 중요한 것은 환자를 잘 분류하는 것이다. 전문외상 생명유지술(ATLS) 등 응급조치를 취하면 살아날 가능성이 있는 중상 환자는 레드팀이 담당한다. 분초를 다투지는 않지만 응급수술 등 주요 치료가 필요한 환자는 옐로팀이 맡는다. 응급조치를 취해도 살아날 가능성이 희박하거나 사망한 환자를 담당하는 블랙팀도 있다. 상대적으로 손상이 덜한 경상 환자를 맡는 그린팀은 최소한으로 편성됐다. 나는 옐로팀에 배속됐다.

요르단 파견 전 GAS Week에서도 경험했던 일이지만, 환자의 상태를 정확하게 판단해서 분류하는 것은 쉬운 일이 아니다. 환자 스스로 자신의 상태를 말하기 어려운 경우가 많고 말한다 해도 급박한 상황에서 우선순위를 정리하는 것은 적지 않은 경험과 판단력을 요구한다. 살아날 가능성이 없는 환자에게 너무 오랫동안 매여 있으면 다른 환자를 살릴 수가 없다. 모두 다 꼭 살리고 싶다는 마음은 냉정한 판단을 흐릴 수도 있다.

저녁이 되었다. 환자가 하나둘 구급차에 실려 왔다. 한꺼번에 많은 환자가 올 것에 대비하고 있었던 것에 비하면 적은 수였다. 그날 도착한 환자 중 한 명은 상태가 좋지 않았다. 복부와 우측 허벅지가 터져 나간 총상 환자였고, 꺼져가는 생명을 바로 수술실로 올려서 주요 출혈을 잡으려 했지만 얼마 안 가 그의 심장은 멈추었고, 그의 가슴은 우리의 손이 후끈거릴 정도로 심장 마사지를 받았지만, 심장은 다시 뛰지 않고 수술실 침대 위에서 싸늘하게 식어갔다. 그 온도 차가 너무나 싫었다. 허탈한 마음으로 자정을 넘기게 되었지만, 긴장을 놓지 않고 밤새 대기했다. 하지만 자정 이후로는 응급 콜이 울리지 않았다.

환자들은 다음 날 낮 동안 띄엄띄엄 도착했다. 다음 날도, 그다음 날도 평소보다 다소 많은 정도이지 한꺼번에 몰려오지는 않았다. 어째서 이렇게 되었을까?

시리아 내의 병원과 연락이 닿고 나서야 의문을 해소할 수 있었다. 총탄이 오가는 그곳에는 환자가 계속 쌓이고 있었다. 하지만 이곳까지 오질 못한다고 했다. 환자를 구급차에 실어서 국경까지 보내기만 하면 여기서 받아 살릴 수도 있는데, 오는 길이 폭격에 노출되는 바람에 위험해서 국경까지 차를 보내지 못하는 것이다. 잠잠한 틈을 타 하나둘씩 보낼 뿐이었다. 아까운 생명들이 사라져 가고 있었다. 그러나 할 수 있는 일이 없었다.

사나흘이 지났다. 토요일 오후 점심시간이 지나니 환자 여섯이 한꺼번에 도착할 것 같다는 소식이 들려왔다. 두 명이 먼저 도착했다. 한 명은 머리가 손상됐다. 피범벅이 된 얼굴은 누군지 알아볼 수가 없었다. 다른 한 명은 오른쪽 다리에서 피가 흘러내리고 있었다. 하지만 진찰을 해보니 피부와 근육이 조금 떨어져 나간 데 그쳤다. 왼쪽 손목뼈가 부러졌으나 깁스만으로 치료할 수 있는 골절이었다.

두 사람에 대한 응급조치를 마치고 다음 네 명이 도착하기를 기다렸다. 어른 두 명과 아이 두 명, 모두 중상 환자라고 했다. 하지만 두어 시간이 지나도 소식이 없었다. 이송 도중 구급차 안에서 모두 사망했기 때문이었다.

그날 저녁, 총상으로 복부가 손상되고 허리뼈가 부러진 환자가 기도 삽관(기도 내 튜브를 넣어 호흡을 돕는 것)을 한 채로 도착했다. 그리고 구급차는 환자의 후송과 함께 중요한 전갈도 싣고 왔다. 그날 폭격으로 열네 명의 아이가 다쳐서 어느 병원에 머물고 있으며 네 명의 아이는 중상이라 이송이 준비되는 대로 오늘이라도 람사에 보내겠다는 내용이었다.

밤이 되었지만 네 명의 아이가 온다는 소식은 여전히 없었다. 가능하면 오늘이라도 보낸다고 했으니, 행여나 새벽에라도 도착할까 싶어 평소보다 일찍 잠자리에 들었다.

응급 콜이 아니라 오전 여섯 시 알람 소리에 눈을 떴다. 결국 밤이 지나도록 아이들은 오지 않았다. 숙소의 창문을 열자 신선한 아침 공기가 밀려들었다. 새들이 재잘대는 소리도 들려왔다. 그러나 기분은 전혀 상쾌하지 못했다. 중상을 입었지만 이곳에 건너오지 못한 네 아이들이 살아 버티고 있을지 알 수 없었다. 사망했을 가능성이 높았다. 와야 할 환자가 오지 못한 밤이 지나갔다.

8. 레드 플래그

이중맹검법(double blind test)이라는 게 있다. 의학을 비롯한 연구에서 매우 중요한 연구설계 방법 가운데 하나다. 새로운 약을 실험하려고 할 때 약을 투여하는 의사나 투약 받는 환자나 이 약이 새로운 약(실험군)인지 아니면 실험 결과를 확실하게 파악하기 위해 대조군으로 설정된 기존 약 혹은 플라세보(placebo, 가짜 약)인지는 알 수 없게 만드는 연구설계이다. 실험에 참가한다는 것을 알 뿐, 이 약이 어떤 약인지 알 수도 없고, 의도적으로 그것을 알려고도 하지 않고, 알아서도 안 된다는 것이 핵심이다. 객관적으로 효과를 파악하기 위해서다.

이곳의 병원에서 일하면서도 그런 방법론이 떠오를 때가 있다. 레드 플래그red flag가 걸렸을지도 모를 환자에 관해 생각할 때다. 국경없는의사회는 중립성과 공정성을 지향한다. 민간인인지 군인인지, 군인이라면 반군 소속인지 정부군 소속인지 따지지 않고 모든 환자를 일단 치료한다. 집에 돌아가는 길에 총탄을 맞은 사람인지, 아니면 폭탄을 넘어 아이를 구하려다 다친 사람인지, 아니면 그 폭탄과 총알을 날리던 사람인지에 따라 치료가 달라지지 않는다. 알게 되는 경우도 있지만, 굳이 알려고 하지 않는다. 선입견을 갖고 치료하지 않기 위해서라도 의료팀에서는 굳이 물어보려고 하지 않는다.

그렇다고 해서 누가 누군지 아무것도 모른다는 뜻은 아니다. 무력 분쟁에 직접 가담한 환자가 국경을 넘을 때는 특별 관리 인물로 지정된다. 여기에서는 속칭 레드 플래그로 부른다. 중립을 표방하는 우리 단체와 달리 요르단 정부 관점에서는 그런 인물을 별도 관리해야 할 필요성이 있을 것이다. 국경없는의사회가 행정적으로는 그런 정보를 가지고 있을 수도 있지만, 일선 의료진에게 레드 플래그 여부를 공표하지는 않는다. 그리고, 앞서 말했듯 선입견을 갖지 않기 위해서라도 묻지 않는 것이 불문율이다. 예외가 있을 수 있지만 통상은 그러하다. 어떻게 다쳤는지 손상 기전을 파악하는 것은 중요하나, 어느 편에 가담이 되었는지 여부를 파악하는 것은 환자가 어느 정당을 지지하는지를 아는 것만큼이나 외상 치료에 도움될 것이 없다.

하지만 모를 수가 없는 때도 있다. 처음 구급차에 실려 올 때 환자들은 의식이 없는 경우도 있고 의식을 회복한 후에도 우선 치료를 받고 살아나는 데 집중한다. 그러나 급성기가 지나 통증이 어느 정도 가라앉으면 다들 평소의 모습을 되찾는다. 대표적인 것이 스마트폰이다. 적지 않은 환자들이 스마트폰을 보며 소일한다. 페이스북이나 트위터, 인스타그램 같은 소셜 미디어는 이들에게도 중요한 소통 창구다. 중동도 우리만큼이나 관계 중심적인 사회이기 때문인지 온라인으로 친구를 만드는 일에 열을 올리는 사람들이 적지 않다.

나는 드문드문 페이스북을 사용하고 있는데, 어떻게 알았는지 귀신같이 내 계정에 '친구 신청'을 누르는 환자들이 있다. 그런데 친구 신청한 환자의 프로필 사진을 보면 당혹스럽다. 총을 들고 마스크를 쓴 채 무장단체 소속임을 과시하고 있어서다. 일반 공개된 포스트에 널브러진 시체 사진 같은 잔혹한 사진들과 동영상을 올려놓은 경우도 있었다. 아무렇게나 남발하는 듯한 포스트들은 언뜻 보기에도 거북했다. 요즘은 무장단체들도 소셜 미디어로 자기 홍보, 과시, 선동을 한다더니, 그 페북 포스팅도 그런 종류인 듯했다.

이들도 병동에서의 모습은 여느 환자와 비슷하다. 몇몇은 군인다운 듬직함을 보여줄 때도 있다. 그럼에도 불구하고 그들이 총을 들고 있는 프로필 사진이 환자복 위에 겹쳐 떠오를 때면, 기껏 치료를 해서 이들을 시리아에 되돌려 보내는 일이 과연 옳은가 자문하게 된다. 치료를 하긴 하지만 따뜻한 말 한마디가 쉽사리 입에서 나오지 않는다. 그 싸움으로 무고하게 피해를 입은 아이들의 얼굴까지 떠올리면 더욱 그러하다. 이런 생각이 꼬리를 물다 보면 차라리 레드 플래그가 있는지 없는지 모르는 게 치료하는 데 낫겠다 싶어진다. 그냥 모르고 싶다.

치료가 끝나고 헤어지는 환자들 중에는 가끔 해외 활동가들과 같이 사진 한 장 찍고 싶다고 요청하곤 한다. 아이 환자들의 요청에는 한껏 기쁘게 응하며, 치료한 보람이 한 번 더 느껴지기도 한다. 하지만 무장단체 소속일 가능성이 크다는 생각이 드는 환자들과 사진을 찍을 때는 그렇지가 않다. 마음 한편에 불편함이 모락모락 피어난다. 활짝 웃으려고 노력하지만 어색하기만 하다. 그들이 다시 무력분쟁 속에 뛰어들지 않기를, 만약 다시 그곳에 가더라도 무고한 시민들에게 피해를 입히지 않기를 바랄 뿐이다.

9. 국경 없는 행복한 건축가

국경없는의사회는 람사 병원 2층의 예전에 산부인과 수술실로 쓰다가 낙후되어 폐쇄한 수술실 두 개를 빌려 재정비하여 사용하고 있었다. 하지만 낙후된 수술실은 여러모로 부족한 점이 있었다. 국경없는의사회는 병원 1층의 창고로 쓰던 공간을 현대식 수술실로 리모델링하는 작지 않은 규모의 사업을 하기로 했다. 응급실에서 수술실로 이송하기에 효율적인 장소에 공간과 시설이 개선된 새로운 수술실 두 개를 만들기로 한 것이다. 내가 도착할 무렵에는 이 리모델링이 거의 마무리 단계였다. 새 수술실은 훨씬 넓고 깨끗했다. 비용은 국경없는의사회가 내고 우선 사용할 권리를 갖지만, 람사 프로젝트를 닫고 철수할 시점에는 람사 병원에 인계할 계획이었다.

외과팀 리더를 맡고 있는, 캐나다에서 온 68세의 에드가 선생님은 이 사업에 온 정성을 쏟고 있다. 작년부터 공간을 확보하고 비용을 뽑아보고 각종 장비를 들이는 일까지 하나하나 계획을 세우고 본부의 승인을 받아가며 진행해온 일이다. (그는 나와 달리 1년가량 장기 계약을 맺고 이곳에 와 있다. 정형외과 전문의지만 외과팀 리더는 의료팀 전체를 관리하는 역할이기 때문에 직접 수술을 집도하지는 않는다.) 새 수술실을 애정 어린 목소리로 '마이 베이비'라고 부를 때면 꼭 늦둥이 막내가 태어나길 기다리는 아빠 같은 얼굴이 된다.

에드가가 계획을 세우고 예산을 따내는 등의 역할을 하고 있다면, 건축 현장의 실무를 총괄하여 담당하는 것은 콜롬비아 출신 건축가 호헤다. 국경없는의사회는 그 이름을 들어서는 '의사들의 모임'으로 언뜻 생각하기 쉽지만 실제론 의사 간호사 약사 등 의료인과 비非의료인이 거의 반반가량의 비율로 구성된다. 새의 양 날개와 같다.

비의료인이 필요한 분야는 다양하다. 본부나 사무소에서 인재풀 관리, 후원 관리, 회계 처리, 홍보 등 조직으로서 기본적인 행정 역할을 할 사람들이 필요하다. 또 현장에서도 호헤와 같은 건축가를 비롯해 식수와 위생, 전기, 통신, 컴퓨터 등 다양한 영역의 전문가들이 함께하고 있다. 이들을 통칭해서 '로지스티션'이라 부른다. 물자 주문, 구입, 수송, 저장, 차량, 백신과 약품의 관리, 기계 관리 및 유지 보수 등 해야 할 일이 적지 않다.

40대 중후반 나이의 호헤는 항상 덥수룩한 머리에 정리되지 않은 수염, 털털한 옷차림을 하고 있다. 아침 해가 뜨면 호헤는 마당으로 나와 해의 기운을 받으려고 하는 양 동쪽을 바라보고 서서는 젖은 머리를 털며 한참 동안 햇볕에 머리를 말린다. 아침식사 시간에는 우유 한 잔과 플레인 다이제스트 몇 개를 가져온다. 다이제스트를 반으로 톡 잘라 우유에 찍어 한 입 베어 물곤, "쏘 구우우웃So Gooood"이라고 되뇐다. 세상에 이렇게 맛있는 아침은 없다는 표정이다. 하루에도 몇 번씩 '쏘 구우웃' 하는 그의 목소리를 들으면 마음이 말랑말랑해지는 기분이다. 그야말로 행복한 건축가다.

특수 공간인 수술실을 만드는 데는 건축 기술만 필요한 게 아니다. 현장에 뭐가 어떻게 놓여야 하고 어떤 동선이 만들어져야 하는지에 관해 의료진의 의견이 반영돼야 한다. 하지만 의료진이라고 해서 모두 똑같은 생각을 하는 건 아니다. 하다못해 집에 도배장판을 해도 가족 간에 의견이 다른 법. 중간에 끼어서 곤란할 수도 있을 것 같은데, 호혜는 특유의 공손함과 웃음으로 상황을 부드럽게 넘기곤 한다.

새 수술실 개장 예정일이 열흘 앞으로 다가왔고, 이제 어느 정도 진척이 되었나 궁금해서 살짝 들여다봤다. 호혜가 열심히 마무리 작업을 하고 있는 중이었다. 그는 나를 보고는 일을 잠시 멈추고 나를 향해 들어오라며 손짓했다. 그가 찬찬히 수술실을 보여준 뒤 진척되어가는 상황을 설명해주었다. 먼지가 가득한 공사판이지만 수술용 무영등이 달리고, 터치스크린 모니터와 방사선을 차단할 수 있는 납으로 된 문이 설치된 것을 보니 선진국의 수술실 못지않아 보였다. 람사의 국경없는의사회 외과 프로젝트는 큰 진전을 이룰 것이다.

문득 오늘은 호혜와 함께 퇴근하고 싶다는 생각이 들었다. 호혜는 현장 일을 마치고 퇴근 시간이 되면 사무실에 들어와서 서류작업을 한 뒤 언제나 동료들에게 "숙소에 같이 갈래?" 하고 물어본다. 답은 거의 대부분 "노No"다. 병원과 숙소는 가깝지 않다. 걸어가면 한 시간 반은 족히 걸린다. 집에 가다 녹초가 될 것이다. 그 길을 호혜는 운동 삼아 매일 걸어서 퇴근한다. 한 달이 넘게 같이 지냈는데, 나 역시 한 번도 호혜의 질문에 "예스Yes"라고 한 적이 없다. 하지만, 오늘 한 번

쯤은 호혜와 함께 걸어서 퇴근해보자. 그의 국경없는의사회 이야기를 잠시 들어보자.

나 : 호혜, 이번이 몇 번째 미션인가요?

호혜 : 이번이 다섯 번째 미션이에요. 2012년에 우즈베키스탄에서 처음으로 활동했고, 그 후 에티오피아와 러시아, 그리고 벨라루스를 거쳐 요르단에 왔어요.

나 : 그러면 국경없는의사회는 어떻게 참여하게 되었나요?

호혜 : 스페인에서 대학원 다닐 때 경제학과 대학원에 아는 분이 있었는데, 그분이 국경없는의사회 활동에 참여한 적이 있어서 이런저런 이야기를 들려주었어요. 멋진 단체라는 걸 알게 되었고, 고국 콜롬비아에서 대학교 졸업 후에 열악한 시골에 집을 지어주는 NGO 활동을 했던 것이 떠올랐어요. 기회가 닿으면 국경없는의사회에도 참가하고 싶다고 생각했죠. 하지만 대학원 졸업 후에 바로 실행에 옮기진 못하고 직장 생활을 하며 지냈어요. 직장 생활도 만족스러웠지만, 뭔가 더 의미 있고 역동적인 활동을 하고 싶어졌어요. 10년간의 직장 생활을 접고 2012년부터는 지속적으로 미션에 참가하고 있어요.

나 : 지속적으로 구호현장에서 활동하는 것이 쉽지만은 않을 텐데, 대단하네요. 다섯 번의 미션 중 언제가 가장 인상적인 순간이었나요?

호혜 : 러시아에서의 미션을 하고 있을 때였어요. 진단검사실의 건축을 담당했고, 처음엔 작은 검사실이었어요. 검사실 완공을 마치고 나서 진료의 효율이 엄청 좋아졌다는 이야기를 들으면 뿌듯했죠. 게

다가 검사실이 활성화되면서 더 큰 검사실을 만들자는 결정이 이뤄졌어요. 그래서 거기 머물며 바로 두 번째 검사실을 만드는 작업에 들어갔고요. 나의 건축 활동이 환자를 이렇게 돕고 있구나 하는 걸 몸소 느끼니까 진짜 기분이 좋고 보람이 컸죠.

나 : 호혜에게 국경없는의사회는 어떤 단체인가요? 어떤 매력이 있나요?

호혜 : 저에게는 자유와 보람이라 생각해요. 저는 여행을 무척이나 좋아하고, 새로운 곳에서 사람들을 만나는 것을 좋아해요. 내향적인 성격도 다분해서 왁자지껄한 모임 자리에는 잘 나가지 않지만, 그냥 국경없는의사회 사람들과 단체 생활하고 어우러져 일하는 것이 좋아요. 이 활동을 하다 보면, 나의 활동이 도움이 되는 것을 보다 가까이서 느끼는 보람도 있고, 뭔가 세상에 나도 긍정적으로 기여하고 있다는 느낌, 그리고 그만큼 나의 활동과 나 자신의 가치를 좀 더 잘 느끼게 하는 것 같아요. 물론 활동을 하면서 어려움도 많아 미션을 마치고 잠시 다시 일상으로 돌아가 있으면, 미션을 또 나갈까 말까 수십 번 고민하는 거 같아요. 하지만 어느 순간 이런 매력에 이끌려 또 미션을 나오게 돼요.

이야기는 이어졌다. 짙은 푸른색의 올리브나무 숲 사이로 걸어가며 호혜는 국경없는의사회 활동에서 만난 사람들, 그곳의 풍경, 울고 웃은 이야기를 하나씩 둘씩 풀어놓았다. 어느덧 맑은 녹색 잎사귀를 지닌 감자밭을 지나고 하염없이 갈색으로 뒤덮인 들판이 펼쳐졌다.

기울어진 햇살을 타고 바람이 불고, 그렇지 않아도 헝클어진 호혜의 머리카락이 바람에 휘날렸다. 시원한 바람을 맞자 그가 또 한마디 한다. '쏘 구우웃.'

10. 만남, 포옹, 눈물

시리아 내전의 한복판에서 병원을 지키고 꺼져가는 생명의 불씨를 다시 지펴낸 의사들도 영웅이었고, 사경을 헤맬 정도의 고통의 시간을 견뎌내고 살아나 다시 희망을 찾아가는 환자들도 영웅이었다. 시리아 남부 지역에서 근무하는 의사들이 람사 병원을 방문한 날은 눈물의 날이었다. 이들이 병실에 들어서는 순간, 적지 않은 환자가 벌떡 일어나서 선생님 오셨냐며 열렬히 반기고, 의사와 환자가 서로 뛰어와 부둥켜안으며 함께 눈물을 흘렸다. 이들 환자들은 시리아 병원에서 응급 조치가 없었으면, 생명을 유지하며 람사 병원까지 오지 못했을 환자들이었다. 나는 이 만남의 날, 수술 일정이 있어서 그 순간을 직접 목격하지는 못했지만, 이들이 지나간 병동에서, 그 자리에 있었던 람사 의료진들의 이야기를 듣고 있자니 가슴이 뭉클해졌다. 외과팀 리더인 에드가 선생님도 그 장면을 보며 울컥울컥 눈물이 올라와서 참느라 애먹었다고 했다. 그들이 함께한 눈물은 감사와 안도와 서러움과 희망과 안타까움과 그리움이 섞인 뜨거운 눈물이었지 않았을까.

시리아 남부의 의사들이 어떻게 요르단에 넘어올 수 있었고 람사 병원에 방문할 수 있었는지 의아했는데, 국제적십자위원회에서 시리아 남부의 의사들을 초빙하여 요르단의 수도 암만에서 컨퍼런스를 열어 전쟁손상 치료(war surgery)와 관련된 연수교육을 주관하였다고 에드가 선생님이 답해주었다. 시리아 분쟁 지역에서는 의료가 제대로 제공될 수 없을 것이다. 의료 인력도 부족하다. 의사가 없고 일손이 딸리니 남아 있는 의과 대학생들도 기초 수술들을 배워 집도를 해야 하는 상황이라고 한다. 좀 더 체계적이고 효과적인 손상 치료에 대한 특화 교육은 그들에게 적지 않은 도움이 될 것이다. 국경없는의사회도 강연을 섭외 받았고, 연수교육이 모두 끝나고 참가한 의사들이 람사 병원에 방문한 것이다.

람사 병원으로의 방문과 만남은 포옹과 눈물로 이어진다. 바사라와 라미가 엄마를 만난 날도 그랬다. 이들은 병동의 귀염둥이들이다. 병동에 가면 다섯 살 새침데기 소녀 바사라가 까르르 웃으며 복도를 휘젓고 다니는 것을 볼 수 있다. 그러면 여덟 살 언니인 라미도 얼굴에 웃음기를 띠고 느그적 느그적 걸어온다. 바사라는 뇌진탕으로 실려 왔는데, 2개월이 지난 지금은 다행히 여느 다섯 살 아이처럼 활기차다. 라미도 비슷한 시기에 뇌진탕과 뇌출혈로 국경을 넘어 실려 왔지만 손상이 더 심했다. 지금은 많이 회복되어 걸어 다닐 수 있지만 뇌졸중 환자처럼 왼쪽 반신이 불편하다. 말도 어눌하고, 얼굴은 웃는 듯 아닌 듯 약간은 멍한 표정으로 있다. 그러나 유심히 보면 미세한 표정 변화를 읽을 수 있다.

이런 미세한 표정 변화도 잘 살펴주는 병동의 심리치료사가 있고, 간호사와 간병인도 아이들과 놀이 친구도 되어주며 잘 돌보아준다. 단 하나 부족한 것이 있다면 엄마다. 시리아에서 다친 환자들이 요르단 국경을 넘을 때 대부분은 환자 본인만 통과가 허가된다. 어린아이라고 해도 엄마 등 보호자가 함께 오지 못하는 때가 많다. 다행히 한두 달이 지나면 아이의 엄마가 이런저런 신원 보증을 거쳐 국경을 넘어오는 경우가 있다. 바사라의 엄마와 라미의 엄마도 그렇게 찾아올 수 있었다. 엄마와 딸은 깊은 포옹을 하며 눈물을 그치지 않았다.

크게 다쳐서 구급차를 타고 국경을 넘어야 하는 아이를, 같이 있어주지도 못하고 떨어져야 하는 부모의 마음은 어땠을까. 아이의 상황은 더하다. 다쳐서 아프고 무서운데 아는 사람 하나 없는 곳에 덩그러니 떨어져 있어야 한다. 심각한 스트레스를 겪을 수밖에 없다. 아이와 부모 둘 다 심리치료 지원이 필요한 이유다. 그러기에 람사 병원에서는 아이가 걷고 뛰어놀 정도로 좋아졌다고 해도 엄마가 찾아온 날 바로 퇴원시키지는 않는다. 큰 변화를 겪은 아이이기 때문에 엄마와 함께 사나흘 동안 관찰기를 거친 뒤 집에 갈 수 있도록 조치를 취한다.

바사라와 라미도 그렇게 돌아갔다. 바사라의 재잘거림과 라미의 수줍은 웃음이 빠진 병동은 어쩐지 허전했다. 두 사람이 떠나기 전 병원에서 환자들을 응원하기 위해 조촐한 파티를 열었던 적이 있다. 춤과 노래, 음식이 마련됐다. 요르단 등 중동 지역의 전통 춤인 답카 dabka가 빠질 수 없다. 답카는 한 줄로 서서 손을 잡고 추는데 맨 앞에 선 길라잡이와 그 길라잡이를 보조하는 두 번째 사람은 현란한 춤사위를 선보이며 흥을 돋우지만 세 번째부터는 비교적 간단한 동작을 계속 반복하면 된다. 나는 그 반복 동작을 계속하는 사람이었다. 그런데 라미가 어설프게 답카를 추는 내 모습을 보고 한 간호사에게 수줍게 "다음에는 재헌 선생님과 같이 춤을 추고 싶어요"라고 했다는 것이다. 말을 전해준 간호사는 "꼬마 아이라 해도 여기선 여성이 먼저 춤을 신청하는 것은 매우 드문 일이니까, 다음에 함께 춤추는 시간이 있으면 꼭 같이 춤을 춰줬으면 한다"고 당부했다. 다행히도 아이의 엄마가 데리러올 수 있어서 아이는 나와 다른 의료진들과 함께 손잡고 춤추고 싶다는 소소한 바람은 아쉽게도 이룰 수 없었지만, 그에 비할 수 없이 행복한 얼굴로 엄마의 지성스럽고 따뜻한 손을 잡고 병원 밖으로 나섰다.

환자들은 가족과 애인과 친구와의 재회를 기다린다. 신체장애가 생긴 자신의 모습을 보며 오랫동안 떨어진 애인이 자신을 다시 안아줄지 걱정하는 환자도 있고, 떠나온 고향의 그리운 사람들의 생사가 확인되지 않아 고통스러워하는 환자도 있다. 언젠가 이들은 고향에서 혹은 난민 캠프에서 또는 람사 병원에서 재회의 순간을 맞이할 수 있을까. 희망을 잃지 않고 기다리다 보면 다시 만날 수 있을까. 가끔씩 람사 병원은 뜨거운 만남의 장소가 된다. 두터운 포옹이 이뤄지는 장소가 된다. 더 그랬으면 좋겠다. 서로 꼭 껴안고 흘리는 눈물이 깊은 아픔을 씻어내는 첫 방울이 되었으면 좋겠다.

11. 람사로의 초대

　수술실을 새로 짓게 되면서 국경없는의사회 람사 프로젝트는 한층 탄력을 받았다. 현재 해외 파견 활동가는 나를 포함해 모두 열두 명인데 한 명을 더 받기로 했다. 새 수술실로 이사 가는 과정이 원활할 수 있도록, 단기적으로 수술실 관리자 역할을 할 간호사 자리를 만들었다.

　더 기쁜 소식은, 새로 오는 멤버가 한국인이라는 점이었다. 내가 도착했을 때 이곳엔 열한 명이 있었는데 모두 국경없는의사회 활동을 몇 년씩 했지만 한국 멤버와 함께 일한 경험은 처음이라고 했다. 그런데 불과 몇 달 사이에 한국 멤버가 하나 더 늘어나게 되니 모두들 신기해하는 눈치였다. 국경없는의사회 한국사무소의 반가운 편지에 답장하며 이런 경우가 종종 있느냐 물어보니, 한국사무소가 생긴 이래로는 하나의 프로젝트에서 같은 시기에 한국 활동가 두 명이 함께 참여하는 것은 이번이 처음이라고 했다.

　"누나, 람사 프로젝트에 한국에서 한 명이 더 온다고 하네요. 하나의 프로젝트에 한국인이 두 명이 되는 건, 국경없는의사회 한국으로나 전체적으로 보나 나름 기념비적인 일일 텐데, 겸사겸사 이쪽으로 한번 놀러 오지 않을래요?"

　같은 요르단이지만, 수도 암만에서 활동하고 있는 활동가 최정윤 약사에게 전화를 했다. 그와는 5년 전 탄자니아 코이카 활동 때부터 안면이 있었다. 그가 지낸 킬리만자로 산의 입구 도시인 모시와 내가 살았던 아루샤와는 차로 한 시간 거리였다. 누나 동생 하면서 가끔씩 두 도시를 오갈 때 만나며 지내는 사이였다. 탄자니아 활동을 마치고는 한국에서도 한 번 못 봤는데, 머나먼 타지에서 구호활동을 하며 이렇게 다시 만나게 되니 감회가 새로웠다.

새로 오는 활동가는 2개월 미션으로 참여한 수술실 간호사 박선영이었다. 우리 셋은 금요일 점심시간에 모였다. 요르단에도 맛있는 메뉴가 많은데, 점심 메뉴로 무엇이 좋으려나 생각을 해봤지만 한국 사람 세 명이 모였을 때 가장 제격인 건 얼큰한 한국 라면이겠다 싶었다. 병원을 잠시 둘러보며 소개하고는 숙소로 들어와서, 라면에 송송 파를 썰어 넣고 달걀을 깨 넣었다. 점심 라면과 다과가 오가는 동안, 주로 최정윤 활동가의 국경없는의사회 활동 이야기를 들으며 수다를 떠느라 시간 가는 줄을 몰랐다. 그는 자유로운 영혼의 결정체가 아닐까 싶었다. 2011년 탄자니아에서 그와 함께 달라달라(탄자니아의 미니버스)를 타고 가는 중에, 그가 격양된 억양으로 국경없는의사회에 지원했다며 며칠 후 전화 인터뷰가 잡혔고, 코이카 활동을 마치면 국경없는의사회를 통해 파견 나가 활동하고 싶다고 이야기하던 것이 엊그제 같은데, 그는 이번 암만 미션이 벌써 국경없는의사회의 열 번째 미션이라고 했다.

2010년대 초까지만 해도 국경없는의사회에 한국인 활동가는 많지 않았다. 2014년 프로젝트에 참여한 활동가 수는 13명에 불과했다. 같은 해 일본인 활동가가 113명이었던 것과 비교하면 10분의 1 정도였다. 어떻게 지원해야 할지도 막연했다. 외국사무소의 홈페이지를 들여다보면서 지원 방법을 알 수는 있었지만, 멀어 보이기만 했다. 2012년 한국사무소가 생기고 채용설명회 등을 시행하면서 점차 지원하기가 수월해진 것 같다. 나의 경우에도 2015년 채용설명회가 좀 더 구체적으로 지원을 하고자 마음을 먹고 준비를 하는 데 도움이 되었다. 이제는 한국사무소의 역량이 커지면서, 2017년 준비 과정을 거쳐 2018년부터는 한국사무소에서 활동가 채용도 직접 관할한다. 한국인 활동가들과 한국사무소의 노력, 그리고 한국 사람들이 점점 관심을 가진 덕분에 국경없는의사회 내에서의 한국의 위상도 점차 커지고 있다. 하지만 여전히 초기 단계이긴 하다. 앞으로 더 많은 사람들이 함께하길 바라는 마음이다. 그런 바탕이 된다면, 국경없는의사회 내 한국의 입지가 지소(branch office)를 넘어 파트너 지부(partner section)로 승격되는 데 한 걸음 성큼 나아갈 것이다. 파트너 지부가 된다는 것은 국경없는의사회의 방향을 결정하는 목소리에 힘을 실을 수 있는, 한 단계 더 적극적인 참여로서의 의미가 있다.

더 많은 한국인들이 활동가로 함께하면 좋겠다. 구호활동가로 참여하며 더 확실하게 느끼게 된 것은, 국경없는의사회 활동이 다양한 문화와 다양한 배경의 프로페셔널이 만나 협력을 통해 문제를 해결하는 공동 작업이라는 것이다. 그렇기 때문에 국적이 크게 중요하지는 않고, 다양한 문화의 사람들 속에서 어울리고 협력하는 능력이 활동의 주요한 바탕이 된다. 반면 다양한 문화의 사람들이 섞여 있을수록, 그 가운데 같은 문화를 공유하는 멤버를 만나는 것도 특별한 기쁨으로 다가온다. 다양성과 동질성, 같음과 다름이 함께 섞이면 더 큰 시너지가 나오리라 생각한다.

오후가 금세 지나고 해가 지기 시작하는 저녁, 우리는 시외버스 정류장을 향해 걸었다. 많이 늦은 저녁은 아니었는데, 시외버스는 배차 시간이 애매하여 암만에 도착하면 너무 늦어질 것 같았다. 장거리 택시비를 흥정하여 택시에 태웠다. 그리고, 암만으로 돌아가 몇 개월 더 요르단에 있을 최정윤 활동가에게 그간 아까워서 먹지 못하고 모셔 두기만 했던 봉지라면이 듬뿍 담긴 가방을 건넸다. 요르단 암만에 그리고 람사에 한국인 활동가들이 함께해서 기뻤다.

12. 희망 그리고 절망

두 달간의 미션은 금세 지나갔다. 새로운 수술실이 개장한 것은 내가 미션을 마친 지 사흘 후였다. 외과 집도의들 사이에서 누가 새로운 수술실에서 첫 번째 수술을 하여 기념비적인 순간을 누리느냐에 대해 즐겁게 옥신각신하기도 했다. 내가 강력한 후보자로 지명되고 있었는데, 개장일이 두어 차례 미뤄지면서 아쉽게도 나는 본선이 시작되기 직전에 나와야 했다. 2016년 6월 20일에 있었던 첫 수술의 영예는 나의 후임으로 온 정형외과 선생님이 누리게 됐다.

새 수술실에는 영상투시기, 정형외과 수술용으로 만들어진 수술침대, 온도 습도 압력을 조절할 수 있는 터치스크린 계기판, 인터넷이 연결된 벽면 컴퓨터 등이 갖춰져 있다. 어지간한 선진국의 수술실 못지않다. 처음엔 간단한 수술부터 시범 운영을 하고, 감염 통제가 제대로 되는지 점검하고, 단계적으로 예전 수술실의 물품을 옮기며 이사할 예정이었다. 팀원들이 왓츠앱Whatsapp으로 수술실 개장 소식을 보내왔다. 휴대폰 사진 속에는 첫 수술을 마친 팀원들이 활짝 웃고 있었다. 나도 따라서 미소를 짓게 되었다.

지난 두 달을 돌아보면, 도착한 첫날부터 응급수술을 하게 된 일, 지는 해를 등지고 맨눈으로도 훤히 보이는 시리아 국경을 바라보며 독일에서 온 외과 전문의 크리스티안과 한숨 쉬던 일, 그 언덕 너머에서 육중하게 들려오는 폭격 소리에 긴장한 날들이 생생하게 떠올랐다.

폭탄의 파편에 부상을 입고 팔다리에 장애가 남게 된 아이들을 볼 때면 딱한 마음을 가누기 어려웠다. 수술을 마치고 붕대를 풀었을 때, 잘려 나간 팔을 보며 여덟 살 발린은 놀라 비명을 지르고 울음을 터뜨렸다. 여덟 살 소년이 감당하기에는 너무 큰 시련이었다.

그나마 다행인 것은 아이들을 도와주는 사람들이 함께했다는 것이다. 심리치료사 입티사암은 아이들에게 이야기를 들려주고 그림을 같이 그리며 마음을 달랬다. 근육질의 남자 간호사 바드란은 언제나 쾌활하게 웃으며 환자들을 세심히 간호했다. 의료진은 환자들의 사기를 북돋기 위한 행사를 마련하기도 했고, 의료진과 환자들이 함께 요르단 전통 음식을 먹고 답카를 추며 덩실거리기도 했다.

수술실에 들어서면 까칠해 보이지만 실제론 마음이 여린 책임 간호사 사이프와 볼터치 인사를 했다. 서로 뺨을 몇 차례 맞대는 것은 아랍 남성들 간의 인사법이다. 남자끼리 수차례 양 볼을 오가며 볼터치 하려니 처음에는 매우 어색했는데, 지내다 보니 친숙함의 표현으로 자연스러워지고 있었다. 회복실에서는 자타공인 훈남으로 꼽히는 간호사 토우픽이 늘 상냥한 웃음으로 맞아줬다. 수술 중간 쯤에는 작년에 정형외과 전문의가 된 요르단 의사 수하입과 최신 의학저널을 읽으며 공부한 시간들도 있었다.

미국인 외과 전문의 스티브는 72세의 나이로 미션에 참여했지만 왕성한 활동력을 보였다. 수다쟁이 할아버지 같은 스티브는 수시로 치료 방법에 대해 젊은 의사들과 토론을 벌이곤 했다. 하루는 스나이퍼가 쏜 총탄에 두 다리가 모두 파열된 환자를 받아 그와 내가 한쪽 다리씩 동시에 수술을 한 적도 있었다.

람사에서의 마지막 날 밤에 병원에 들르게 되었다. 아침 회진 때 환자들에게 작별인사를 한 터라 모두 내가 다음 날 아침이면 병원을 떠난다는 것을 알았다. 건물 밖 선선한 공기를 쐬러 나온 남자 병동의 환자가, 다른 팀원을 기다리는 중이던 나를 보고는 같이 사진을 찍자고 제안했다. 그간 고마웠다는 인사를 하며 휠체어에서 한쪽 다리로 가까스로 일어나며 내 어깨에 기대어 기념촬영을 했다. 또 다른 환자는 본인이 가장 아낀다는 모자를 나에게 씌운 채 같이 춤추는 포즈로 촬영했다. 그렇게 한두 사람 같이 사진을 찍는 걸 보더니, 자꾸만 같이 찍자는 사람이 늘어났다. 한 환자는 본인의 자녀들까지 불러 모았다. 그 가운데 막내둥이를 내가 안고 다 같이 한 컷을 찍었다. 이렇게 모여 있던 환자들이 한 사람씩 와서 내 손을 잡고 작별인사를 하였고, 기대하지 않았던 정 담긴 인사에 떠나는 마음이 더 아쉽고 뭉클했다.

분쟁 지역에서의 활동은 이전 오지 활동과는 사뭇 달랐다. 긴장하며 시작했지만, 평화로운 요르단의 정세에 국경없는의사회의 철저한 안전 수칙이 더해져 환자 치료에 집중할 수 있는 환경이었다. 람사 프로젝트가 시설과 인력 구성, 물품 등 여러 면에서 국경없는의사회의 뛰어난 조직력과 활동력을 보여주는 프로젝트가 중 하나로 꼽히는

106

이유를 이제 알 것 같았다. 게다가 새로운 수술실까지 마련한 상황이었다. 유엔에서도 관계자가 이 수술실이 만들어지는 과정을 보며 앞으로 시리아 의료진을 교육하는 센터로 활용하는 게 어떠냐는 제안을 했다. 또 다른 단계를 꿈꿀 수 있게 된 것이다.

그러나 상황은 급변한다. 내가 떠난 직후 요르단 내에서 시리아 난민이 차량 폭발 테러를 벌였다. 요르단 경찰 여섯 명이 사망했다. 이 문제로 6월 21일 국경이 완전히 닫혔다. 수십만 명을 받아준 요르단이었는데, 이런 사건이 몇 차례 발생하다 보면 자국민 보호에 더 신경이 곤두설 것이다. 너무나 안타까운 건 시리아 환자들이다. 이제는 환자만 태운 구급차조차도 국경을 넘을 수가 없게 됐다. 무슨 운명의 장난인지, 공교롭게도 새 수술실이 개장한 다음 날에 벌어진 일이다.

람사 병원은 그때부터 '동면' 상태가 됐다. 환자를 받을 준비는 이전보다 더 갖춰놓았는데 환자가 오질 않는다. 차로 몇 분만 달려오면 되는 거리다. 람사 병원의 외과의사 하디크 비야스는 국경없는의사회 소식지에 시리아 쪽에서 들려오는 폭격 소리에도 불구하고 "지금 우리가 할 수 있는 것이라고는 그저 기다리는 것뿐"이라며 "바로 여기에 우리의 절망이 있다"고 적었다. 가슴이 답답하다.

람사 병원은 기다리고 기다리며 최소한의 인력을 남긴 채 열리지 않는 국경을 2년여 애타게 바라보다가, 어려운 결단을 내렸다. 프로젝트를 완전히 접었다. 람사 프로젝트는 닫혔지만, 람사 병원과 가장 가까웠던 시리아 도시 다라에서는 이후에도 지속적으로 전투가 벌어졌다. 2018년이 되어도 여러 세력들 간의 격렬한 싸움은 지속되고 있었다. 시리아 내전은 아직도 여전히 진행 중이다. 환자들에게는 퇴로도 막히고 희망도 막혀버렸다.

병원은 희망이었다. 병원에 살아서 도착하지 못한 채 사람들은 이송 과정에서도 숱하게 죽어갔고 병원에 도착해도 살아나지 못하는 경우도 있었지만, 최소한 손을 써볼 수 있는 마지막 보루의 희망을 걸어볼 수는 있었다. 병원에서 꺼져가던 생명의 불꽃이 다시 지펴진 사람들은 병동을 채우며 희망을 되살리고 있었다. 그러기에 구급차는 그 희망을 싣고 병원으로 필사적으로 달려왔었다. 람사 병원은 그렇게 돌아가고 있었다. 이제 시리아의 환자들은 어떻게 될까. 죽음의 땅에서 어떤 희망을 가질 수 있을까. 람사 프로젝트가 문을 닫기로 공지가 된 날, 연락하고 지내던 팀원들로부터 한숨 섞인 메시지들이 오갔다. 나도 가슴이 먹먹하니 가라앉아, 한참을 서성였다. 그저 슬펐다.

3장

아이티 타바 :
치안의 부재, 혼돈의 시대

아이티 타바(Tabarre, Haiti),
2016년 7월 23일~10월 10일

국경없는의사회의 랜드크루저를 타고 높은 담장이 둘러쳐진 병원의 커다란 철문을 통해 출퇴근하였다. 불안정한 치안으로 인해, 구호활동가들은 병원 담장 밖으로 걸어서는 한 발자국 나가는 것도 허용되지 않았다.

1. 호텔 탕고

아이티는 북미와 남미 중간 부분, 카리브해에 있는 섬나라다. 정확하게는 히스파니올라 섬의 동쪽 3분의 2는 도미니카공화국, 서쪽 3분의 1은 아이티다. 그 섬의 바다 건너 서쪽 섬에는 쿠바가, 동쪽 섬에는 푸에르토리코가 있다. 프랑스의 식민지였다가 19세기 초 흑인인 장 자크 데살린이 독립 선언을 해서 근대 정부를 구성했으나 20세기 초에는 다시 미국의 군정 통치를 받았고, 독립 후에도 스스로 '파파 독'이라고 칭했던 프랑수아 뒤발리에의 독재 등 정치적 혼란이 끊이지 않고 있다. 2004년 쿠데타가 일어났고, 그 혼란을 수습하기 위해 UN이 아이티 안정화 미션(UNSTAMIH, MINUSTAH로도 표기)을 수행하고 있지만 아직은 난망하다.

적지 않은 이들이 아이티를 2010년 대지진으로 기억할 것이다. 그해 1월 12일 오후 네 시 오십삼 분, 아이티 수도 포르토프랭스에서 남서쪽으로 15km 떨어진 곳에서 진도 7.0의 규모 강진이 발생해 인구의 3%에 달하는 30여만 명이 사망한 자연재해이다. 그렇지 않아도 혼란하고 가난한 나라에서 대규모 재난까지 벌어진 탓에 많은 이들이 크게 고통 받았다. 배를 곯는 빈민층의 어린아이들이 진흙을 개어 얇게 편 다음 말려서 쿠키처럼 먹는다는 영상은 많은 사람들의 마음을 아프게 했다.

아이티는 나의 국경없는의사회 첫 파견지가 될 뻔했다. 2016년 2월, 요르단에 나가려던 계획이 갑자기 무기한 연기된 상태에서, 그해 7월 아이티에 가겠느냐는 제안을 받아 수락했기 때문이다. 하지만 요르단 파견 일정이 당초보다는 다소 미뤄졌지만, 아이티 일정보다 이르게 4~6월로 다시 잡혔다. 나는 요르단에서 돌아오자마자 4주 만에 다시 아이티행 비행기를 타게 되었다.

인천국제공항으로부터 스물아홉 시간이 걸리는 여정이었다. 그 시간 동안 하늘길을 건너 포르토프랭스의 투생 루베르튀르 국제공항에 도착한 시간은 오전 일곱 시. 명색은 국제공항이지만 마치 한국 중소도시 고속버스터미널 같은 느낌이었다. 공항 건물 밖으로 나서니 밝지 않은 조명의 내부와 달리 이른 아침이라고 말할 수 없을 정도로 내리쬐는 햇살에 눈이 시렸다.

으리으리한 대궐 같던 인천국제공항에 비해 단출하고 좀 허술하기까지 하지만, 공항 출구의 풍경은 어디나 비슷하다. 누군가 만나고 싶은 사람을 찾아 고개를 빼는 사람들, 설렘이 가득한 얼굴, 포옹과 웃음이 흐른다. 그 풍경 속에 서서 나도 이리저리 고개를 돌려보았다. 찾았다! 국경없는의사회에서 보낸 운전기사 장 프랑수아가 나를 알아보고 웃으며 다가왔다. 나는 그를 찾기 어려웠지만, 그는 나를 금세 찾았을 것이다. 비행기 안에서 내가 유일한 동양인이었던 데다 국경없는의사회 티셔츠를 꺼내 입고 있었기 때문이다.

그와 함께 출구를 나오니, 랜드크루져가 공항 밖에서 기다리고 있었다. 드디어 타보는구나. 아이가 놀이공원 앞에서 흥분하듯 엄청 반가웠다. 사실 이 차를 늘 타보고 싶었다. 탄자니아에서도 타보았던 랜드크루져였지만, 이 랜드크루져는 또 달랐다. 국경없는의사회의 빨간 로고가 박힌 흰색 랜드크루져는 이 단체의 상징과 같다. 정말로 국경없는의사회의 구호현장에 나왔다는 느낌이 팍 왔다. 이전 파견지 요르단에서는 랜드크루져가 아니라 신식 봉고를 타고 다녀서, 그런 면에서는 왠지 흥이 덜 났었다. 이번엔 진짜 오프로드 차였다. 오랜 세월 거친 길을 다녀온 흔적이 역력한 차체에서 경험 많은 노장 분위기가 풍겼다. 계기판도 단출하고 에어컨도 없고 창문은 손잡이를 돌려서 올리고 내리는 수동식이다. 그래도 무전 장치만큼은 돋보이게 잘 갖춰져 있는 차였다.

랜드크루져에 올라타며 가슴 벅차하고 있는데, 차에 오르자마자 장 프랑수아가 첫 번째 안전수칙을 단단히 일렀다.

"차에 타고 문을 닫는 즉시 무조건 문을 잠급니다. 절대로 잊으면 안 됩니다."

시동을 걸며 그는 내가 차 문을 잠그는 모습을 확인한 다음 두 번째 안전수칙을 알려줬다.

"차 안이 덥더라도 창문은 열지 않습니다. 정 열어야겠다면, 손이 못 들어올 정도로 아주 살짝만 열어야 합니다."

차를 몰기 시작하며 이런 안전수칙의 배경을 설명한다. 차가 달리는 중이라도 속도가 좀 늦춰진다 싶으면 문을 열고 돈을 요구하거나 물건을 훔쳐가기도 하고, 차 안에서 스마트폰을 사용하고 있는데 창문이 조금 열려 있다 싶으면 바깥에서 손이 들어와 휴대폰을 낚아채 가는 일이 비일비재하다고 했다. 여기도 심산한 동네였다. 대신 지난번 요르단에서처럼 납치 감금 주의 등의 안내문이 담긴 봉투는 없었다. 이번에는 차 안에 아무 서류도 없었다. 그리고 그런 서류가 없는 이유를 곧 알 수 있었다. 바로 일터로, 병원으로 직행했다.

대지진으로부터 6년이 지난 시점이었다. 가기 전에 아이티의 현황에 대해서 조금 찾아봤지만, 공항을 벗어나자마자 알 수 있었다. 아, 여기는 정말로 혼란스럽구나. 카오스 그 자체로구나. 저소득국가에서 흔히 접했던 난잡한 교통 상황이었지만, '이건 심한데' 생각이 절로 들었다. 언덕마다 빈틈없이 빽빽하게 쌓아 올려진 집은 위태위태해 보였고, 거리에 수북한 쓰레기는 아무도 제대로 된 공공서비스를 하지 않는다는 사실을 실감나게 보여주고 있었다. 평탄한 도로는 거의 없었다. 도심에서 아주 약간 벗어난 지역으로 가는 길인데도 차는 심하게 덜컹거렸다.

덜컹거리는 길을 20여 분 달렸을까. 어느 높은 담벼락에 이르렀다. 장 프랑수아는 담벼락을 따라 달리며 무전기에 대고 우리가 '호텔 탕고'에 도착하기 직전이라고 말했다. 병원에 간다더니 호텔 탕고가 어디일까? 숙소가 호텔은 아닐 텐데, 하고 생각할 무렵 철문을 만났다.

호텔 탕고는 국경없는의사회가 만들어 운영하고 있는 외상센터인 '타바 병원'을 뜻한다. 이곳은 불어권 국가로서, 타바 병원은 '오뻬

딸 타바르Hôpital Tabarre'라고 읽게 된다. 하지만 무전기를 사용할 때는 의사소통이 정확히 되도록 머리글자만 따서 'H.T'라고 부르고, 무전기 사용자들은 의사소통에 혼선이 없도록 H는 호텔, T는 탱고, C는 찰리 식으로 부르는데 이 과정에서 '호텔 탕고(탱고)'가 된 것이었다. 사실 아이티 활동 초반에는 적응하느라고 그냥 병원을 부르는 별칭인가보다 하고 넘어갔는데, 여기서 지내다 보니 나도 무전기를 써야 할 일이 많아지면서 그것이 우리만의 별칭이 아니라 무전기 사용자 대부분이 공유하는 신호체계라는 것을 알게 되었다.

병원 정문인 철문 옆에는 병원을 찾은 온갖 환자들이 잔뜩 몰려 있었다. 이들이 모두 접수를 하고 오늘 중 치료를 받을 수 있을지 의문이 생길 정도였다. 육중한 철문이 열린 틈으로 랜드크루저가 쏙 들어갔고, 철문은 다시 닫혔다. 그곳이 병원 응급실 입구였다. 행정을 맡고 있는 국경없는의사회 직원이 짐가방은 저기 두면 된다고 말하고는 곧바로 병원을 한 바퀴 둘러보자고 했다. 잠깐 숨 돌릴 틈이라도 주지, 싶었지만 군말 없이 따랐다.

처음에는 그곳이 응급실이라는 것을 한눈에 알아차리기가 어려웠다. 병원은 건물이라기보다는 하얀색 컨테이너의 집합이라고 표현하는 게 적확했다. 똑같이 생긴 컨테이너가 즐비하게 둘러 배치되어 있으니, 거기가 거기같이 느껴졌다. 안내를 담당한 행정 직원이 옆에서 연신 여기는 어디, 여기는 어디라고 설명하는데 머리에 잘 들어오지 않고 두서없는 기분이었다. 출입문이 여기저기 나 있어 여기로도 통하고 저기로도 통하니 내가 어디쯤에 있는지 잘 알 수 없는 미로 같았다. 두어 날이 지난 후에야 이것이 가운데에 정원을 두고 컨테이너가 'ㅁ'자로 둘러 있는 직사각형 배치라는 것을 알 수 있었다. 작은 규모였다면 금세 눈치를 챘겠지만, 전체 규모가 꽤 컸기 때문에 한눈에 볼 수가 없었던 것이다.

각 파트를 지날 때마다 의료진들이 눈으로, 말로, 손으로 인사를 전했다. 헬로hello는 거의 들리지 않았다. 모두들 봉주르bonjour!라고 외쳤다. 새삼 내가 불어권 프로젝트에 참여한 것을 체감할 수 있었다. 새로운 언어 앞에서 긴장도 되었지만, 지난 몇 년간 띄엄띄엄 준비해온 불어를 이제 조금 쓸 기회가 오나 싶어 신선한 도전으로 느껴지기도 했다.

호텔 탕고, 아니 타바 병원은 아이티 내에서 가장 잘 갖춰진 외상 전문 병원 중 하나다. 정형외과, 일반외과, 응급의학과 의료진이 모여 있다. 121개 병상 규모 병원에는 네 개의 수술실이 있고 이 가운데 두 개의 방은 정형외과 수술에 특화되어 실시간 영상투시기(C-arm)가 배치돼 있었다. 국경없는의사회 활동지에 C-arm이 있다는 것만으로도 인상적이었다. 이것은 외상 치료를 하는 정형외과 의사에게는 너무나 소중한 장비였다. 하지만 아주 비싼 데다 부피가 육중하고 이걸 다룰 수 있는 인력이 따로 필요했다. 그래서 저소득국가 의료현장에서는 갖춰놓기가 쉽지 않았다. 그런데 한 대도 아니고 두 대나 있다니, 놀라운 일이었다. 게다가 엑스레이실도 두 개였다. 두 개의 엑스레이실은 디지털영상시스템(PACS)으로 연결되어 있었다. 엑스레이를 필름으로 뽑아서 보는 구식이 아니라 병원 내 다른 컴퓨터로 영상을 전송하는 현대적 시스템이었다.

기대했던 수준을 훨씬 웃도는 시설의 수준에 이 프로젝트에 대한 기대감이 한껏 부풀어 올랐다. 병원 직원은 500명이 넘었다. 정형외과 전문의만 해도 나를 포함한 해외 파견 전문의 세 명과 더불어 현지 전속 및 파트타임 아홉 명까지 모두 열두 명이나 되었다. 진짜 대규모 프로젝트였다. 2010년 아이티가 대지진으로 큰 피해를 입었을 때 구호활동으로 시작된 이 병원은 이제 파견 전공의 수련 프로그램까지 갖추어 교육기관으로 기능을 확장하고 있다는 설명을 들었을 때는, 나도 모르게 '우와' 하는 감탄사가 흘러나왔다. 겉으로 볼 때는 컨테이너로 지은 가건물 같은 모습이었지만 내실은 여느 현대식 중규모 병원에 못지않은 면모였다.

웅성대는 응급실을 나서는 것으로 빠른 걸음의 병원 둘러보기를 마치고 겨우 한숨 돌릴 짬이 났다. 너른 병원 부지를 둘러보았다. 병원 부지를 둘러싼 높은 돌담은 사람 키의 두 배가 넘어 보였다. 요새 같았다. 병원의 철문은 경비가 환자를 들여보낼 때만 열리고 금세 닫혔다. 치안의 부재가 뚜렷했다. 그렇지 않아도 혼란스러운 근현대사에서 많은 고통을 받아온 사람들이, 대지진으로 더욱 어려워졌다. 정부가 있어도 없는 것이나 다름없었다. 전쟁 중인 시리아와는 또 다른 혼란스러움이었다. 국내 치안의 부재, 만인의 만인에 대한 투쟁이 벌어지는 곳같이 느껴졌다. 빡빡한 하루가 시작될 것 같았다. 나는 호텔 탕고에 왔다.

2. 하루 평균 자상 셋, 총상 둘

'21세 남자 환자, 총상, 우측 경골 원위부 제IIIb형 개방성 분쇄 골절, 골 결손 및 피부 결손, 신경 및 혈관은 양호.'

장 조셉의 상태는 차트에 이렇게 기록되어 있었다. 총에 맞아 오른쪽 발목 위쪽의 뼈가 여러 조각으로 터지고 넓게 노출(개방성 분쇄 골절)됐다. 일부는 없어졌으며(골 결손) 뼈를 맞춰놓더라도 피부로 덮을 수 없을 정도로 살점이 떨어져 나갔으나(피부 결손), 다행히 신경과 혈관은 손상이 경미하여 다리를 붙여서 살리는 수술을 시도할 수 있는 환자였다.

천천히 환자를 파악하러 혼자 회진을 돌아보니 낯선 환경에서 나도 그리고 환자도 서로가 조금은 어색했는데, 장은 처음 보는 의료진인 한국에서 온 나를 유달리 반기고 좋아하는 듯했다. D병동 9인실에 처음 들어갔을 때 그는 문에서 조금 떨어진 곳에 있었지만 눈이 마주치자 환하게 웃으며 엄지손가락을 들어 '좋아요'라는 표시를 했다. 남다른 반응이 어째서일까 약간 궁금했는데 이유가 있었다. 내가 오기 전, 한국인의 도움을 받았다고 했다. 내가 도착하기 3주 전 아이티 미션을 마치고 미국으로 돌아간 성형외과 전문의 김결희 활동가였다. "'킴'이 피부가 없어진 부위를 덮어줬다"며 그는 그 고마움을 나에게

표했다.

상처 주변부의 피부를 끌어와서 봉합하거나 다른 부위의 피부를 단순 이식하는 것으로 그의 상처를 덮는 것은 불가능했다. 김결희는 반대쪽 다리의 살을 옮기는 피판술을 시행했다. 약 3주 동안 두 다리를 붙여놓았다가 다시 분리하면, 왼쪽 다리에 있는 살을 오른쪽 다리에 일부 옮길 수 있는 수술이었다. 이렇게 뼈가 노출되고 살점이 심하게 떨어져 나간 개방성 골절의 치료 과정은 정형외과 전문의와 성형외과 전문의의 협업으로 이뤄지는 경우가 많았다.

이 환자는 피판술 후 6주가 지난 상태였다. 살이 제법 돋아 올라 치료가 마무리 단계로 접어들고 있었다. 재활운동을 할 수 있을 만큼 안정이 됐으니, 뼈를 고정한 외고정 장치는 계속 달고 있어야 하지만, 다음 주쯤이면 퇴원할 수 있을 것이다.

그런데 그가 한 말이 나를 멈칫하게 했다. 사람 좋은 웃음을 머금은 채로 장은 말했다.

"저어, 병원에 더 입원해 있으면 안 될까요? 퇴원하는 게 정말 불안해요."

다리가 아직 낫지 않은 채 바깥에 나가야 하기 때문이냐고 물었더니 그게 아니었다. 그는 다시 말했다. 이번엔 작은 한숨과 함께였다.

"집으로 가는 것이 불안해요."

그가 사는 지역은 아이티 포르토프랭스 내에서도 범죄율이 높은 우범지대였다. 사건 사고가 끊이지 않았다. 매일 죽어 나가는 사람이

119

나오니 현지인들도 거기라면 고개를 절레절레 흔들며 가기를 꺼리고, 외국인이 가려고 하면 누구나 말리는 곳으로 악명이 높았다. 국경없는의사회는 보안수칙으로, 그 지역을 걸어 다니는 것은 물론이고 랜드크루져를 타고 지나가는 것도 금지하고 있었다.

그 지역에 경찰이 없지는 않았다. 하지만, "우리 동네에서는 경찰이 더 무섭다"는 것이 그의 말이었다. 말만 경찰이지, 공권력을 남용하고 오용하는 부패한 경찰이 적지 않다고 했다. 그리고 상당수의 경찰이 그 지역 주민을 '잠재적 범죄자'로 보고 무조건 두드려 패거나 함부로 다루는 일이 비일비재했다. 작은 꼬투리만 잡혀도 다짜고짜 몽둥이질을 해대니, 길 가다 폭력배에게 맞는 것이나 다를 바가 없었다. 워낙 범죄율이 높은 곳이라 그럴까 싶기도 하지만, 경찰은 보호하는 존재가 아니라 군림하는 존재라며 그는 푸념했다.

이어지는 장의 이야기를 가만히 들었다.

"다리를 다친 날도 그랬어요. 경찰이 심문한다고 나를 불러 세웠거든요. 얼핏 얼굴을 보니 이건 부패 경찰이겠다 하는 생각이 드는 거예요. 이러나저러나 맞을 것 같아서 피해가려 하는데 쫓아왔어요. 잘못한 것도 없는데, 괜히 무서워서 도망가게 되었어요. 대체 내가 왜 도망쳐 달렸는지 후회가 심해요. 아무튼 나는 검문을 피해 달아나는 범죄자 꼴이었던 거죠. 내가 더 빨랐어요. 근데 내가 더 빨라서 거리가 벌어지니까 총알이 날아왔어요. 나는 결백해요. 경찰도 잡고 나서 무죄인 걸 알게 됐어요. 하지만 다리는 이 모양이 됐고요. 이제 죽을 때까지 뛸 수 없겠죠. 하지만 어쩌겠어요. 누구에게 보상을 받을 수도 없는 노릇이고요."

장은 다리를 잃지 않았다. 이제 재활도 시작할 것이다. 그러나 그의 말대로 장애가 남을 것이다. 그는 덧붙였다.

"내 집으로 돌아갈 생각을 하는데 오히려 심장이 쿵쿵 뛰면서 불안해지고 가고 싶지 않네요."

그래도 가족을 볼 수 있지 않겠느냐고 위로 섞인 응원의 말을 건네보았지만, 돌아오는 대답은 희망보다는 낙담의 한숨이었다.

"가족과 떨어져 있고, 아프고, 힘들고…… 그래도 여기 병원이 좋아요. 마음이 더 편해요. 안전하니까요."

그의 말대로 병원 안이 더 쾌적할 수도 있겠다. 의료진의 보살핌, 깨끗한 실내, 따뜻한 음식, 그리고 무엇보다도 폭력의 부재. 장은 "나에게는 집보다도 병원이 더 살기 좋은 곳"이라며 "오히려 상처가 더 디 나아서 병원에 더 있었으면 좋겠다"고 했다. 그가 처한 상황이 처절하고 가엾게 들렸다.

응급실에는 매일 장처럼 폭행으로 다친 환자들이 쏟아져 들어왔다. 특히 마체테machete에 의한 손상이 드물지 않았다. 마체테는 커다란 칼이긴 한데 앞쪽에 무게 중심이 쏠려 있어 벤다기보다는 휘둘러서 잡목들을 부러뜨리는 데 주로 이용되는 농기구라고 했다. 익숙하지 않은 이름이라 구글로 검색해보니, 예전에 탄자니아에서도 많이 봤던 농기구였다. 그런데 여기 카리브해 연안국인 아이티에서는 식민지 시절 저항의 무기로 쓰였으며, '아이티식 펜싱'이라고 해서 마체테를 이용한 무술이 전수되기도 했다. 이를 배우고자 하는 서양인들의 모습이나, 이 검술을 소재로 제작된 영화도 검색되었다. 저항과 혁명의 상징으로서 그리고 고유의 전통 무술로서 마체테가 사용되는 것도 의미가 있겠지만, 그 무기에 다친 사람을 수술하는 입장에서는 그런 낭만적인 표현이 편치 않았다.

생활필수품처럼 각 집 안에 있고 거리나 밭에서 흔히 눈에 띄는 농기구가 제 역할로 쓰이지 않고 무기로 쓰이면, 마체테는 그저 흉악한 살상도구였다. 매일 환자들이 실려 왔다. 어느 날은 괴한이 휘두른 마체테를 막으려다 손목의 힘줄이 모두 끊어진 할아버지를 수술했다. 어느 날엔 그 육중한 칼날로 배 속까지 후벼 파여 장이 끊어진 중년 남성이 죽는 모습을 봤다. 마체테 외에도 흉기는 종류를 가리지 않았다. 심장 옆 허파를 송곳에 깊게 찔려 헐떡일 때마다 피를 쏟는 임산부가 실려 온 날도 있었다. 팀원들 모두 그 모습을 보고 안타까워하고, 산모와 아이가 무사하기를 바라며 긴급히 수술을 준비했지만, 산모는 수술침대에 오르지 못했다. 배 속의 아이도 세상 구경을 못 한 채 엄마와 함께 이 세상을 떴다.

총기에 대한 통제와 관리도 제대로 되지 않고 있었다. 호주 시드니대가 조사한 세계 각국 총기 현황에 따르면 아이티에는 2017년 기준 29만 정의 총이 있는 것으로 추정됐다. 2012년에는 20만 정으로 추정됐는데 5년 사이 50%가 늘었다. 총기로 인한 사망자 수는 약 1100명(2014년 기준)으로 집계됐다. 총기 소유는 허가제다. 또 개인은 전쟁용 무기, 자동화기 등을 가질 수 없다. 하지만 치안이 제대로 갖춰지지 않은 이 나라에서 이런 규칙은 그저 글로만 적힌 규칙일 뿐이다. 무고한 사람들도 길거리에서 벌어진 총 싸움에 휘말려 응급실에서 사경을 헤맨다. 국경없는의사회 차원에서 아이티 내 활동가들에게 "전에는 총으로 위협하고 스마트폰을 뺏어갔는데 이제는 총 먼저 쏘고 스마트폰을 뺏어가는 지경"이라며 "안전에 만전을 기하라"는 당부가 내려올 정도였다. 타바 병원에는 하루 평균 세 명의 자상 환자(칼 등 날카로운 물건에 찔리거나 베여서 오는 환자), 두 명의 총상 환자가 들어왔다. 민생 치안을 위한 정부의 시스템이 있기는 한 걸까 가끔 궁금해질 정도였다.

경찰도 다쳐서 왔다. 경찰답게 듬직하고 차분한 사람도 있었지만 그야말로 '진상'도 있었다. 하루는 스무 살 남짓한 경찰이 병원에 왔다. 마체테에 손목이 거의 절단된 상황이었다. 그는 "정계 고위 인사를 보호하다가 손목을 다친 것"이라며 병원에 들어오자마자 다른 환자들을 밀치고 "나부터 치료하라"고 의료진에게 명령했다. 부탁하는 말투, 요청하는 말투를 쓰는 것은 상상할 수 없는 사람인 것 같았다. 경찰복만 민간인 옷으로 갈아입으면 그대로 폭력배 간부쯤으로 보일 터였다. 타국에서 온 병원의 의료진에게도 이런 식인데, 이 어린 나이의 철없는 경찰이 병원 밖에서 시민들을 어떻게 대할지는 보지 않아도 훤했다. 어쨌든 모든 환자를 최대한 중립적으로 공정하게 치료하는 것이 우리의 일이다. 그는 다른 환자들과 마찬가지로, 위중한 순서에 맞추어 응급치료를 시행 받았다. 마체테에 거의 다 잘려나간 그의 손목을 한 땀 한 땀 공들여 수술하긴 했지만, 수술하면서도 이 손을 가지고 그가 좋은 일을 하면 다행인데 과연 그럴 것인지 의구심을 떨칠 수가 없었다.

'공권력'이라는 말은 듣기에 거북할 때가 있다. 폭력의 이미지, 억압의 이미지가 있어서 그렇다. 공권력 남용으로 인한 폐해와 국가적 인권 유린의 아픈 역사를 우리나라 근현대사에서도 겪어왔다. 하지만 요즘의 아이티에서는 그 반대를 본다. 기본적인 치안과 질서 없는 혼란의 사회 속에서, 공권력의 부재는 곧 문자 그대로 '만인의 만인에 대한 투쟁'에 불과하다는 것을 일깨워주었다. 균형 잡힌 민주적인 공권력이 중요하게 느껴졌다.

20세기 들어 아이티의 역사는 독재와 쿠데타로 점철돼 있다. 1991년에 아이티 대통령으로 취임한 장 베르트랑 아리스티드는 1995년 '군대를 해체한다'는 사상 초유의 결단을 내렸다. 무력을 장악하고 있는 군인들의 쿠데타가 거듭되자 자신의 지위를 안정적으로 유지하기 위해 군대를 없애기로 한 것이다. 현재의 혼란은 이 조치의 영향이기도 하다. 경찰은 있지만 군대가 없이는 국가 안보와 민생 치안을 유지하는 데 한계가 있다. 현재 아이티에는 유엔이 파견한 군대 (UNSTAMIH)가 주둔해 있다. 시내 곳곳에서 유엔 소속 무장군인이 배치된 것을 볼 수 있다. 없는 것보다야 낫겠지만, 스스로 자기 몸을 지키지 못하는 나라라는 표식이기도 하다.

내가 지낸 기간은 대통령 자리가 공석이었던 탓도 있었을 것이다. 수개월 전 치러진 대통령 선거는 절차상 하자가 있다는 논란 끝에 결론을 내지 못했고, 정치적인 갑론을박이 끝없이 이어지고 있었다. 정부 기관들이 월급을 주지 못하고 공공병원 의료진도 몇 달째 봉급을 받지 못하자 파업을 벌이는 중이었다. 갈 곳이 없어진 환자들은 일부는 사립병원으로, 일부는 국경없는의사회의 타바 병원으로 몰려들었다. 사람들의 폭력적인 행동은 점점 더 강도를 더해가고 있었고, 병원에 오는 환자들의 수와 상태로 그것을 확인할 수 있었다. 짙은 안개처럼 폭력이 사회 바닥에 깔리고 있고, 이곳을 떠나지 않는 한 피할 길은 없는 것처럼 느껴졌다. 대통령이 새로 뽑히면 이 혼란이 조금은 줄어들려나. 다시 치러지는 대통령 선거는 두세 달 후인 10월로 예정되어 있었다.

안전과 질서의 가치를 잃고 나서야 비로소 깨닫게 된다면 비극적일 것이다. 한국에서도 여러 위험이 있지만, 적어도 총에 맞을 걱정을 하며 저녁 거리를 걸을 필요는 없다. 밤에도 편히 집 밖에 나올 수 있고, 자동차에 타지 않고도 거리를 걸을 수 있는 것이 우리나라의 일상이다. 만약의 상황에서 경찰에게 도움을 청하면 내 말에 귀를 기울여주고 도움이 되어줄 것이라는 기대를 할 수 있다. 나라고 해서 국가와 사회에 불만이 왜 없으랴. 때로는 아쉽고, 때로는 썩 마음에 들지 않는 것도 있다. 그렇더라도 내 고국에서 나와 내 가족이 누리는 하루하루는 얼마나 소중하고 귀한가. 왜 이곳에는 그런 하루가 주어지지 않는가. 그런 생각을 멈출 수 없는 나날이었다.

3. 주간 근무, 야간 근무, 다시 주간 근무

하루를 마친 늦은 저녁, 숙소에 들어와서 헐레벌떡 저녁을 먹고 푹 푹한 더위를 씻어내는 샤워를 했다. 나른하고 몽롱해지는 시간이었 다. 밤 열 시였다. 가지고 온 책을 더 볼까, 공부를 할까, 그냥 누워서 뒹굴다가 잠들까. 행복한 고민을 하고 있는데 휴대폰의 벨이 울렸다. 팀 리더(field coordinator)였다.

"응급실에 총상 환자가 많이 몰려왔어! 일손이 너무 모자란데 지 금 좀 와줄 수 있을까?"

"물론이죠!"

"그중 다리에 맥박이 안 잡히는 환자가 있어. 응급 혈관수술을 해야 할 것 같아. 그리고 하나 더 부탁이 있는데, 존(외과 전문의)도 필요한데 연락이 안 되네. 방에 가서 자리에 있는지 봐주고 괜찮으면 같이 와줘."

"노프라블럼!"

존의 방문을 두드렸다. 존은 백발이 성성한 영국인 노교수였다. 은 퇴하고 국경없는의사회 활동을 하고 있었다. 밤늦은 시간 응급 콜이 울리지 않더라도 낮 근무만으로도 이미 고된 일과였다. 이미 곤히 잠 든 그를 깨우기가 한편 미안했지만 우리 사이에 무슨, 가차 없이 두드 렸다. 똑똑. 똑똑똑. 쾅쾅쾅.

"누구요?"

"저예요, 재헌. 응급 콜 왔어요. 빨리 갑시다."

존이 문밖으로 나오는 데는 1분이면 족했다. 포르토프랭스의 밤은 더웠다. 여름엔 평균기온이 25~35도 정도인데 섬나라기 때문에 습하고 밤에도 온도가 많이 떨어지지 않았다. 방에 에어컨은 설치되어 있지 않았다. 한국과는 또 다른 열대야의 밤이 이어졌다. 존도 나도 팬티 한 장만 걸치고 잤다. 여기에 티셔츠 하나, 바지 하나 입으면 준비 완료였다.

곧바로 랜드크루져에 올랐다. 가뜩이나 가로등 없는 길인데, 마른 흙길을 덜컹거리며 지날 때마다 흙먼지가 일어 어두운 밤길을 분간하기가 더 어려웠다. 그래도 평소의 20분 거리를 15분도 채 지나지 않아 도착했다.

응급실로 가는 복도에 침대가 여럿이었다. 평소 같으면 나와 있지 않을 침대인데 환자가 한꺼번에 많이 도착해 미처 들여놓을 자리를 확보하지 못한 것 같았다. 첫 침대 위의 환자는 하얀 시트가 머리 위로 덮여 실루엣만 얼핏 시트 위로 드러났다. 이미 사망했다.

응급실은 내가 아이티에 온 이래 가장 붐비고 있었다. 응급환자를 분류하는 진찰실은 환자와 보호자로 가득 차 북새통이었다. 그 옆 구역엔 얼굴, 몸통, 팔, 다리 가리지 않고 피범벅이 된 환자들이 열을 맞춰 누워 있었다.

하나의 큰 사건이 벌어진 것이냐고 물었는데 아니었다. 여기서 벌어진 총격사건, 저기서 벌어진 총격사건, 다른 곳의 교통사고, 또 다른 곳의 강도사건, 그리고 또 다른 총격사건, 또 다른 교통사고가 하필이면 같은 날, 같은 시간대에 벌어졌다. 응급실은 복도의 시체를 안치소에 보낼 경황조차 없었다.

한꺼번에 쏟아져 들어온 환자들의 경중을 잘 가려야 했다. 지금 당장 수술이 필요한 환자는 두 사람. 그중 한 명은 총탄과 파편이 열 군데나 박혀 있었다. 존은 총알이 복부를 관통해 내장이 찢어진 이 환자를 치료하기 위해 수술실로 향했다.

나는 팀 리더가 말했던 다리에 맥박이 잡히지 않는 환자를 맡았다. 열다섯 살 소녀였다. 길거리에서 총을 든 남성이 있어 도망치다가 다리에 두 발의 총상을 입었다. 엑스레이를 보니 뼈에는 큰 이상이 없었다. 오른쪽 허벅지를 총알이 뚫고 나갔는데, 뼈는 아니고 근육을 찢고 나갔다. 언뜻 보니 가벼운 상처처럼 보였다. 왼쪽 다리를 맞힌 총알은 무릎 아래를 뚫고 나갔다. 이것도 얼핏 보면 별것 아닌 듯이 보였다. 외관상 5mm 정도의 콩알만 한 상처밖에 남지 않았기 때문이다. 요르단 람사 병원에서 자주 보던 시리아 전쟁의 총탄 흔적과는 달랐다. 그곳에서 본 총상은 입구는 콩알만 해도 출구는 큰 웅덩이와 같았다. 무기의 종류를 잘 알지는 못하지만 이 소녀가 전쟁용 총기에 당한 것 같지는 않았다.

무릎 아래쪽은 엄청 부어 있는 상태였으나 발도 잘 움직이고 발의 감각도 유지되고 있었다. 하지만 보고받은 대로 정말 발목 주위에서 느껴져야 할 맥박이 전혀 만져지지 않고, 피부도 오른쪽에 비해서 꽤나 찼다. 도플러(doppler : 초음파 검사에 도플러 효과를 이용하여 혈관 안을 움직이는 혈류를 측정하는 진단기계)를 가지고 와서 동맥이 지나가는 부위를 샅샅이 훑어봤지만 오금 부위에서 동맥이 흐르는 소리가 딱 멈췄다. 이건 피부 속을 직접 확인해야 할 사항이었다. 서두르지 않으면 이 소녀의 다리는 머지않아 썩어 들어갈 것이다. 현지 응급실 담당의의 꼼꼼한 진찰과 신속한 보고 덕에 지체 없이 바로 치료 방향을 결정할 수 있었다. 당장 수술을 진행하기로 했다.

그런데 문제가 있었다. 하필 수술실의 마취기와 모니터기가 각각 한 대씩 고장 났다는 소식이 전해졌다. 메이저 수술이 가능한 수술실 세 개 중 두 개만 운영할 수밖에 없는 상황이 되었고, 지금 두 방 모두 수술 중이었다. 따라서 둘 중 하나가 끝날 때까지 기다려야 했다. 좋은 결과를 얻기 위해서는 가능하면 여덟 시간 내에는 혈액순환이 되게 만들어줘야 했다. 그런데 한참 전에 들어갔다던 수술은 아직 끝날 기미가 없었다. 자정이 넘어가니 슬슬 애가 타기 시작했다. 새벽 한 시 반이 되어서야 수술이 하나 끝났고 소녀는 두 시에 전신 마취 상태로 수술실로 들어갔다. 드디어 수술을 시작할 수 있었다. 오금이 드러나도록 환자를 엎드려 눕히고 스킨 프랩(surgical skin preparation: 수술을 위한 환부 소독)을 하고 빠르게 드랩(drape: 감염 예방을 예방을 위해 소독포로 환부를 제외한 다른 부위를 모두 가림)을 마쳤다. 골든아워가 이제 서너 시간밖에 남지 않았다.

옆 수술실에서 존의 수술이 거의 마무리돼 가고 있었다. 늦게 시작한 것이 전화위복이 될 수도 있겠다는 생각이 들었다. 존은 간 수술과 혈관이식 수술의 전문가다. 지금 이 소녀에게 가장 필요한 것은 혈관을 잘 이어줄 사람이었고, 존과 함께라면 더 좋은 수술 결과를 기대할 수 있을 터였다.

예상대로 존은 흔쾌히 응낙했다. 그는 백전노장답게 자신의 역할과 내 역할을 딱딱 나눠 지정했다. 무릎 뒤쪽 부위는 자신이 어프로치(surgical approach: 수술적으로 내부 손상 부위 또는 병소에 접근하는 과정)하기가 익숙하지 않은 곳이라며 정형외과인 내가 담당하는 것이 좋겠다고 했다. 무릎 깊숙한 곳에 들어가 끊어진 혈관을 찾아 충분히 노출시키고, 그가 오기 전까지 시간이 남으면 그 혈관에 이식할 정맥을 찾아주는 것이 내 몫이었다. 이후 혈관의 손상 정도에 따라 자신이 두 혈관을 잇겠다고 했다.

존을 기다리며 먼저 수술을 시작했다. 새벽 두 시 반이 넘은 시간, 허벅지에 감은 지혈대의 압력을 올리고, 20번 메스로 오금의 주름 아래로 주름과 평행하게 피부를 절개했다. 가로로 절개한 부위의 끝을 세로로 다시 갈라 수술 필드를 넓혔다. 미세한 정맥은 지혈했고 근육을 하나씩 젖혔다. 어디가 끊어졌는지를 수색하는 과정이다. 덕지덕지 찬 혈종을 빨아 들여가며 아주 깊은 곳에서 찢어진 동맥을 찾아냈다. 피가 통하지 않았던 이유였다. 신기하게도 주변 신경과 정맥은 멀쩡한데 가장 중요한 동맥 하나만 산산이 찢겨 있었다. 이런 경우는 처음 보았다.

동맥을 잇기 편하게 주변을 정리하고, 정맥을 채취하려고 준비하고 있던 즈음인 새벽 세 시, 존이 루페(loupe: 수술용 확대경)를 끼고 수술실로 들어왔다. 존에게 집도의 자리를 내어주고, 퍼스트 어시스트

(제1보조의) 자리에 섰다. 오늘 수술이 너무 많아 기구 소독이 원활하지 못했기에 혈관용 수술기구가 충분히 갖춰져 있지 않았다. 혈관용 포셉(forceps: 수술용 집게)이 없어 큼지막한 일반 포셉으로 혈관을 다뤄야 했다. 과도가 없어 식칼로 과일을 깎는 격이었다. 손에 맞는 기구가 없다며 존이 투덜거렸다. 말은 그렇게 하면서도 손은 차근차근 정맥을 채취하고, 채취한 정맥을 동맥과 이어가고 있었다.

기구도 그렇거니와 오늘 피로가 쌓일 만큼 쌓여 체력과 집중력도 떨어진 건지, 속도가 평소만큼 잘 나는 것 같지 않았다. 시간이 꽤 흘렀다. 시계를 보니 어느덧 새벽 네 시. 이제서야 드디어 혈관이 빈 곳 없이 연결됐다. 불독 클램프(bulldog clamp: 혈관 겸자의 한 종류)로 닫아놨던 위쪽 혈관을 열었다. 생명의 피가 힘차게 흘렀다. 환부를 지나 발끝까지 쑥쑥 흘러갔다. 이 순간이 가장 짜릿하다.

상처를 꿰매어 닫았다. 다리에 반깁스를 대고 환자를 회복실로 보냈다. 수술 기록지와 처방전을 작성하고, 수술실 밖의 다른 환자들을 둘러보고 나니 어느새 아침 여섯 시 반이 넘었다. 아비규환 같던 밤이 지나고, 잠잠해진 새벽의 응급실을 나섰다. 조금만 있으면 다시 출근할 시간이었다. 밤샘 수술을 했다 해도 낮의 일과에서 빠질 수는 없었다. 낮 온종일에 이어 야밤에도 세 시간 넘게 서서 수술을 하고, 24시간 이상 꼬박 잠을 자지 못한 탓인지 몸이 무거워 비틀거렸다. 눈꺼풀도 자꾸 내려왔다. 하지만 회복실에 누워 있는 환자의 발에 온기가 도는 것을 다시 한번 확인하자 마음만큼은 깃털처럼 가벼워졌다.

곧이어 연달아 하루를 시작하기 전, 병원 마당 둔덕에 주저앉았

다. 존도 같이 앉았다. 우리는 아무 말도 하지 않고 짙은 커피를 묵묵
히 마셨다.

4. 랜드크루져를 빼앗기다

포르토프랭스는 아이티의 수도지만, 밤에 가로등이 환하게 밝혀진 큰 도시를 떠올리면 안 된다. 가로등은 큰길가에만 있고 그마저도 아주 듬성듬성이다. 큰길에서 벗어나면 바로 어두운 골목길이다. 포장 안 된 도로는 덜컹거렸다. 누가 만들어놓은 건지 아니면 빗물이 고였다 빠지며 자연스레 생긴 것인지 모르지만, 높고 낮은 과속방지턱이 곳곳에 있다.

높은 둔덕을 넘으려면 제아무리 랜드크루져라도 속도를 줄여야 한다. 둔덕에서는 안전을 위해 속도를 줄여야 하지만, 이곳에서는 해가 떨어진 시간 캄캄한 길에서 속도를 줄이는 것은 오히려 위험한 일이 될 수도 있다. 8월 7일 일요일 밤, 사건 소식이 들어왔다. 우리의 랜드크루져를 강탈당했다는 소식이었다.

병원에서 숙소로 돌아오는 길이었는데, 높은 둔덕을 넘기 위해 속도를 줄인 순간, 총을 든 강도 한 명이 차 앞을 가로막고 섰다. 다른 한 명은 운전석으로 잽싸게 다가와서 살짝 열린 창문 틈새로 운전사에게 총을 겨눴다. 선택의 여지는 없었다. 랜드크루져를 넘기고 운전사는 무사히 풀려났다. 운전사가 다친 곳 없이 무사해서 그나마 다행이었다. 당시 차 안엔 운전사 혼자였다.

저녁식사 중이던 팀 리더가 소식을 듣고는 숟가락을 던지고 뛰어
나갔다. 숙소의 다른 랜드크루져를 타고 운전사를 구하러 달려갔다.
차를 뺏긴 그는 인적 없는 어두운 골목길에 홀로 남겨진 상태였다. 2
인조 강도가 그를 풀어줬다 해서 그가 안전하다고 장담할 수는 없는
노릇이었다. 그의 소지품을 노린 또 다른 강도가 나타날 수도 있었다.

혹시라도 그 차를 다시 찾을 가능성이 있긴 있을까? 팀 리더에게
물었다. 고개를 저었다. "이미 그건 사라졌을 거야, 해가 뜨기 전에 이
미 분해가 끝났을 수도 있어." 강도들이 가져간 랜드크루져는 순식간
에 엔진이나 바퀴, 각종 부속품 등으로 분해되어 부품 시장에서 팔리
거나, 혹은 흰 바탕에 붉은 MSF 로고가 흔적도 없이 완전히 도색되어
다른 사람에게 넘겨질 수도 있었다. 어느 쪽이든, 그 차를 우리가 다
시 발견한다 해도 '이 차는 우리 차'라고 알아볼 수조차 없을 것이다.
이런 차량 강도사건이 드문 일이 아니라고 했다.

약탈과 강탈이 심심찮게 발생하는 이 지역에서 일하는 국경없는의
사회의 안전수칙은 철저했다. 구역의 사정에 따라 안전수칙의 수위
가 다르지만, 기본적으로 엄격하게 가이드라인이 있고 이를 지켜야
했다. 자유롭게 걸어도 되는 허락된 특정 구역이 있는 반면, 허락되지
않은 곳에서는 절대 걸어 다니지 못했다. 병원도 그런 지역이었다. 병
원 정문 밖을 한 발도 걸어 나갈 수 없었다. 숙소도 마찬가지였다. 안
전수칙은 명확했다.

'이동이 필요한 경우는 오직 지정된 랜드크루져를 이용한다.'

'현지 대중교통은 어떤 것도 이용하지 않는다.'

'이동 시에는 통신실에 이동 인원과 이동 지역을 필히 보고한다.'

'외식할 수 있는 레스토랑과 바는 리스트로 정해져 있고 그 이외의 곳에는 가지 않는다.'

'업무 외의 외출 시에는 통금시간 내에 귀가한다.'

'차에 오르면 우선 차 문을 잠그고 가급적 휴대폰이나 화폐 등 귀중품을 노출시키지 않는다.'

이런 것들이었다. 골목골목을 자유롭게 산책하는 것을 무척이나 좋아하는 나였지만, 여기에서는 4주가 넘게 지났어도 병원 정문 밖으로 걸어서 나가본 적이 없었다. 안전수칙이 그렇게 규정돼 있으므로 돌아가는 날까지도 걸어서 나가는 일은 없을 것이었다. 집에서 병원까지 데려다주고, 또 병원에서 집까지 데려다주는 랜드크루져를 타는 순간만이 내가 '아이티'를 만날 수 있는 시간이었다. 오로지 집 담장 안과 병원 담장 안이 반복되는 나날들이었다. 물론 우리는 자유인이었다. 필요할 때 보고하면 여유가 있는 랜드크루져를 배정 받아 허가된 구역으로 개인 외출을 할 수 있었다. 또 매주 일요일에는 교외로 피크닉을 가는 이벤트도 있었다. 하지만 바쁘기도 했고 나가볼 마음이 딱히 들지 않았다.

아이티에 온 지 한 달이 지나 처음으로 단체 외식을 했다. 다음 주에 얌나(물류 담당 매니저)와 조엘(상처관리 간호사)이 화요일과 목요일에 미션을 마치고 고국인 프랑스로 귀국한다. 송별 회식으로 도심 지역

135

의 유명한 이탈리안 레스토랑에 방문했다. 느긋하게 식사를 마친 아거스틴(전자전기 엔지니어)은 담배를 들고 밖으로 나갔다. 나도 식사를 하며 한참을 앉아 있던 터라 바람도 쐴 겸 따라 나갔다. 아거스틴이 두 모금째 빨아들일 때쯤, "안으로 냉큼 들어오라"는 팀 리더의 지시가 전해졌다. 황급히 담배를 끄고 들어갔다.

자리에 앉자 팀 리더가 부드럽지만 단호하게 안전수칙을 강조했다. "최근 이 지역에서 총기사건으로 다섯 명이 길거리에서 죽었어. 여기는 걸어 다녀도 괜찮다고 지정된 안전 구역이 아니니, 차가 대기하기 전에는 문밖으로 나가지 말아줘. 식당 안에서도 담배를 피울 수 있으니까 차라리 여기서 피워."

우리가 나가 있었던 것은 담배를 피우자는 것보다 바깥을 느끼고 싶어서였던 것이다. 어딘가로 걸어 나가는 것도 아니고 식당 문 앞이었다. 이 정도마저 허락되지 않는 상황에 한숨이 나올 정도로 갑갑한 기분이 들기도 했지만, 치안이 매우 불안정한 시기에는 철저히 안전수칙을 지키라는 팀 리더의 엄격한 원칙에 동의하지 않을 수 없었다. 외식을 마치고 랜드크루져에 다시 오르며 장총을 든 두 명의 사설 경비원과 눈이 마주쳤다. 은행도 아니고 중요한 물건이 많지도 않은 식당에서도 이런 무장 경비원을 고용해야 하는 동네였다.

식당에 자유롭게 걸어가기도 힘들고, 차를 타고 어둑한 곳을 지나가다가 차를 약탈당할 수도 있는, 치안이 이토록 불안정한 곳에서 현지 사람들은 어떻게 살아갈까. 모든 것을 운에, 혹은 신의 보호에 맡길 수밖에 없을까. 식당에서 돌아오는 길에 차창으로 바깥 풍경을 바라보았다. 저 멀리 해안을 둘러싼 높은 언덕으로 빼곡히 보이는 가가호호의 전등 빛들이 보이는 풍경을 지나, 가로등을 비롯해 어떤 불도 켜지지 않은 어두운 동네를 지났다. 전기가 모두 나갔을지도 몰랐다. 하지만 언제까지 고친다는 기약도 없을 것 같았다. 어떤 집에선 검은 피부의 현지인들이 툇마루 같은 작은 마당의 시멘트 바닥에 드러누워 더위를 식히고 있었다. 가난하지만 편안하고 이완된 모습이기도 했는데, 동네의 밤 풍경 탓인지 어둑하고 스산하게만 느껴졌다. 반면, 어느 공원을 지나면서는 또 다른 풍경이 펼쳐졌다. 흥겨운 야시장 분위기였다. 노점상이 줄지어 있고 더위를 피해 나온 사람들로 왁자지껄했다. 현지 최신 인기가요인 건지 이미 익숙해진 멜로디와 흥겹게 웅성거리는 소리가 들려왔다. 삼삼오오 모여서 이야기를 나누고 즐겁게 어깨춤을 추는 사람들의 모습이 보였다. 아이들이 어른들 사이를 뛰어다녔다. 여기는 안전한 지역인 걸까, 아니면 이런 풍경마저도 사람들이 밝은 곳에 몰려 있어서 안전하게 보이는 것일 뿐 여전히 불안정한 치안과 위험이 짙게 깔려 있는 것일까. 차창 밖으로 보이는 현지 길거리의 사람들은, 허름한 풍경이지만, 활기찬 저녁 시간을 보내고 있는 것처럼 보였다. 평범한 일상을 살아가는 표정으로 보였다. 하지만 들려오는 안전 관련 소식과 병원으로 밀려드는 환자들을 보면, 이 사회의 평범은 다른 사회의 평범과는 사뭇 다르지 않을까 싶었다.

선선한 저녁 공기를 쐬며 산책하기 좋아하고, 길거리를 걸으며 소소한 풍경을 피부로 느끼는 것을 좋아하는 나는 차창 밖으로 보이는 출퇴근길의 평범해 보이는 저잣거리를 걸어보고 싶을 때가 있다. 노점상의 음식을 사먹고, 기념품을 들고 흥정을 붙여보고도 싶다. 하지만 허락되지 않는 일이다. 그러고 보니, 이곳에서 외국인이 보통의 길거리를 걷는 것은 아직 본 적이 없다. 외국인은 차로만 이동하는 것 같았고, 이들이 드나드는 대형 마트는 여기가 마트인지 군부대인지 헷갈릴 정도다. 철문과 망루가 있고 장총으로 무장한 경비들이 지키고 있다.

현지인들도 길거리에서는 스마트폰을 꺼내지 않는다. 머무는 기간 동안 길거리에서 스마트폰을 사용하는 현지인을 본 적이 없다. 나의 현지 통역사는 휴대폰이 두 개였다. 하나는 스마트폰, 다른 하나는 전화와 문자 전송만 되는 값싼 구형 폰이었다. 길거리에서 통화가 필요하면 저가형 휴대폰만 꺼내는 것이 이들에겐 자연스러운 일이다.

언제쯤이면 아이티에 치안이 잘 갖춰질까. 외국인들도, 그리고 물론 현지인들도, 이 일상의 길거리를 안전하게 산책할 수 있는 날을 상상해본다. 현지 친구들과 밖에서 마음 편히 길거리 음식을 다양하게 즐겨보고 싶다.

5. 티셔츠 릴레이

　지난주 목요일에 조엘이 프랑스로 돌아갔고, 오늘은 존이 6주간의 미션을 마치고 고국인 영국 버밍엄을 향해 출국했다. 출근 전 아침 시간에 인사를 하며 존에게 티셔츠 한 벌을 선물했다. 국경없는의사회 한국사무소에서 제작하여 후원자들에게 보내주는, 짙은 남색 바탕에 MSF 로고가 찍혀 있고 흰색 한글로 '국경없는의사회'가 적혀 있는 티셔츠였다. 숙소에서 내가 종종 입고 다니는 걸 본 존이 전에 얼핏 이 티셔츠가 마음에 든다며 혹시 두 벌이 있으면 한 벌 주면 안 되냐고 물었던 게 생각났다. 사실 나에게도 한 벌뿐인 옷이긴 했다. 하지만 다음에 또 얻을 기회가 있을 것 같으니, 존에게 양보하기로 했다. 더운 아이티 생활에 땀 냄새가 배었을까 싶어 열심히 빨아서 선물했다. 평소 잘 웃지 않던 그가 이 티셔츠를 받고는 매우 흡족한 미소를 띠며 고마워했다.

　국경없는의사회 티셔츠가 엄청나게 좋고 예쁜 것은 아니다. 대학생 때 이런저런 이유로 맞춰 입곤 하는 단체 티셔츠 같은 느낌이다. 하지만 나에게는 남다른 의미가 있다. 활동을 시작하기 오래전부터 나는 국경없는의사회의 후원자였다. 감사의 표시로 배달되어 온 이옷을 집에서 입고 있으면, 새삼 현장을 누비고 있을 사람들이 상상되었고 그들이 힘을 냈으면 좋겠다는 마음이 들었다. 그 활동가들이 만나게 될 어려운 환경에 처한 사람들에 대한 연민의 마음도 생겼다. 내 후원금이 그들에게 도움이 되리라는 믿음, 그리고 소망도 한층 강해졌다. 존이 한글로 된 티셔츠를 입을 때, 그는 내 얼굴을 떠올릴 것이다. 또 나로 인하여 알게 된 한국과 한국의 활동가들, 한국의 후원자들을 상상할 것이다. 그렇게 생각하니 단벌 티셔츠를 내주는 것이 조금도 아깝지 않았다.

구호현장에서 근무할 때는 후원자 티셔츠가 아닌, 흰색 바탕에 붉은 마크가 새겨진 국경없는의사회 기본 티셔츠를 입는다. 현장에 나갈 때마다 이 티셔츠를 1~2장씩 지급받는다. 나도, 존도, 그리고 다른 활동가들도 근무할 때는 이 티셔츠를 입었다. 이 기본 무늬 티셔츠를 입을 때면 후원자 티셔츠를 입을 때와는 또 다른 느낌을 받는다. 단순한 하얀 티셔츠지만 이것은 일하는 장소에서만 입는 것이 원칙이다. 따라서 이것을 입는다는 것은 내가 지금 구호현장에 있다는 것이고, 국경을 넘어 다국적 팀과 함께 뛰고 있다는 뜻이다. 역동적인 인도주의 구호활동의 기치를 가슴에 품은 듯 자부심을 준다.

게다가 이곳 타바 프로젝트의 해외 활동가들은 모두 한집에 살면서 한솥밥을 먹고 한 티셔츠를 입는다. 모두 똑같은 티셔츠를 매일 입는데, 내 것 네 것 나누지 않고 그냥 다 같이 돌려 입는다는 얘기다. 사실 자기 옷을 표시하고 구분할 수도 있을 것이다. 하지만 본인 티셔츠 찾느라 뒤적이는 번거로움을 없애자고 누가 제안한 것이 동의되어, 아예 티셔츠에 이름을 안 적기로 했다. 세탁 후 사이즈별로 분류만 해놓으면 자기 사이즈를 찾아 입는 식이다. 계속 새로운 활동가가 오고 또 가지만, 이곳에서의 '티셔츠 공유의 전통'은 사라지지 않고 있다. 새로 온 사람은 자기가 받은 티셔츠를 하나 보태곤 한다. 떠날 때 챙겨 가져가는 사람도 있을 것 같은데 대부분은 두고 온다. 현장을 떠나서는 이 티셔츠가 무슨 의미가 있을까 싶어 나도 지급받은 티셔츠를 그냥 두고 왔다.

그렇게 모두가 공유하는 티셔츠는 계속 새롭게 추가되고, 오가는 활동가들은 물갈이가 된다. 외과 프로젝트는 더욱 그렇다. 6개월 이상 중장기로 근무하는 활동가도 있지만, 외과계 의사들은 보통 6~8주 정도를 머문다. 수시로 오고 또 간다. 긴 미션과 짧은 미션이 교차하면서 많은 이들이 만나고 헤어진다.

내가 도착한 지 한 달 남짓 되었을 무렵 공동 숙소에 들어오고 나간 멤버 수를 헤아려본 적이 있다. 벌써 열네 명에 이르렀다. 숙소에 머무는 전체 인원의 절반에 가까웠다. 다이어리의 메모를 다시 보니 내가 오고 며칠 지나지 않아 얌나(물류 총괄, 프랑스)가 오고, 아드리아노(물류 총괄, 브라질)가 가고, 세바스티아노(정형외과 전문의, 이탈리아)가 개인사정으로 미션 기간이 끝나기 전 가고, 달리아(응급의학 전문의, 벨기에)가 9개월 미션을 마치고 갔다.

이어 사라(건축, 이탈리아)가 오고, 윌프리드(건축 총괄, 프랑스)가 연이어 오고, 이노상(정형외과 전문의, 벨기에)이 오고, 윌프리드가 2주간의 점검 후 갔다. 엘다(외과 전문의, 이탈리아)가 오고, 얌나가 갔으며, 에리카(간호사, 프랑스)와 프랑소와(물류 총괄, 프랑스)가 오고, 조엘(간호사, 프랑스)이 갔다.

오늘 존(외과 전문의, 영국)이 영국으로 귀국하고, 이번 주에 미셸(정형외과 전문의, 이스라엘)과 이노상이 이스라엘과 벨기에로 귀국을 할 것이다. 조만간 스톡홀름 연수과정 동기인 안드레이(정형외과 전문의, 이탈리아)와 마가리따(정형외과 전문의, 멕시코)가 이번 주말과 9월 중순에 와서 다시 만나게 될 것이고, 이렇게 몇몇 사람이 드나들고 나면, 9월 말에는 어젠(약사, 르완다)과 레닐자(회계, 브라질)가 각각 모국으로 귀국하고, 10월 초 앙리(물류, 코트디부아르)와 나탈리(일반행정, 브라질)가 귀국행 비행기에 오르면, 이어 나도 10월 초, 10주간의 미션을 마치고 아이티를 떠날 것이다.

솔직히 조금 정신이 없기도 하다. 이 정신 없는 '이어달리기'는 국경없는의사회가 가진 장점이자 단점이다. 새로운 사람들이 드나들며 새로운 에너지와 새로운 관점을 들여와 열정과 생기가 유지되고 쉽게 정체되지 않는 장점도 있지만, 매번 달라지는 인력은 업무의 일관성을 해치기 쉽다. 사실 현지 의료진에게는 상당한 스트레스 요인일 수도 있다. 매번 상황을 설명하고 서로 다른 스타일의 요구나 지시를 받는 것은 쉽지 않은 일이다. 특히 기술적인 문제에선 더욱 그러하다. 혼동이 생길 수 있다.

국경없는의사회도 이런 특성을 알기에 오리엔테이션에서 강조를 한다. 스톡홀름 GAS Week에서 처음 구호활동으로 합류하는 활동가들에게 신신당부했던 말이 떠오른다. 대부분 본인이 생활하는 국가의 상황과는 사뭇 다를 것이고 갖춰진 것도 문화도 인력도 모두 다르니 제발 처음부터 휘저어놓지 말라는 것이다. 당연한 얘기처럼 들리지만, 현장에선 그게 정말 중요하다.

국경없는의사회의 특성상 현지에 파견되는 활동가는 모두 자기 분야의 전문가다. 대부분이 숙련된 프로들이다. 그렇기 때문에 자기만의 스타일이 있고, 자신이 생각하는 일정한 기준이 있다. 그런데 현지에서는 이런저런 이유로 그것이 지켜지기 어려운 상황일 때가 많다. 아마추어 자원봉사자가 아니라 '프로'라고 생각하기 때문에, 또 체류기간이 길지 않기 때문에 오히려 자신이 있는 동안 그 기준에 맞지 않는 것을 바꿔야 한다고 여기는 활동가들도 있다.

물론 그것이 맞을 때도 있다. 하지만 도착하자마자 현지 프로토콜을 벗어나 급격히 상황을 바꾸려고 하는 활동가가 나오는 것은 그 자체로 아래에서 일하는 현지 스태프에게 부담을 준다. 건의사항이 있으면 토론을 통해 주변인들에게 자기 견해를 인정받고, 이를 개선하는 시스템을 활용해야 한다는 것이 국경없는의사회의 방침이다.

프로젝트를 일관성 있게 유지하기 위해서는 브리핑과 디브리핑이 중요하다. 브리핑은 활동가에게 현지 정세, 현지에서의 업무 및 역할, 생활여건 등에 대해 설명해주는 오리엔테이션이라고 할 수 있고, 디브리핑은 활동가가 활동을 마친 후 프로젝트에 대한 현재 상황, 개인적 경험, 평가, 개선점 제안 등을 제시하는 피드백이라고 할 수 있겠다.

현장이 정해진 직후부터 이 브리핑이 '빡세게' 시작된다. 이전 활동가의 디브리핑 문서를 포함해 넘쳐날 정도로 많은 문서가 이메일함에 들어온다. 파견 날짜가 다가오면 각 지역사무소에서 한 번, 그리고 운영본부에서 또 한 번, 방문이나 스카이프를 통해 프로젝트에 대한 업데이트 상황을 재차 듣는다. 현지에 도착하면 총괄사무소에서 반나절 또는 한나절 각 파트별로 브리핑을 받고, 근무지에 도착하면 또다시 업무와 안전수칙 등에 대한 브리핑을 받으며 업무를 인계 받는다. 그리고 미션을 마칠 때면 여러 단계에 걸쳐 디브리핑을 한다. 상호 평가를 하고, 디브리핑을 통해 본인의 활동을 마무리하고, 현지 상황을 업데이트하고, 개선점을 제안한다.

지속적으로 교체되는 활동가들의 활동과 정보 교환은 이어달리기 경주처럼 지속된다. 가까워질 만하면 떠나는 것이 국경없는의사회의 특성이다. 국경없는의사회를 가슴에 품고 있는 한, 구호현장이나 국제회의를 오가며 언제고 또 만나는 것도 국경없는의사회의 특성이다. 존과 헤어지며 우리는 '굿바이'라고 하지 않았다. '다음에 만나요(See you later)'라고 했다. 다음에 또 티셔츠를 나눠 입는 날이 올 것이다. 우리는 또 만날 것이다. 같은 티셔츠를 입는 국경없는의사회 활동가들에게 '굿바이'는 없다.

6. 손가락을 찔리다

앗 따가워! 누르고 있던 왼쪽 검지가 화들짝 들렸다. 부러진 뼈를 고정하기 위해 골절 부위를 통과시킨 K-와이어(뼈 고정 수술에 사용하는 핀)가 방향이 중간에 틀어진 건지 그만 내 왼쪽 손가락을 뚫고 지나갔다. 권총처럼 생긴 수술용 전동 드릴을 이용하여, 핀의 끝부분이 골절 부위를 통과해서 환부를 누르고 있는 내 왼쪽 손가락 옆으로 빠져나가게 하는 단계였다. 그런데 조준이 잘못된 건지, 낭창거리는 핀이 골절 부위를 지나면서 방향이 틀어진 건지, 고속으로 회전하여 뼈를 뚫는 핀이 골절 부위를 지나고는 뼈를 힘껏 누르고 있던 내 왼손 검지 끝마디의 살로 향했다.

왼손을 수술 부위에서 빼내고 손을 쳐다봤다. 장갑 안쪽으로 피가 흥건히 퍼져 나갔다. 장갑을 살짝 찌른 정도가 아니라 수술 장갑을 휘감아 뚫고 검지 끝마디의 살을 제대로 뚫은 게 확실했다. 수술을 하다가 핀에 손을 이 정도로 깊게 찔려보는 건 처음이었다. 당황스럽기도 했지만, 내가 아픈 것보다 환자를 먼저 살펴야 했다. 이 환자에게는 이물질로 작용할 나의 피나, 스크럽(수술 전 멸균된 솔에 소독약을 묻혀 손을 충분히 문지르고 헹구는 감염 예방 조치) 했어도 내 손에 혹시나 남아 있을 수 있는 박테리아가 장갑이 찢어지는 찰나에 열어놓은 환부에 묻었을 수도 있다.

핏방울을 더 떨어뜨리기 전에 수술대에서 한 걸음 물러났다. 보조의에게 환부를 얼른 베타딘(적갈색 소독약)으로 소독하고 셀라인(생리식염수)으로 충분히 세척을 하도록 지시했다. 그동안 나는 지혈을 하고 다시 스크럽을 하고 장갑을 꼈다. 내가 손가락을 찔렸다고 해서 환부를 열어놓고 수술을 중단할 수는 없었다. 감염에 대해 환자 안전을 위한 예방적 항생제를 추가로 투약하고, 욱신거리는 손가락으로 다시 수술을 이어갔다.

수술을 마치고 환자가 안정화 단계로 접어들자, 이제는 반대로 내 안전에 대한 우려가 생겨났다. 수술 받는 환자가 주요 바이러스의 감염자인지 보균자인지 모르는 상태였다. 환자의 피가 묻은 핀이 내 손가락을 찔러 그 상처 안으로 들어갔다 나왔다. 만에 하나 이 사고로 내가 환자로부터 C형 간염이나 HIV(인체면역결핍 바이러스)에 감염이 된다면 어떻게 하지. 그것은 개인적으로도 고되고, 직업적으로도 내가 수술을 하는 의사로서 앞으로 일하기 어렵다는 뜻일 수도 있다. 만약 감염이 된다면 혹시나 모를 수술 중 생기는 손상에 의해, 다른 환자에게 감염을 시킬 가능성이 아예 없지는 않기 때문이다. 특히, 정형외과 수술은 날카롭게 부러진 뼈의 끝을 다룬다. 뼈를 뚫어야 하는 수술도구는 늘 카랑카랑하게 날이 서 있다. 집도의의 손끝 감각을 섬세하게 유지하기 위해 수술 장갑은 상호 보호 기능을 유지하는 선에서 최대한 얇아야 하고 피부에 탄력 있게 밀착되어야 한다. 드물지

146

만 어쩌다 보면 집도의도 날카롭게 튀어나온 환자의 부러진 뼈 모서리나 봉합 바늘, 메스, 핀, 드릴 등의 날 선 수술도구에 순간적으로 손을 베일 때가 있다. 그럴 때 환자 또는 의사에게 바이러스가 있다면, 피가 상처에 묻는 과정에서 그 둘 사이에 바이러스가 전염될 수 있다. 그 가능성은 아주 적지만, 만에 하나 발생한다면 그건 결코 작은 일이 아니다.

'니들 스틱 손상 프로토콜(needle stick injury protocol)'에 따라 조치를 하고 상부에 사고 발생 경위와 내용을 보고했다. 환자가 어떤 바이러스 보균자는 아닌지, HIV에 양성인지 음성인지 알아야 할 필요가 있었다. 환자의 차트를 다시 한 번 들여다봤다. 혹시나 하는 마음으로, 수술 전 바이러스 검사가 돼 있는지를 확인했다. 아니나 다를까, 검사 받은 적이 없는 환자였다. 여기 타바 병원에서는 우리나라 병원 환경과 달리, 바이러스 검사를 수술 전 기본 검사에 포함시키지 않았다. 다른 바이러스 검사가 되어 있지 않은데 HIV 검사 결과가 적혀 있을 리 없었다. 게다가 아이티 사회는 HIV 유병률을 숨기기라도 하듯, 검사에 대해 특히나 민감하게 반응했다. 이곳에서는 기본 검사에 HIV를 포함시킬 수 없었고, 별도로 환자의 동의가 있어야만 진행할 수 있는 검사 항목으로 지정해놓았다고 했다. 수술실에서의 현지 의료진들이 느리고 소극적이고 방어적으로 보이는 느낌이 없잖아 있었는데, 수술 전 바이러스 검사의 미흡에 따른 이유도 한몫하지 않았을까 싶었다.

환자는 왼쪽 팔에 개방성 골절을 당한 여섯 살 남자아이였다. 다친 부위를 제외하고는 건강해 보이는 여섯 살 아이인데 별문제 없겠지 싶으면서도 깊게 찔린 부위가 찝찝했다. 아이가 주요 바이러스에 직접 노출된 적이 없다 해도 만약 엄마가 보균자였다면 태어나는 과정에서 산도감염 등으로 감염되었을 가능성이 있었다. 또 여기는 아이티다. 어린아이들이 안전하게 자라기가 쉽지 않은 나라다. 어떠한 경로로든 어른들의 바이러스를 공유하고 있을 수 있었다. C형 간염이라도 있으면 어쩌나, HIV 보균자라면 어떻게 하지? 막연하고 해소되지 않는 걱정이 스멀스멀 올라왔다.

아이티에 오기 전 찾아본 자료에 의하면 아이티의 전체 평균 HIV 유병률은 인구의 1.7%다. 실질적으로는 보고된 평균보다 좀 더 높을 수 있고, 이 수치는 국가 전체 평균이니 인구가 밀집된 수도에서는 그보다 높을 것으로 예상할 수 있다. 그렇다면 2% 정도? 아니면 2.5%? 실질적으로는 얼마나 될지 모른다. 대략 50명 중에 한 명은 HIV 감염으로 볼 수 있다. 특히 HIV는 산도감염으로 전파되기 때문에 아이라 해서 쉽게 방심할 수는 없었다.

사고 보고를 받은 의료팀장은 PEP(감염 노출 후 예방, Post Exposure Prophylaxis)를 위해 감염내과 전문의를 만나보라고 지시했다. 국가감염관리센터에 내 진료를 의뢰했다. 그날은 금요일 오후였다. 내일부터는 주말이니, 타바 병원의 일을 서둘러 정리하고는 감염관리센터로 향했다. 다행히 진료실이 문 닫기 직전에 도착할 수 있었다. 감염내과 전문의를 만나 진료를 받았고, 우선 사후 예방약을 사흘치만 받은 후

월요일에 다시 방문하여 피검사와 재상담을 하기로 했다. 감염센터에 도착한 그 시간에는 이미 검사실 의료진이 퇴근하여 문을 닫은 상태였다. 진료 상담에서는, 예상했던 대로 환자의 피를 뽑아 바이러스 검사를 하고 결과를 확인해보라는 조언을 들었고, 이에 다시 타바 병원으로 와서 환자의 혈액검사를 처방했다. 하지만 아이티에서 HIV 검사는 환자나 환자의 법적 보호자의 동의가 필수인데, 오늘 하필 아이의 법적 보호자인 부모는 없고 이모만 와 있었다. 검사를 당장 진행하기에 무리가 있는 상황이었다. 시간이 흐를수록 이 아이가 HIV 양성인지 음성인지에 점점 더 신경이 쓰이고 있었지만 이곳의 규칙을 내 마음대로 어길 순 없었다. 어차피 사흘간은 받아온 예방약을 복용할 예정이니 환자의 피검사는 다음 날 부모가 방문했을 때 동의를 받아 진행하기로 했다.

복잡한 마음으로 숙소에 돌아갔다. 동료들에게 이런 상황을 이야기하니, 한 외과 전문의가 자신도 최근에 수술 중 장을 봉합하다가 손가락을 바늘에 찔리는 일이 있었다며, 환자의 혈액검사 결과가 나오기까지 조마조마했던 심정을 깊이 공감하며 위로했다. 다행히 그 환자는 HIV 음성이었다고 했다. 아이티 내 국경없는의사회 다른 팀의 응급의학과 전문의도 얼마 전, 응급시술 후 바늘을 버리는 과정에서 옆 사람이 실수로 부딪히는 바람에 바늘에 손가락을 찔렸다고 했다. 의료인은 감염 관리에 신경을 쓰는 것이 몸에 밴 사람들이지만 그렇더라도 직접 손으로 환자를 치료하다 보면 본인이나 다른 사람들의 실수, 혹은 그저 운이 나빠서 감염에 노출되는 사고를 당하기도 한다. 이런저런 위로와 안심을 주는 이야기가 숙소 내에 오갔다.

밤이 되고, 내 방에 들어와 혼자의 시간이 되었다. 그저 괜한 불안감이겠지 하며 마음을 가라앉혀보려고 했는데, 어쩌면 이것이 커리어의 끝이자 긴 싸움의 시작이 될 수도 있다는 생각이 꼬리를 물면서 착잡한 마음이 쉬 가시지 않았다. 처방 받은 예방약을 물끄러미 바라보며 멍하니 시간을 보냈다. 세 가지 성분이 한 알에 복합적으로 집약되어 있다는 이 길쭉하고 노란 알약에는 한 면에는 알파벳 I가, 다른 한 면에는 숫자 127이 새겨져 있었다. 하루 한 알씩 먹는 약이었는데, 타 예방약에 비해 예상되는 부작용들로 힘든 시기가 있을 수 있다며 꼭 자기 전에 먹으라고 담당 선생님은 권했다. 그의 말에 따라 자기 전에 한 알을 입에 넣고 물과 함께 삼켰다. 그날은 별다른 부작용 없이 잠들었다.

하지만 다음 날 아침, 과연 전날 경고를 받았던 그 부작용이 몰려오는 걸 느꼈다. 무엇보다도 어질어질했다. 몸을 가누는 것이 힘들 정도여서 계단을 내려갈 때 천천히 한 걸음씩 내디뎌야만 했다. 열은 없는데 고열에 시달리는 느낌이었다. 출근길에는 차에서 멀미가 심하게 났다. 병원에 도착해 사무실에 앉았는데, 가만히 있어도 메슥거리는 증상이 있어 불편했다. 몸에 기운이 없고, 팔다리가 무겁게 느껴졌다. 메슥거림을 참으며 간신히 회진을 마치고 전날 환자의 보호자를 만나 피검사를 진행했다.

검사 결과는 생각보다 빠르게 나왔다. 다행히 '음성'이었다. 순식간에 그간의 걱정이 씻겨 내려가는 것이 느껴졌다. 일반적으로 음성 환자라면 크게 마음 졸이며 걱정할 필요까지는 없었다. 다음 궁금증은 그러면 약을 그만 먹어도 될지였다. 이곳에서의 내부 프로토콜에는 환자의 피검사에서 음성이 나올지라도 한 달간 예방약을 복용할 것을 권하고 있었다. HIV 유병률이 높은 곳에서는 환자가 지금은 음성을 보여도 잠복기 상태일 가능성도 배제할 수 없기 때문이었다.

　이 약을 한 달간 먹을 걸 생각하니 메슥거리는 속이 더 메슥거렸다. 셈을 해봤다. HIV 양성인 환자 치료 시 의료진이 환자의 피가 묻은 날카로운 기구에 찔렸을 때 감염될 확률은 0.3%라고 한다. 이 환자는 HIV 검사 결과가 음성이다. 그리고 음성이어도 예방약을 한 달 복용해야 하는 '높은 유병률'은 보통 5%를 기준으로 하는데, 보고된 평균 수치 1.7%에다 주요 도시인 것을 감안해도 여기가 그렇게까지 높지는 않을 것 같았다. 그렇다면 업무를 하기 어려울 정도의 부작용에 시달리며 한 달 동안 복용을 해야 하는 것일까. 약물 부작용은 한 달간 지속되려나. 그냥 그만 먹어도 되지 않을까. 하지만 적은 위험성이지만 한 번 걸리면 그 파장이 큰 HIV라는 것이 계속 마음에 걸렸다. 에이즈(AIDS, 후천성면역결핍증)로 진행하게 되면 병 자체로도 심각하지만, 에이즈로 진행하지 않더라도 HIV 감염만으로도 여전히 사회적 낙인이 만연하여 그 고통이 추가되기 때문이다. 내가 의학적 셈을 할 줄 안다 해도 자의로 예방약을 중단할 수 없었다. 월요일에 감염관리센터에 예약되어 있으니, 감염내과 전문의와 상의 전까지는 꾸준히 예방약을 복용하기로 했다. 일주일도 아닌 이틀만 지나면 진료를 받을 수 있고, 주말이니 집에서 쉬면 되었다. 토요일 오전 근무를 마치고, 그 이후는 울렁임 속에 그저 침대에 쓰러져 주말을 보냈다.

월요일 오전에도 몸은 여전히 무거웠지만, 부작용도 조금 적응이 되는지 주말보다는 수월하게 움직일 수 있었다. 아침 컨퍼런스를 마친 뒤 의료팀장은 나를 감염관리센터로 보냈다. 피검사를 하고 감염내과 전문의와 면담을 했다.

아, 다행이었다. 감염내과 전문의가 "예방약을 복용할 필요가 없다"고 얘기해주었다. 해방감이 들었다. 그의 설명에 따르면 이 환자의 경우는 음성 중에서도 '잠복기를 걱정할 필요 없는 음성'이었다. 잠복기를 걱정하는 경우는 성관계를 가지는 성인의 경우이지 여섯 살 아이에서는 걱정할 필요가 없다는 것이다. 따라서 확률은 제로라고 봐도 무관한 것으로 결론이 났다. 진료를 마치고 약봉지 없이 홀가분하게 빈손으로 나왔다. 고약한 약은 이제 작별이다. 앞으로 다시는 겪고 싶지 않은 일이었다.

7. 그런데, 마음이 지쳤다

한두 달이 지나고 파견 일정의 후반기로 접어들었다. 슬슬 나는 지치기 시작했다. 이곳에서 밀려드는 많은 환자들을 접하고 매일 수술하며 체력적으로도 지쳤지만 솔직히 말하면 마음이 더 지쳤다.

이곳에서의 활동에 회의가 드는 점이 하나둘 늘어갔다. 국경없는의사회에 대한 내가 가진 자부심에도 금이 가기 시작하는 것 같아 더마음이 아팠다. 타바 프로젝트는 겉으로 보기에는 시설이나 규모가감탄스러울 정도로 기대 이상의 프로젝트였다. 언뜻 보면 별문제 없어 보였다. 하지만 일이 돌아가는 양상을 지켜볼수록 비효율적이고기이한 부분이 하나둘이 아니었다.

응급실로 환자가 오면 응급실 담당의사가 초진과 응급조치를 하고, 수술이 필요할 것 같은 환자는 응급 콜로 각과 전문의를 호출한다. 담당 전문의가 입원 지시를 내리면 환자는 입원을 한다. 여기까지는 평범하다.

문제는 그다음이었다. 타바 프로젝트는 특이하게도 '그 누구도 입원 환자의 담당의사가 되지 않는' 시스템을 취하고 있었다. 수술을 계획하고 준비하는 의사와 수술을 시행하는 의사가 다르고, 수술을 취소하는 의사가 또 다르고, 수술 후 처방하는 의사가 또 다르고, 외래에서 환자를 진료하는 의사가 또 달라졌다. 당연하게도 환자 치료 계획이 한 방향으로 가는 것이 아니라 툭하면 방향을 잃고 표류했다. 사공이 여럿인 배를 타고 산으로 가는 느낌이었다. 수술하는 집도의가 한두 명이면 그리 문제가 되지 않았을 수도 있다. 하지만 규모가 커지면서 열 명이 넘어갈 때는 혼선이 빚어지지 않는 것이 오히려 어려웠다.

수술 전에는 뼈가 부러진 환자에 대해 어떤 방법으로 뼈를 맞추고 고정할지를 토론하는 엑스레이 컨퍼런스가 있다. 하지만 컨퍼런스에 모이는 의사와 정작 수술을 하는 의사 역시 달랐다. 한번은 이런 일이 있었다. 나는 환자의 상황을 보고 이 슬개골 골절 환자는 긴장대고정술(tension band wiring)이 필요하겠고, 오늘 수술실로 배정된 현지 전문의가 아직 경험이 없으면 내가 집도하면서 알려주겠다고 말했다. 하지만 다른 수술을 마치고 이 환자를 찾았더니 그의 수술은 이미 끝난 상태였다. 누가 수술을 했나 봤더니, 컨퍼런스에 들어와서 내용을 공유 받지도 않은 현지 전문의였다. 심지어 원칙에서 벗어난 엉뚱한 방법으로 수술해버렸다. 내가 모르는 과거의 방법인가 싶어서 문헌 검색을 해봤지만 그런 방법은 없었다. 그렇다고 이론적으로 더 나은 방법도 아니었다. 비슷하게 수술한 환자들을 접했었다. 환자의 부러진 슬개골은 붙었지만 그 수술 방법으로는 무릎이 전혀 굽혀지지 않았다. 또 어느 환자는 제II형 개방성 골절에 오염이 꽤 돼서 외고정 장치로 고정하고 감염원이 제거되면 내고정으로 바꾸자고 했다. 분명 내가 하거나 내가 돕겠다고 했다. 그러나 어느새 다른 누군가가 골수강내 금속정(intramedullary nail)으로 수술을 끝내놓았다. 예방적 항생제를 퍼부었지만, 예상대로 환자의 다리에서는 고름이 철철 나왔고 금속정을 빼고 외고정 장치로 다시 수술했다.

협력해서 환자를 치료한다는 느낌보다는 빠른 치료를 빙자해 환자를 빼앗기는 느낌이었다. 탐탁지 않았다. 그리고 일부의 '빼앗긴' 환자들은 망가뜨려지는 것 같았다. 화가 났다. 이건 어쩔 수 없는 한계이거나 힘에 겨운 노력이 필요한 것이 아니었다. 조금만 신경 쓰면 누구나 어렵지 않게 더 효과적으로 치료할 수 있을 텐데, 이렇게 삐걱거리는 소통을 반복하는 것은 대체 뭐가 문제이기에 아직까지 고쳐지지 않고, 또 왜 고치려 하지 않을까 의문이 들었다. 처음엔 뭔가 이렇게 된 역사나 배경이 있겠지 하며 이해하려고 노력했다. 나는 여기에 온 지 두 달이 채 되지 않았고, 현지의 문화적 역사적 배경을 이제 조금씩 체득해가는 정도였기 때문이다.

하지만 시간이 지날수록 문제를 그냥 넘기기에는 종종 환자의 치료 진행이 너무 산만했다. 현지 전문의 중 의료팀 총괄 담당자가 있었다. 그는 문제를 알고 있었지만, 이렇게 삐걱거리는 소통을 바로 잡으려 노력하지 않는 것 같았다. 오히려 한술 더 떠서 이 사람이 과학을 바탕으로 하는 의사가 맞는지 의심하게 하는 말들을 쏟아냈다. 치료법에 대한 토의에서 교과서 내용과 논문의 내용을 인용하면, 그에게서 놀라운 반응이 돌아왔다. "나는 교과서를 믿지 않는다", "논문들은 거짓이거나 받아들일 만한 사실이 아니기에 읽지 않는다", "현지에서는 현지식대로만 하겠다" 등이었다.

의학은 발전한다. 발전하면서 원칙이 변하기도 한다. 새로운 연구들은 지속되고 있다. 아무리 연구를 집대성해놓은 교과서라고 해도 절대적인 진리는 아니다. 논문의 결과도 완전히 맞다고 보장하긴 어렵고, 새로운 학설이 나오고 또 교과서도 때마다 개정된다. 그렇다고 해서 이 집대성되는 지식을, 논리적이고 합리적인 해석 또는 의문조차 없이 무작정 부정하는 것은 과학 자체를 부정하는 것과 다를 바 없다. 이 현지 의료팀 총괄의 첫인상은 카리스마 있는 진중한 사람 같았다. 하지만 날이 갈수록 말이 너무 안 통했다. 배타적으로 자신의 방식만이 옳다고 억지를 부리는 것 같았다.

물론 아무리 임상 연구를 통한 교과서라고 해도 그 지식이 특정 환자에서 또는 특정 현지에서 딱 맞게 적용되지 않는 경우는 많기에, 원칙에서 크게 벗어나지 않는 한 실정에 맞게 적용시키는 것이 일반적이다. 그래서 처음에는 현지 실정을 잘 모르기에 조심스레 의견을 개진하며 토론에 참여했다. 하지만, 치료법에 대한 토론에서 그의 주장은 비합리적이다 못해 미신적으로 억지 쓰는 것 같아 경악스러울 정도였다. 교과서적인 원칙과 기준을 알고 그것과 비교하면서 경험과 시행착오를 공유하며 현장에서 쓰는 방법에 대한 합리적 이유와 한계 등을 토론하는 것이 보통인데, 그의 논의는 그런 것과는 거리가 멀었다. 이 사람은 대체 무엇으로 어떻게 배워서 전문의가 되었는지 의심이 갈 정도였다.

역사적으로 아이티는 흑인이 처음으로 독립을 선언한 나라다. 자주독립에 대해 매우 자부심이 높은데, 반면 그것이 도가 지나쳐 서양 또는 외국 문화에 대해 배타 또는 극단적 반감으로 표출되기도 한다는 이야기를 접했다. 그런 문화적 배경에서 나온 비합리적인 고집인가 싶기도 했지만, 뻔히 보이는 결과를 앞에 놓고도 몇 차례 비슷한 논쟁이 오가면 화가 치솟았다. 나의 첫 미션인 요르단의 선임 정형외과 전문의인 마크(미국인)가 인계를 해주는 자리에서 본인도 아이티에 다녀왔는데 "쓰레기 프로젝트였다"고 시니컬하게 딱 한마디 지나치듯 말한 것이 떠올랐다. 그때는 스쳐 넘겼는데, 여기 와보니 마크가 이런 대목에서 진절머리를 내지 않았을까 싶었다.

윗선에서는 이런 부분들을 알고 있을까. 내 파견 기간 동안의 팀을 총괄하는 팀 리더는 보수적인 스타일이었다. 의료인이 아닌 행정가인 점을 감안해도, 그는 너무 행정적으로만 잘 돌아가면 문제없다는 듯한 태도를 유지했다. 그리고 그와 나의 중간에 시니어 정형외과 전문의가 있었다. 타바 병원 초기부터 몇 차례 왔다는 그는 현재의 시스템을 구축하는 데 관여한 것으로 짐작되었다. 국경없는의사회와 일한 경력이 많아 영향력이 있는 인물이었다. 그러나 사려 깊고 존경스러운 시니어 선생님이라는 느낌보다는 타인의 말에 귀를 기울이지 않고 자기 고집과 위신만 내세우는 편이었다. 팀 리더에게 말을 꺼내자 그는 그 시니어 정형외과 전문의에게 자문을 구한 상태이니, 의견을 제시하려면 활동 종료 보고서에나 적으라고 했다. 매번 파견을 마친 다음엔 활동 종료 보고서를 적는다. 물론 거기에도 얘기할 것이다. 하지만 팀 리더의 말에서는 '다 끝나고 집에 가기 전 본부에 전달되는 보고서에서나 의견을 개진해보든지, 나는 별로 관심이 없다'는 뉘앙스를 느낄 수 있었다.

선임 의사들의 활동 종료 보고서들을 찾아 읽었다. 여기를 다녀간 여러 외과 전문의들이 남기고 간 보고서를 보니, 극과 극으로 나뉘었다. 나와 비슷한 느낌으로 문제점들을 장황하게 늘어놓은 보고서가 있는 반면, 놀라운 것은 그와 정반대로 "다 좋았고 너무 잘 지냈다"고 적은 보고서도 꽤 있었다는 점이다. 대체 후자는 어떤 분들일까 싶었다. 첫 미션을 나와서 허니문 시기(honeymoon period)로 모든 것이 신기하고 열정적으로 보이는 그런 이들이었을까. 아니면 그저 좋은 게 좋지 하며 무관심하게 떠난 이들이었을까.

사실 운영본부에서는 아이티 현장의 문제점을 전혀 모르지는 않았다. 이를 해결하기 위한 방안들은 이전부터 논의되고 있었다. 현장의 소리를 들으러 직접 방문하기도 했다. 마침 내가 파견을 마치기 전 본부 컨설턴트들이 타바 병원을 찾아왔다. 그들은 내가 파악한 문제점들에 대해서도 찬찬히 묻고 들었다. 나는 이곳의 시스템이 '수술을 하는 외과 프로젝트'가 아니라 '응급조치를 하는 응급의학 프로젝트의 단순 확장'이라고 주장했다. 그리고 그것은 이 병원이 갖추고 있는 시설이나 역할과 맞지 않다는 것을 지적했다. 본부 사람들은 내 말에 귀를 기울여주었다. 동의한다는 뜻도 밝혔다. 국경없는의사회가 이런 상황을 일부러 만들었거나, 혹은 알고도 못 본 척 손 놓고 있는 것은 아니라는 것을 알게 되자 한결 안심이 됐다.

하지만 심정적인 지지를 얻은 것과 별개로 해결 방안을 찾기는 어려운 상황이라는 것도 깨달아야만 했다. 개선 방안을 토의하며 국경 없는의사회의 규정과 방침, 예산, 인력수급 등에 대한 구체적인 이야기를 들었다. 복잡하게 얽혀 해결이 쉽지 않다는 것을 느낄 수 있었다. 운영본부는 특히 현지 의료진 수뇌부와의 관계가 원활하지 않다는 부분에서 곤혹스러워했다. 타바 병원을 하이재킹(hijacking: 비행기 공중 납치) 당한 것 같다는 표현을 썼다. 어디선가 잘못 끼워진 단추가 계속 어긋나서 꼬이는 듯했다. 본부에 의견을 전달하면 어떤 실마리를 찾을 수 있으리라 기대했는데 마땅한 해답이 나오지 않았다. 그들도 나도 얼굴을 찌푸린 채 곰곰이 생각만 거듭하다 헤어졌다.

8. 나의 '쁘띠 꽁페항스'

나를 지치게 만든 것은 업무 시스템만이 아니었다. 언어 장벽도 상당한 문제였다. 불어 프로젝트라는 것을 절실히 느낄 수 있었다. 예상은 했지만 온통 불어로만 모든 일이 진행되었다. 현지 의료진은 모두 불어만 사용했다. 현지 간호사들 중 영어를 할 수 있는 간호사는 많지 않았고, 의사들 중에도 영어로는 소통에 어려움이 있는 의사가 몇몇 있었다. 환자들은 현지어인 크레올을 기본으로 하지만 적지 않은 수가 불어로 얘기했으며, 영어를 하는 환자는 드물었다. 이 프로젝트에 불어를 못하는 사람은 단 두 명이었고, 그중 한 명이 나였다.

나는 초중급 정도인 DELF A2레벨을 웃도는 불어를 구사했지만, 그 정도로는 컨퍼런스 토의에 혼자서는 전혀 낄 수 없었다. 동시통역이 필요했다. 다행히 타바 프로젝트에는 통역사(영어-불어-크레올)가 두 명이 있어, 나에게도 전담 통역이 배치되었다. 업무시간 동안 통역사는 그림자처럼 나를 늘 따라다니려 노력했다. 그나마 통역이 있기에 기본적인 업무에서는 크게 불편하지 않았다. 문제는 이 통역사가 주로 불어-크레올어 위주로 통역을 하고 영어 표현에 한계가 많아, 오히려 내가 단어를 찾아보며 영어로 해석을 해줘야 할 때가 종종 있었다는 점이다. 어정쩡한 통역으로 하루 이틀이 아니라 몇 달씩 소통을 하는 것은 답답했다. 다른 의료진이나 환자에게 더 다가가고 싶어도 겉도는 느낌이 없지 않았다.

숙소에서 느끼는 언어 장벽은 더 높았다. 각국에서 온 해외 활동가 중 이 불어 프로젝트에 모인 활동가들은 대부분 영어보다 불어를 편하게 쓰는 사람들이었다. 특히 나의 미션 기간에 함께한 남미 활동가 몇몇은 영어를 거의 할 줄 몰랐다. 오기 전엔 당연히 활동가들끼리는 영어로도 대화할 것으로 예상했다. 하지만 막상 와보니 영어가 아니라 불어가 이들에게는 제1외국어였다. 대화는 자연스레 불어로만 오갔다. 숙소에서는 업무 외에 다양한 일상의 사적인 이야기들이 오가다 보니, 말이 더 빠른 데다 농담까지 섞여 알아듣기가 힘들었다. 나홀로 귀머거리에 벙어리가 된 듯 갑갑했다. 첫 파견지 람사에서 느꼈던 활동가들 간의 유대감이 그리웠다.

주어진 업무만 할 수도 있지만, 생활을 함께하는 팀원들과의 관계가 좋아야 업무가 힘차고 흥이 난다. 가끔씩 옆에서 한두 차례 친절하게 이야기의 주제를 영어로 요약해서 알려주는 사람도 있었다. 그 이야기를 듣고 영어로 한마디 하면 나를 의식해서 잠시 영어로 이야기를 하긴 하는데, 금세 다시 불어로 자연스레 돌아가 이야기가 계속 이어졌다. 매번 대화에서 눈만 껌뻑일 수는 없어서, 대부분이 영어가 가능하니 "불어가 통용어인 프로젝트지만, 사적인 모임에서는 가급적 불어를 못하는 소수자를 위해 영어로 대화해줄 수 없겠느냐"고 함께 모인 자리에서 요청했다.

시간이 지나며 팀원들과 친해지고, 불어만 하는 활동가들이 미션을 마치고 간 후 영어도 편하게 하는 활동가들로 일부 교체되면서 상황은 조금 나아졌다. 그리고 요청 덕분에 내가 있을 때는 가급적 영어로 대화하는 배려를 해주었다. 그렇지만 나도 빨리 불어가 자연스러워졌으면 하는 마음에 밤마다 가능하면 적어도 한 시간씩은 시간을 내어 꾸준히 불어 공부를 했다.

기이해 보이는 시스템, 문화적 괴리감, 언어의 장벽 속에서 지쳐갔지만, 투덜거리고만 싶지는 않았다. 국경없는의사회는 고정된 틀을 고집하기보다 회원들이 만들어가는 단체 아니던가. 장벽을 느끼기만 하며 주저앉을 게 아니라, 내가 의미 있게 할 수 있는 일을 찾는 게 낫겠다는 생각이 들었다. 궁리 끝에 한 가지 아이디어가 떠올랐다. 퇴근 후 밤 시간을 할애하여 짧은 강의를 준비하기 시작했다. 여기에서 쉽게 적용 가능하고 조금만 향상시키면 도움이 될 만한 주제들을 파악해서 그 주제에 초점을 둔 맞춤식 강의들을 준비해보기로 했다.

교과서와 논문의 내용을 단순 정리하는 것보다, 그동안 이곳에서 활동하며 알게 된 이곳의 방식과 교과서 또는 논문에 나오는 방식들을 비교하여 '근거기반의학'으로서 제안하고 싶은 주제들을 골랐다. 강의 제안에 수뇌부에서 오케이 했고, 8월 31일부터 한 주제당 10~15분 정도의 짧은 강의를 시작했다. 따로 시간 정하고 참석자들을 불러 모을 번거로움 없이, 아침 컨퍼런스를 마치고 잠깐 시간을 내어 진행하기로 했다. 주 2회의 강의가 목표였다.

현지의 정형외과 전문의를 대상으로 하는 이 강의의 이름은 '작지만 알찬 강의'라는 의미를 담아 불어로 'Petite conférence'로 정했다. 영어를 잘하지 못하는 일부에게는 미안하지만 불어로 강의할 만큼 아직 나의 불어가 유창하지 않아 영어로 진행했다. 이 강의는, 보람 있게도 예상보다 더 관심을 끌었다. 질문도 많고 토론도 활발했다. 이제 좀 토론이 합리적으로 진행되는 것 같았다. 직접 일상 업무와 연관된 주제에 근거를 둔 제안들을 통해, 여기 의료진들이 주제에 대해 다시 생각해보는 계기도 되었다. 그리 대단한 강의를 한 건 아니지만, 적어도 협력의 첫발은 뗐다. 특히 열의를 보이는 후배뻘의 정형외과 전문의들 네 명과는 교과서를 다시 들여다보고 논문을 리뷰하는 스터디 그룹도 꾸리게 됐다.

이 'Petite Conférence'가 몇 차례 진행되며 호응을 얻자, 응급의학 팀장이 응급실의 의사와 간호사 전체를 대상으로 강의를 하나 해달라고 부탁하기도 했다. 사실 하고 싶었지만 남은 기간이 얼마 되지 않는 가운데 준비할 시간이 부족하고 게다가 불어로 강의를 해야 해서 부담이 컸다. 잠시 고민했지만 사양할 수밖에 없었다. 남은 기간 '작은 강의'에 집중하기 위해서였다. 언어는 하루아침에 늘지 않았다. 'Petite Conférence'에 불어도 조금 써보려고 노력해봤지만, 인사말 외에는 10분 강의에서 한두 마디 짧게 넣어보는 정도였다. 여력이 되면 불어로 대본을 적어 와서 발표를 해볼까 하는 생각도 해봤지만, 일주일에 약 두 번씩 하는 강의 슬라이드를 만드는 일도 만만치 않은데 대본까지 불어로 준비할 시간은 나지 않았다.

3장 아이티 타바 : 치안의 부재, 혼돈의 시대

지쳐가는 아이티의 생활이었지만, 역할을 꾸려가며 보람과 의미를 되찾고 있었다. 특히, 함께한 네 명의 젊은 현지 의사들을 보면 힘이 났다. 근무 요일이 아닌데도 나의 작은 강의를 들으러 출근을 하는 친구들이었다. 국경없는의사회 운영본부 컨설턴트들도 고마웠다. 내가 이 단체에 대한 자부심을 잃어버리려 할 무렵에 찾아와 시스템에 대한 문제의식에 공감해주고 개선할 방법을 함께 모색해주었다. 불어가 미숙한 나를 포용하고 배려해주는 다른 팀원들에게도 고마운 마음이 들었다. 이런 고마운 사람들을 하나하나 헤아려보면 감사한 날들이기도 했다.

나는 작은 강의를 아직 불어로 진행할 수는 없지만, 그래도 강의의 마무리는 경청과 참여에 대한 감사인사로 또박또박 '유창한' 불어로 했다. 대단히 고맙습니다, 메르치 봄음(Merci Beaucoup)!

9. 하우스 파티

우리 타바 팀이 임대한 숙소는 산 중턱에 있는 3층 건물인데 한편에 야외 풀장이 있었다. 그것도 코딱지만 한 풀장이 아니라, 수영으로 어느 정도 운동을 할 만한, 가로 10m 정도에 깊은 곳은 수심 2.5m는 되는 크기의 풀장이었다. 아이티에 있는 다른 팀들은 이 풀장을 부러워했고, 일요일에는 이 야외 풀장을 이용하러 우리 숙소를 찾기도 했다.

나는 풀장 주변에서 쉬는 것을 좋아했다. 내 방이 딱히 나쁘지는 않았는데 창문이 작아서인지 어둑했다. 조명도 좋지 않아 처음엔 창고 안에 들어온 느낌마저 났다. 마무리가 깔끔하지 않은 창틀과 벽에서 시멘트 가루가 바스라지고 있었다. 가구는 모기장이 달린 스펀지 쿠션의 침대 하나, 삐걱거리는 책상과 의자가 하나씩, 그리고 엉성하고 먼지 쌓인 붙박이장이 있었다. 화장실도 딸려 있었는데 종종 물이 시원하게 나오지 않았다. 녹슬고 금 간 샤워기와 깨진 샤워부스를 사용해야 하지만, 우리 숙소는 '럭셔리'한 숙소였다. 아무리 허름해도 풀장이 있으면 럭셔리한 법이다. 나는 홀로 그 방에 머무는 것보다 풀장이나 정원에 있는 것을 좋아했다.

우리들은 병원 밖도, 그리고 숙소 밖도 전용차를 타지 않고는 걸어서는 나갈 수 없는 처지였다. 안전 규칙에 불만은 없었다. 그렇더라도 그냥 저 문밖으로 자유롭게 걸어 나가지 못한다는 제한된 여건이 그저 답답한 건 어쩔 수 없었다. 이른바 가택연금도 이와 비슷한 처지 아니겠는가. 그리고 시간이 갈수록 이곳 병원 생활에 이래저래 지쳐 가는 상황에 답답함은 한층 커져가고 있었다. 이렇게 고단함이 쌓여 가는 아이티 파견 기간 동안 풀장은 큰 위로가 됐다.

근무를 마치고 집에 오면 제일 먼저 하는 일이 가볍게 샤워하고 이 풀장에 들어가는 거였다. 저녁에 들어오든 밤늦게 들어오든 상관없었다. 한밤중에도 여자들은 아쿠아로빅을 하고, 남자들은 다이빙 선수처럼 폼만 잡다가 어설프게 물속으로 점프하며 놀았다. 물방울을 털어낼 때마다 그날의 스트레스와 답답함도 함께 떨어져 나갔다.

풀장은 하우스 파티 장소로 변하기도 했다. 아이티 내의 국경없는의사회의 다른 프로젝트 팀들과 함께 송별식 같은 행사가 있을 때면 주말에 하우스 파티를 열었다. 각 팀이 싸온 음식들을 펼쳐놓고 삼삼오오 모여서 음식을 먹고 맥주를 한잔하는 자유로운 분위기에서, 그날의 DJ가 음악을 크게 틀면 자유롭게 몸을 흔들며 춤을 췄다. 그러다 보면 아니나 다를까 〈강남스타일〉의 전주곡이 흘러나오고 나를 잡아끄는 손이 있었다. 억지춘향으로 끌려 나가 엉거주춤 "오빠 강남스타일~!"에 맞춰 춤을 추면 나를 필두로 다 같이 말춤을 추었다. '한국인=강남스타일' 공식이 아직 깨지지 않았다. 곡이 나온 지 4년이나 지났는데도 여전히 우리 사이에선 최신 히트곡이다. 글쎄, 요즘엔 방탄소년단(BTS)으로 바뀌었을지도 모르겠다.

타바 팀원들은 하우스 파티가 없는 평범한 일요일 저녁에도 한자리에 모인다. 평일과 토요일엔 현지 가사도우미 직원이 간단한 음식을 해놓으면, 팀원들은 자신의 일과를 마무리한 후 원하는 시간에 각자 음식을 떠다 먹는다. 하지만 일요일과 공휴일은 우리가 스스로 음식을 해 먹어야 한다. 특히 일요일 저녁만큼은 함께하는 것이 불문율이다. 매주 돌아가며 식사 당번을 정해서 자기 나라 음식을 선보이기 때문에 각 나라의 요리를 맛보는 즐거운 시간이기도 하다.

거의 파견 기간 마지막이 되어서야 내 순서가 돌아왔다. 사실 약간 부담스럽기도 했다. 같이 지내는 동료는 모두 17명. 라면을 끓여도 17인분은 어렵게 느껴졌다. 그래도 그냥 어떻게 해산물 라면으로 은근슬쩍 넘어가볼까 했는데 팀원들의 눈초리가 그게 아니었다.

한 친구가 "동양식 집밥은 처음 먹어본다. 기대된다"고 하자 여기저기서 말들이 쏟아졌다. "기무치와 한국 스시가 좋은데 먹고 싶다", "비빔밥을 먹어본 적 있는데 내가 먹은 한국 음식은 다 맛있었다" 등등 이런 기대에 찬 얼굴들을 향해 그냥 라면이나 먹자 하기가 좀 미안했다. "기무치가 아니라 김치고, 한국 스시가 아니라 김밥"이라고 정정은 해줬지만 그때부터 고민이 시작됐다. 한국에서 음식 재료를 가져온 것도 하나 없었고 한국 재료를 파는 곳도 알 길이 없었다. 토요일 저녁 내내 고심하며 인터넷을 뒤적였다.

있는 걸로 해야지 없는 걸로 할 수는 없는 노릇이었다. 일요일 아침 마트를 방문해서 거기 파는 재료에 따라 메뉴를 고르기로 했다. 병원에서도 숙소에서도, 국경없는의사회의 제1덕목은 역시 '유연성' 아니겠는가.

　일요일 아침, 랜드크루져를 타고 포르토프랭스에서 가장 크다는 슈퍼마켓으로 장을 보러 갔다. 외국인들이 많이 드나드는 슈퍼마켓이라 웬만한 식재료는 다 있는 곳이라고 하니 기대를 했었다. 메인 요리로 간단하고 맛있는 비빔밥을 만들면 좋겠다 싶어 고추장이 있기만을 바랐는데 역시나 고추장은 없었다. 그럼 뭘 만들지, 생각하며 둘러보다가 두부를 발견했다. 옳다구나! 메인 요리는 마파두부덮밥을 할 수 있을 것 같았다. 하지만 곧 소스인 두반장을 구할 수 없다는 것을 깨달았다. 두반장 없으면 된장이라도 있어야 하는데 고추장도 없는 판에 된장이 있을 리가.

　이리저리 마트를 둘러보다가, 음식 준비 시간은 더 걸리겠지만 외국인들이 좋아하는 한국의 대표 음식인 불고기에 도전하기로 했다. 거기에 추가로, 한국 요리는 아니지만 스위트칠리케첩 소스를 얹어 야채와 함께 볶은 깐쇼새우와 과일을 곁들이기로 결정했다. 17인분을 만들자고 생각하니 장본 규모가 어마어마했다. 한 달에 30만 원 정도 나오는 퍼디엠(per diem, 국경없는의사회가 월급과 별도로 지급하는 현지 생활비)이 부족할 정도였다.

　인터넷에서 찾은 레시피로 소고기를 얇게 저미는 것부터 해야 했다. 한국에서라면 기계로 쓱쓱 썰었을 것 같은데 여기는 아이티였다. 손수 식칼로 고기를 손질해야 했다. 양념을 만들어 불고기를 재우고, 새우 다듬고 스위트칠리케첩 소스를 만들다 보니 금세 저녁식사 시간이었다. 슬슬 팀원들이 모이기 시작했다. 코리안 디너파티니 배경 음악도 한국 가요로 분위기를 냈다. 식사 시간이니 너무 빠르지 않으면서 잔잔하고 부드러운 선율의 음악을 골라보았다. 김동률과 이소은의 듀엣곡을 첫 곡으로 틀고, 준비한 요리 재료들을 꺼내 모으고 프라이팬을 달구었다. 식탁에 팀원들이 모두 모였고, 나는 준비해놓은 카나페와 견과류 담긴 요구르트를 애피타이저로 낸 후, 깐쇼새우를 선보였다. 깐쇼새우의 달콤새콤매콤함이 입안에서 가시기 전 메인 요리인 불고기와 따뜻한 한국식 쌀밥, 두부부침을 내갔다. 그리고 깔끔한 과일화채로 코리안 디쉬를 마쳤다.

17인분을 볶고 데우느라 정작 내가 앉아서 같이 즐길 시간은 없었다. 그래도 테이블에서 '맛있다'는 감탄사가 자꾸 나오니 힘이 솟았다. 화채 디저트를 내며 요리를 마무리하자 모두 큰 박수와 폭풍 칭찬을 쏟아냈다. 씽긋 웃으며 맛있게 먹어주어 고맙다고 답했다. 지구 반대편 나라 아이티에서 한국 음식 그리고 한국 음악과 함께한 하루, 나는 한국에서 온 '국경 없는 요리사'였다.

10. 폭풍 경보

타바의 9월 하순의 날씨는 특이했다. 며칠간 낮에는 찌는 듯 강렬한 더위를 견뎌야 했고 밤에는 거센 바람을 동반한 폭우가 쏟아졌다. 열기와 소나기가 반복됐다. 낮 동안에는 태양 볕이 내리쬐었다. 컨테이너 병원을 나와 그늘진 야외 식사 장소로 가는 짧은 거리에도 헉헉거려야 했다. 열기는 그늘 아래까지도 따라왔다. 아무리 찬 음식을 먹어도 땀이 흘렀다. 그런데, 늦은 오후가 되면 그렇게 새파랗던 하늘에 어디에선가 짙은 먹구름이 몰려와 사방에 깔리기 시작하다가 밤이 되면 검은 하늘에서 천둥 번개와 함께 우박 같은 빗방울이 거센 바람을 타고 땅을 두드리듯 퍼부었다. 다음 날 아침이면 그렇게 세차게 내린 빗물은 온데간데없이 바짝 마르고, 낮은 또 타 들어가듯 덥고, 밤에는 또 소나기가 내리는 날들이 이어졌다.

그러던 9월의 마지막 날이었다. 퇴근을 앞두고 정리를 하고 있는데 전담 통역사가 사무실에 들어오더니 부디 안전하게 주말을 보내고, 월요일이나 화요일에 볼 수 있길 바란다고 하는 것이 아닌가. 말이 이상해서 무슨 일이 있느냐고 물으니, 깜짝 놀란 듯이 "지금 엄청난 허리케인이 오고 있는데 소식 못 들었느냐"고 했다.

대체 어떤 허리케인이 오고 있기에 이렇게 호들갑일까? 와이파이가 연결되는 곳으로 가서 기상 뉴스를 틀었다가 나도 모르게 눈이 커졌다. '매슈'라는 이름의 허리케인이 카리브해를 향해 달려오고 있었다. 점차 세력이 강해져 태풍 등급상 가장 최고 등급인 5급 태풍으로 바뀌고 있으며, 자메이카나 아이티를 강타할 것으로 예상된다고 했다. 2007년 허리케인 펠릭스 이후 대서양에서 가장 강력한 허리케인으로 변하고 있고, 최고 풍속 230km/h에 달하는 어마어마한 강풍을 함께 데려온다는 것이다. 이 속도대로라면 일요일 밤부터 월요일 밤 사이에 아이티는 큰 영향을 받을 것 같았다. 풍속 200km/h가 넘는 바람이면 모든 것을 초토화시킬 수 있는 강태풍이다. 2013년 필리핀에서 태풍 하이옌(10분 유지 최고 풍속 약 230km/h) 피해 구호활동을 하며 목격한 아수라장이 새삼 떠올랐다.

뉴스에서 눈길을 뗄 수가 없었다. 영어권 외신에서는 미국 남부에 영향을 미칠 수 있어 주의를 기울이고 있다는 소식이 많았다. 또 자메이카에서는 슈퍼마켓에서 허리케인 피해를 입을 때에 대비해 미리 비상식량 등을 사두려는 사람들이 계산대에 길게 줄을 서고 있다는 보도가 나왔다. 언론은 몇 가지 시나리오에 따라 허리케인의 이동 경로와 강도를 예측해보고 있었다. 아주 운이 좋으면 자메이카와 아이티 사이의 바닷길을 따라 북진할 수도 있지만, 그 가운데 길에서 약간만 벗어나도 두 나라 중 한쪽은 막대한 피해를 감수해야 할 것이 분명해 보였다. 폭풍이 지나가는 이번 주말은 두 나라에 영향이 어떻게 가게 될지, 초긴장 속에서 보내게 되어버렸다.

예고 없이 갑자기 찾아오는 이 강력한 허리케인을 대비하여 병원 수뇌부는 가능한 대책을 분주하게 세우고 병원 안팎으로 알렸다. 일단 허리케인이 아이티 상공을 지나갈 10월 1일, 2일 간에는 출퇴근을 할 수 없을 터이니, 비상식량을 확보하고 일요일과 월요일을 넘길 24시간 당직 의료진이 꾸려졌다. 지원을 받고 의견을 조율해 인력을 적절히 배치했다. 아이티 내 국경없는의사회의 다른 팀인 응급실 및 콜레라 대응 프로젝트로 활동하는 병원들은, 구급상자 키트를 챙겨두었다. 허리케인이 지나가면 바로 사태 파악을 위한 현장조사팀과 이어 긴급구호팀을 파견하기 위한 준비 작업이었다. 타바 병원팀은 2선에서 중한 환자를 받아들이는 역할을 하기로 했다. 물론 '허리케인에 병원 건물이 날아가버리지 않는다'는 전제하에서였다.

컨테이너 병원이 강풍에 얼마나 버틸지는 알 수 없었다. 허리케인의 직격탄을 맞는다면 병원 건물 자체가 날아가거나 크게 부서질 수도 있었다. 본인이 퇴원을 희망하는 환자들은 큰 무리가 되지 않는다면 퇴원 조치시켰다. 허리케인 기간을 가족과 함께 보내길 원하는 환자들에 대한 배려이기도 했고, 허리케인 후 몰려올지도 모를 환자들에 대한 병상 확보의 의미도 있었다.

긴장하며 뉴스를 끼고 분주하게 주말을 보냈지만, 허리케인 북상 속도는 예상보다 느렸다. 주말 지나 월요일 오전까지도 고요했다. 그러다가 오전 근무를 마칠 즈음, 이제는 정말 허리케인의 영향권에 들어가는 시간이 되었는지, 숙소로 귀가하라는 지시가 내려왔다. 그러고는 그 후 시간에는 숙소에서 벗어나지 말라는 외출 금지령이 떨어졌다. 팀장과 팀장이 지목한 한두 명의 팀원만이 현황 파악을 위해 병원을 다녀올 뿐이었다. 서너 시가 되었지만 아직은 긴장할 정도는 아니었다. 네댓 시가 되니 하늘에 점차 검은 구름이 깔리고 나뭇가지들이 바르르 떨기 시작했다.

우리는 그저 가장 좋은 시나리오인 자메이카와 아이티 사이로 허리케인이 북상하기를 바랄 뿐이었다. 주방 식탁에 모여 뉴스로 보도되는 허리케인의 미세하게 움직이는 각도를 유심히 지켜보았고, 각자 가족들에게 안부 인사와 아직 별일 없이 괜찮다는 이야기를 전했다. 동료 한 명이 열심히 스마트폰 뉴스를 들여다보다가 문득 덮고 일어났다. 그러고는 주방에서 열심히 뭔가를 만들더니 다 같이 풀장 옆 벤치로 가자고 했다.

긴급 제조한 이름 모를 과일주였다. 어쩌면 세상이 끝날지도 모르는 저녁, 달콤한 과일주나 한잔하자며 술잔을 돌렸다. 모두 흔쾌히 응했다. 태풍이 비껴가기를 바라며, 이곳의 안녕을 위하여 Cheers!를 외치며 잔을 부딪쳤다. 프랑소와(물류 총괄, 프랑스)는 기타를 들고 나와 밥 딜런을 연주했다. 영화 〈타이타닉〉의 연주자들이 침몰하는 배에서 연주하는 장면이 떠올랐다. 예상 경로를 보면 병원과 숙소가 침몰할 것 같은 큰 걱정이 되지는 않았지만, 예보와 조금씩 다르게 이동하고 있는 거대한 허리케인이 포르토프랭스 상공을 지날 가능성이 아예 없지는 않았다. 우리는 밥 딜런을 흥얼거리다 거세지는 바람에 밀려 다시 숙소 건물 안으로 들어왔다.

타닥타닥 작은 자갈들이 창문을 치는 소리가 들리기 시작했다. 매슈는 아이티 가까이로 오고 있었고, 자정이 지나며 바람은 더 매섭게 창문을 흔들었다. 함께 모여 있던 주방에는 이제 아무도 남아 있지 않았다. 각자 어둑한 자기 방에서 잠들어보려 애쓰는 중이었다. 나도 자보려고 노력했지만 쉽사리 잠들지 못하다가 한참 후에야 살짝 잠에 빠지긴 했다. 그러나 새벽 네 시쯤, 창문이 깨지는 것 같은 소리가 나서 눈을 떠야 했다.

다시 뉴스를 봤다. 기상예보에 따르면 매슈의 중심핵은 아이티의 남서부 지역, 반도처럼 튀어나온 부분을 향해 돌진해 오고 있었다. 포르토프랭스와는 서쪽으로 150km 떨어진 곳이었다. 이렇게나 멀리 떨어진 곳에서도 바람이 이렇게 세찬데, 그쪽 지역은 파괴와 죽음이 난폭하게 지나가는 중일 것이다. 10월 4일 화요일 오전 여덟 시 중심핵은 레 카이Les Cayes를 지나 제헤미Jeremie를 뭉개고 있었다. 불과 얼마 전 대지진으로 참혹하게 망가진 이 나라는 엎친 데 덮친 격으로 또 한차례 커다란 시련을 겪어야 했다.

매슈가 다 지나간 오후가 되어서야 외출 금지령이 풀리고, 병원으로 나갔다. 잦아든 비바람 속에 병원으로 가는 길은 비교적 온전해 보였다. 다행스럽게도, 병원도 우려했던 피해는 없었다. 하지만 중심핵이 지나간 남서쪽 상황은 달랐다. 국경없는의사회는 바로 피해 현황 파악을 위한 현장조사팀을 남서부 지역으로 파견 보냈다. 육로로 가는 길은 허리케인이 몰고 온 온갖 돌과 나무, 쓰레기 등에 묻혀 막혀버렸다. 랜드크루져로도 지나갈 수 없는 상태였다.

국경없는의사회는 소형 헬리콥터를 섭외해 띄웠다. 그 팀에 속한 응급의학 전문의 루벤은 "매슈가 쓸고 간 남서부 해안가로부터 15Km가량은 남은 것이 없이 모조리 무너졌다"고 전했다. "구호팀이 가능한 한 많이 필요하다"고 강조했다. 그의 팀은 들판에 내려 구호활동을 시작하고 다친 사람들에게 붕대를 감았다. 10만 명 이상이 집을 잃었고, 사망자 집계는 10월 6일 목요일 아침 19명에서 8일 토요일 밤에는 842명으로 가파르게 치솟았다.

그러나 나는 바로 그날 떠나야 하는 처지였다. 10월 6일 목요일 오전 출국 비행기 티켓이 이미 발권돼 있었다. 허리케인이 지나간 첫날인 수요일에 딱히 타바 병원으로 실려 오는 중환자는 없었다. 심각한 환자가 없을 리 없었다. 하지만 도로가 모두 끊긴 상황이라 올 수 없었다. 시간이 지나면 다친 사람들이 이리로 몰려올 것으로 보였다. 요르단 람사 병원에서 오지 않는 환자들을 기다렸던 생각이 났다. 국경 너머 시리아 땅에서는 전쟁으로 사람들이 다치고 있는데, 이곳에 오면 치료 받을 수 있는데, 나는 그쪽으로 갈 수가 없고 그들이 올 수 있기를 기다려야만 했다.

조금 더 남아서 일손을 돕고 싶었다. 구호활동가로 자청해서 왔는데, 새로운 구호현장 발생을 목격하면서 그 자리를 떠나야 하다니, 이건 반대로 가는 느낌이었다. 출력해놓은 항공 티켓을 들고 팀 리더를 찾아갔다. 그는 그러나 마음은 고맙지만 다음 정형외과 전문의가 금요일 도착하니 너무 마음 무거워하지 말고 예정된 일정에 따르라며 나를 다독였다.

목요일 아침, 팀원들은 병원으로 향했고, 나는 공항으로 향했다. 떠나는 발걸음이 가볍지 않았다. 공항에 도착하니, 스터디 그룹의 현지 정형외과 전문의 엠마누엘이 공항까지 깜짝 배웅을 나왔다. 우리는 헤어지며 손을 굳게 잡았다. 그의 발전과 건승을 그리고 이곳 아이티의 치유와 안녕을 기원했다.

11. 카리브해의 섬나라

한국으로 귀국하기 전, 사비를 들여 아이티에서 멀지 않은 카리브해의 섬나라인 과들루프Guadeloupe에 들렀다. 나에게는 어렵게 마련한 꿈 같은 휴가였다. 과들루프는 지도 위를 펄럭이며 날아다니는 나비처럼 생긴 평화롭고 아름다운 섬이었다. 생뜨 안느Sainte-Anne의 작은 마을에 짐을 풀고, 해 질 녘 산책을 했다. 작은 도시의 골목들을 산책하고, 해변을 따라 산책하고, 일주일에 한 번 열린다는 마을 야시장을 산책했다. 싱싱한 코코아 주스를 마시며 카리브해에서 불어오는 느긋한 바람과 함께 걸은 세 시간 남짓한 시간이 너무나 꿈처럼 달았다. 같은 카리브 해상에 있는 섬나라인데, 그 풍경은 극명하게 달랐다. 깨끗한 해변가, 잘 닦인 도로, 안전한 밤거리를 거닐며 카리브해의 아름다움을 느낄 수 있었다. 엄격한 안전수칙을 지켜야 했던 타바에서의 환경에서 벗어나, 이렇게 늦은 저녁에 여느 거리와 시장을 편안하게 걸어서 다니는 이 지극히 평범한 산책이 너무나 달콤했다. 같은 카리브해의 섬나라인데도 너무나 달랐다.

산책을 마치고, 침대에 엎드려 잠이 든 나는 거의 다음 날 정오가 훌쩍 넘을 때까지 깨지 않았다. 꽤나 지치고 긴장했던 모양이었다. 타바에서 보낸 3개월간 체중이 5kg 넘게 빠졌다. 긴장이 풀리니 만사가 귀찮아졌다. 어차피 여기는 휴양하러 들른 곳이었다. 대충 점심을 때운 후, 에어비엔비로 잡은 다락방에 벌러덩 누워 홀쭉해진 뱃살 위로 따뜻한 햇살을 받았다. 책도 조금 읽고 유튜브 동영상도 보며 오후 반나절을 게으르게 뒹굴며 보냈다. 저녁이 되니, 그리 멀지 않은 곳에 있는 아이티의 팀원들이 생각났다. 왓츠앱으로 안부를 전했다. 분주하게 보내고 있다고 했다. 여기 사진 몇 장을 선보이니, 지친 그들도 과들루프로 오고 싶다고 했다.

무작정 쉬고 싶었지만 활동 종료 보고서(End of Mission Report)를 작성해야 했다. 미션을 마치며 제출하고 나왔어야 했는데, 아직 끝내지 못한 보고서가 목에 가시 걸린 듯 마음에 걸려 있었다. 대충 적고 싶지는 않았다. 좌충우돌하며 느꼈던 시스템의 문제점이 마음 아프게 느껴졌다. 더 나은 프로젝트가 될 수 있는데 해결책은 쉽게 보이지 않았다. 문제점을 지적하는 것도 중요하고 그 무게를 더하는 목소리를 얹는 것도 중요하지만, 지적에 그치는 것이 아니라 조금이나마 나아질 수 있는 해결 방안은 없을까 고민을 해보았다. 보고서는 진도가 나아가지 않고, 여러 막연한 생각들만 머리에서 맴돌았다. 그렇게 제대로 쉬는 것도, 제대로 보고서를 쓰는 것도 아닌 어정쩡한 상태로 과들루프에서의 휴가를 보내고, 결국은 숙제를 떠안고 한국으로 귀국했다.

한국에 도착한 직후엔 종종 영어로 아이티 소식을 검색해봤다. 구글에서 한국어로 '아이티'를 치면 검색되는 콘텐츠가 많지 않았다. 관심을 받는 곳이 아니기 때문이었다. 기사 중 상당수는 2010년 대지진

때 이야기였다. 영어로 Haiti를 입력해봤다.

허리케인 매슈로 인해 아이티 전체 인구의 13%에 이르는 140여만 명이 집을 잃거나 다치거나 식료품, 의약품이 부족해지는 등의 피해를 입었다고 했다. 여성과 어린이에게 더 피해가 컸다. 그렇지 않아도 콜레라 환자가 많았는데, 태풍 이후 콜레라 진료가 어려워졌다는 소식도 있었다. 안타까운 마음을 금하기 어려웠다. 가끔씩 안부를 주고받는 타바 병원 팀원들의 소식으로는 아이티는 허리케인 뒷수습으로 분주했고, 그로 인해 대선은 또 미뤄지면서 사회 혼란은 안정될 기미가 보이지 않았다.

미리 예측하기 어려웠던 초강력 허리케인에 아이티는 한 번 더 뒤집혔고, 국경없는의사회는 그에 대한 구호대책에 바빠졌지만, 사실 우리는 9월 말까지만 해도 다른 시나리오를 가지고 바빠질 상황에 대비하고 있었다. 당시 우리는 대선에 따른 폭력사태를 대비하고 있었다. 대량 사상자 발생에 대한 대책회의를 9월 하순부터 진행했고, 허리케인 소식이 전해진 아침에도 의사 회의에서 대량 사상자 발생에 대한 환자 분류 및 응급조치에 대한 리뷰 세미나가 있었다. 대선일을 앞두고는 전 직원이 대량 사상자 발생 시나리오로 모의 훈련을 할 예정이었다. 대선과 맞물려 공항이 오랫동안 폐쇄될 가능성까지 고려해야 하는 상황이어서 이 무렵 미션이 끝나가는 활동가들은 대선 직전에 팀원들을 미리 교체 투입시키고 있었다.

당시 아이티는 이전 대통령 임기가 마무리된 지난 2월부터 8개월째 대통령 부재 상태였다. 2015년 대선에서 충족 득표수를 넘기지 못해 미뤄진 선거는 비리와 사기 및 조작 의혹에 대한 거센 시위로 거듭 미뤄지다가 거의 1년이 지난 10월 9일로 예정되어 있었다. 이번 대선은 대지진 이후 몰락한 아이티 재건에 중요한 기로가 될 거라는 분위기였다. 선거 기간은 어지럽혀진 난장판 같아 보이기도 했다. 정치학을 전공한 통역사 장Jean에 따르면, 당시 아이티에는 이름이 알려진 정당이 마흔 개에 이르고, 소수 정당까지 합치면 128개의 정당이 난립했다. 대선 후보에는 70명이 출마를 신청했으며 이 중 55명이 선거위원회에 등록되어 선거 캠페인을 시작했다. 후보자들 중 5명이 유력 후보자로 추려지고 있는데, 기호 5번 조브넬 모이스, 기호 10번 맥장 앙리 세앙, 기호 31번 쥐드 셀레스탱, 기호 38번 장-샬르 모이스, 기호 54번 마리스 나흐시스라고 했다. 이들 후보자의 포스터는 다른 후보자들에 비해 몇십 배는 많게 이곳저곳 가리지 않고 길거리의 벽을 알록달록하게 도배하고 있었다. 대선 직전의 거대 허리케인은, 혼란한 정국과 경제적 난관 속에서 첨예해지는 정파 간 그리고 지지자들 간의 충돌 가능성을 일시에 종식시켰지만, 언 발에 오줌 누기 상황으로 더욱 악화 일로로 치닫는 건 아닐까 우려가 되었다.

연기된 대선은 결국 치러졌고, 조브넬 모이스가 2017년 2월 새 대통령으로 취임했지만, 정국은 여전히 혼란해 보였다. 포르토프랭스에서는 연일 그의 퇴진을 요구하는 시위가 열렸다. 2019년 초에도 일주일 넘게 대규모 시위가 벌어졌다. 미국과 캐나다 등도 대사관을 폐쇄하거나 외교관들을 본국으로 불러들일 정도였다. 아이티의 혼란은 언제쯤에나 진정이 될까. 함께 일했던 현지 동료들이 떠올랐다. 선후배처럼 지내며 적합한 치료를 함께 고민했던 정형외과 전문의 블라디미르와 엠마누엘, 크레올 언어로 인사하며 걸쭉한 웃음으로 맞아주던 수술실 간호사 졸리쾨르, 수술 전 준비를 깔끔하게 하던 테크니션 필립, C-Arm을 능숙하게 다루던 방사선사 다니엘, 그리고 통역사 장과 레오. 이들 카리브해의 섬나라 시민들이 다른 어느 섬나라처럼 안전하고 평화롭게 평범한 삶을 꾸려가는 사회가 되기를 기원하며 태평양 건너 한반도에서 우정의 마음을 보낸다.

4장

부룬디 부줌부라 :
부서진 '아프리카의 심장'

부룬디 부줌부라(Bujumbura, Burundi),
2017년 8월 20일~9월 19일

병원 앞마당에 설치된 목조 건물은 평소에는 모닝 컨퍼런스가 열리는 장소로 활용되다가, 대량 사상자 발생 시에는 바닥에 매트를 깔고 환자들을 받아들이며 응급조치를 할 수 있는 공간으로 활용되는 장소였다.

1. 월요일 정오 브뤼셀,
   화요일 정오 아디스아바바

　브뤼셀 국경없는의사회 운영본부 2층에 전 직원이 모였다. 매주 월요일 정오에는, 전 세계에 퍼져 있는 국경없는의사회 프로젝트의 지난한 주간의 간략한 상황보고가 있다. 정사각형 모양의 쿠션같이 생긴 마이크를 옆으로 넘기며 발표자들이 담당 지역의 상황을 보고한다.

　본부 로비는 상당히 아기자기하다. 사람들도 마치 칵테일파티라도 하는 듯 각자 편안한 자세를 취하고 있다. 하지만 표정은 엄중하다. 발표자의 말에 다들 귀를 기울이고 있다. 의료가 절대적으로 부족한 지역들에 대한 세계 곳곳의 상황들이 들려온다. 이란과 이라크의 상황, 시리아, 아이티, 남수단, 나이지리아에 이어 부룬디의 상황이 간략하게 보고되었다. 옆에 있던 리네트 선생님이 고개를 돌려 나를 바라보더니 턱을 살짝 올리며 끄덕했다. 그가 눈으로 건네는 말이 들려왔다. '저기가 자네가 다녀올 곳이야.'

　"부줌부라 상황보고 드립니다. 지난주에는 수류탄 투척사건이 시내에서 2건 발생하여 사상자 19명이 병원에 실려 왔으며 그중 5명은 중상이고 현재 병원의 모든 병상이 가동 중으로 추가 환자를 받기 어려운 상황에 처했습니다."

　나는 오늘 부룬디의 수도인 저 부줌부라로 간다. 여기 브뤼셀 운영본부에 들르기 전, 부룬디에 대해 간략히 찾아봤던 내용이 있지만, 이렇게 현장의 소리를 전달받으니 한층 가까이에 선 느낌이었다.

지난 수십 년간 부룬디에서는 끊임없는 인종 청소가 벌어졌다. 단지 인종이 다르다는 이유만으로 학살이 벌어지고 그 학살이 다른 학살을 불러왔다. 부룬디는 20세기 초 독일과 벨기에의 지배를 받았고, 2차 세계대전 후에는 유엔 신탁통치 체제가 한동안 유지됐다. 사실 후투족과 투치족 간의 갈등은 식민지 시대 유럽 국가들이 일부러 만들어낸 측면이 없지 않았다. 벨기에는 소수파인 투치족을 우대하는 정책을 펼치고 투치족이 지배하는 구도를 고안했다. 식민통치를 대리시킬 수 있는 존재를 만들어낸 셈이었다. 부룬디 국민 중 후투족의 비중은 약 85%, 투치족의 비중은 약 14%, 피그미족으로 불리는 트와족은 1% 정도다. 후투족과 투치족은 중앙아프리카에 있는 아프리카 대호수 지역 인근 부룬디, 르완다, 콩고민주공화국(DR콩고), 탄자니아 등에 주로 산다. 양 집단 간의 사이는 결코 좋지 않다.

1962년 독립했지만 인종 갈등은 뿌리 깊게 이 나라의 정치와 경제를 짓눌렀다. 독립 후에도 소수민족인 투치족들이 군부 독재로 나라를 다스리는 체제가 지속됐다. 1972년에는 투치족이 주도하는 군대가 다수민족인 후투족 시민들을 대량으로 학살하는 일이 벌어졌다. 이 일을 포함해 1993년까지 여러 분쟁으로 사망한 사람들의 수는 25만여 명에 이르는 것으로 알려져 있다.

1993년 처음으로 치러진 민주적 선거에서 수적으로 다수인 후투족 출신의 멜시오르 은다다예Melchior Ndadaye가 대통령으로 뽑혔다.

그러나 그는 몇 달 만에 투치족 군인들에게 암살됐다. 그리고 이 암살은 거대한 피의 전쟁으로 이어졌다. 분개한 후투족이 군대를 이끌고 있는 투치족에 대항해 수년에 걸쳐 반란을 일으켰다. 투치족 시민들이 학살되었고 이는 다시 군대를 보유한 투치족의 보복 학살을 낳았다. 1993년부터 수년간 내전 시기에 사망한 시민의 수는 그전 수십 년간 분쟁으로 인해 사망한 수보다 많은 30만여 명으로 추산된다. 당시 부룬디 인구는 지금의 절반 정도인 577만 명(1993년 세계은행 집계 기준)이었다. 인구의 5%가 죽었던 셈이다. 스무 명 중의 한 명이 목숨을 잃었고, 목숨을 잃지 않았을 뿐 나머지 95%도 다치거나 가족을 잃거나 병을 앓거나 집을 잃는 등 다양한 형태로 괴로움을 겪어야 했다.

투치족으로 한때 권력을 장악한 경험이 있던 피에르 부요야Pierre Buyoya가 1996년 다시 쿠데타로 권력을 장악했다. 각 세력 간에 여러 차례 휴전이 시도됐지만 불발됐고, 2000년 아루샤 평화 협정 Arusha Accords을 거쳐 2003년에서야 부요야 정부와 후투족 반군 그룹이었던 민주주의 수호를 위한 국민회의와 민주수호군(CNDD-FDD: National Council for the Defense of Democracy-Forces for the Defense of Democracy)은 휴전을 선언했다.

하지만 싸움은 아직 멈추지 않았다. 가장 극단적인 후투족 그룹 민족해방군(FLN: The National Forces of Liberation)은 휴전협정을 받아들이지 않고 이듬해 난민 캠프에서 투치족 난민들을 학살해 테러 단체로 지정됐다. 계속 전투가 산발적으로 진행됐다. 후투족 반군 FLN은 시민을 상대로 약탈을 하거나 정부가 관리하는 수용소를 공격하기도 했다. 소년병을 모집해서 전투에 내보냈다. 강간을 포함해 다양한 성폭력이 벌어졌다.

2008년 극단적 그룹 FLN은 부줌부라로 진격했으나 군대와 싸워 상당한 전력 손실을 입었다. 2005년 CNDD-FDD가 여러 선거에서 이기면서, 이 정당의 지지를 받아 대통령으로 당선된 피에르 은쿠룬지자Pierre Nkurunziza는, 그 여세를 몰아 FLN 리더와 만나 평화협정이 진행되는 동안 분쟁을 해결하기 위한 위원회를 설립하기로 했다.

비로소 안정을 추구할 수 있는 기반이 형성되는 듯 보였다. 난민 45만여 명이 부룬디로 돌아왔다. 하지만 커다란 혼란은 다시 불거졌다. 2010년 재선에 성공한 은쿠룬지자 대통령은 10년간의 집권이 끝날 무렵인 2015년 4월, 그해 7월에 열리는 대선에 또 다시 출마하겠다고 선언했다. 그의 장기집권에 반대하는 소요사태가 촉발됐다. 5월 13일 그를 몰아내려는 쿠데타가 일어났으나 시도는 실패로 끝났다. 실패한 쿠데타의 끝은 숙청이다. 은쿠룬지자는 해외로 몸을 피했다가 돌아와 관련자들을 잇달아 체포했다. 5월 20일까지 불과 일주일 사이에 10만 명 넘는 사람들이 숙청을 피해 부룬디를 탈출했다. 제 나라를 떠난 사람들은 타국의 난민이 된다. 이들을 인도적으로 지원해야 한다는 목소리가 커졌다.

내가 부룬디로 출발하려는 2017년 8월에도 여전히 과격한 정세는 이어졌다. 3개월 전인 5월에는 삼선 집권 중인 은쿠룬지자 정권이 대통령 임기 제한 철폐 개헌안 마련을 위한 준비위원회를 구성하여, 사회적 혼란을 더욱 가중시키고 있었다. 수많은 사람들이 폭력과 불안으로 점철된 부룬디를 도망치고 있었다. 이웃한 탄자니아에는 약 25만 명의 난민들(2016년 11월 기준)이 허허벌판에 세워진 난민 캠프에서 물 한 모금을 아쉬워하며 살아가는 중이었다. 특히 임산부와 아이들은 말라리아 및 각종 전염병에 걸리기 쉬운 처지였다. 국경없는 의사회는 은두타, 음텐델리, 니아루구수 캠프에서 난민들을 지원하고 있었는데 이 중 은두타 난민 캠프에서는 국경없는의사회가 마련한 병원이 전체 캠프를 통틀어 하나뿐인 의료시설이었다. 이 난민 캠프에는 한국의 김아진 활동가(행정가)가 활동하고 있어서 그곳의 소식을 접할 수 있었다.

부룬디의 수도 부줌부라에는 여전히 위협적인 긴장감이 도사리고 있었고, 외국인이 들어오는 것도 반기지 않았다. 부룬디 정부는 유엔 사람들을 비롯해 자신들에게 우호적일 것 같지 않은 외국인들은 망설임 없이 추방하기로 유명했다. 부룬디 내에서 활동하는 국제기구 사람들이 이 나라의 상황에 비판적이면서도 말이나 행동은 조심하는 이유였다. 현지 사람들에게 도움을 주려면 일단 쫓겨나서는 곤란하지 않겠는가. 특히, 현재의 정치적인 상황에 대해 언급을 하는 것 자체만으로도 민감한 실정에서 국제기구들이 중립을 유지하며 활동한다는 것은 흔들리는 외줄을 타는 것과 같았다.

국경없는의사회는 부줌부라에서 부상자들을 치료하고 대량 사상자 등의 응급상황에 대처하는 극소수의 국제단체 중 하나였다. 나는 5주 동안 부룬디의 수도 부줌부라에 있는 국경없는의사회가 운영하는 아흐쉬 외상센터(Arche Medicale de Kigobè, Centre de Trauma)에서 활동할 예정이었다. 지난 5월, 부줌부라에서 활동할 정형외과 의사를 급하게 찾는 내부공지가 돌았다. 그때 손을 들었던 이합 선생님이 6월 중순부터 약 2개월간 활동했다. 이어 내가 8월 중순부터 약 한 달 동안 그 바통을 이어받기 위해 떠날 준비를 하고 있었다.

하지만 비자를 받기 위한 입국허가서가 나와야 하는데 2개월이 넘도록 발급이 되지 않았다. 애초 업무계약서에 나온 출국 예정일이 다가오는데 입국허가서가 아직 발급되지 않았다는 이메일만 매일 들어와 초조해지던 참이었다. 이합 선생님은 이미 지난주에 외상센터를 떠났다. 그리고 은퇴할 나이에 오신 마리아 선생님이 병원을 지키고 있었다. 사람이 없다고는 할 수 없지만 지난주에 그랬듯 폭발사건들이 발생하는 상황이다 보니, 긴급 상황이 벌어져 환자가 몰려오면 대응이 어려운 처지였다. "가능한 한 빨리 현장으로 와줬으면 한다"는 내용의 이메일이 하나 더 꽂혔다.

출국 예정일을 3일 앞둔 지난 금요일 저녁이 되어서야, 드디어 입국 허가가 났다는 들뜬 목소리의 국제전화를 받을 수 있었다. 그리고 10분도 채 지나지 않아 일요일에 출국하는 일정의 비행기표가 이메일로 날아왔고, 그 후 일정은 그간 늦어진 기간을 따라잡으려 달리기라도 하는 듯 바쁘게 진행되었다. 현지 상황에 대한 브리핑 등 출발 전 읽어야 할 갖가지 서류들이 이메일함에 차곡차곡 도착했다. 이번에는 지난번처럼 스카이프를 통해 현장 상황에 대한 브리핑을 진행하지 않고 벨기에 브뤼셀에 있는 국경없는의사회 운영본부에서 진행한다고 안내 받았다. 부줌부라의 정치적 상황 때문인지 아니면 일정이 급하게 변경되어서 그런지 궁금했지만 묻지 않고 따랐다. 인천에서 독일 프랑크푸르트까지 열한 시간, 프랑크푸르트에서 벨기에 브뤼셀까지 한 시간을 날아가 자정 넘어 호텔에 도착했다. 아침에 사무소를 찾아갔을 때는 시차에다 부족한 잠까지 겹쳐 커피를 두 잔 연거푸 들이켜야 했다. 오전 내내 출발 전 브리핑을 듣고, 오후 브리핑이 끝나자 곧바로 저녁 비행기에 올랐다. 오스트리아 비엔나를 거쳐 아프리카 대륙의 에티오피아 아디스아바바까지 아홉 시간, 그리고 공항에서 여섯 시간 반을 기다리고 다시 비행기를 갈아타서 두 시간 반을 가야 부줌부라였다.

지금 나는 마지막 비행기를 기다리고 있다. 아디스아바바 공항에서 긴 환승 대기시간 동안 한숨을 돌리며 다이어리를 적어본다. 이제 곧 만나게 될 부룬디는 나의 세 번째 활동지다. 현장 도착이 가까워질수록 기대감과 걱정이 마음속에서 마구 뒤섞인다. 개인의 삶의 관점에서는 '언제' 활동에 합류하느냐가 적지 않게 중요하겠지만, '어디로' 가느냐 역시 굉장히 중요한 문제다. 어떤 프로젝트에 가느냐에 따라 상당히 다른 경험을 하기 때문이다.

이번에도 재산 상속인을 지정하는 법적 서류를 작성해서 제출해야 했다. 유서와 같은 이 서류는 작성할 때마다 기분이 묘하다. 납치 감금 등에 대한 주의와 대처요령에 대한 서류도 필독 서류라 읽고 서명해야 했다. 이번에는 그래도 전쟁 지역으로 가는 건 아니어서 그런지, 이런 서류에 익숙해져버린 건지 첫 번째 미션에서보다는 기분이 덜

덤하다. 하지만 어찌 보면 더 긴장되는 지역으로, 무력충돌의 현장으로 들어가는 것일 수도 있다. 그래도 이전 미션을 통해 국경없는의사회가 가지고 있는 중립성, 공정성, 독립성이라는 원칙의 힘과 철저한 안전수칙의 효과를 이제는 실감한다. 이전 활동지의 경험들도 있기 때문에 첫 번째 활동지에 갈 때처럼 막연한 걱정은 크지 않다.

새로운 문화와 환경에 대한 탐험 속에서 세계 각지의 팀원들과 협력하여, 의료가 절실한 곳에 도움을 주고 정을 나누며 얻는 보람은 크고도 깊다. 그리고 이 활동들을 통해 내 시야가 넓어지는 것, 성장하는 것을 느낄 때면, 녹록하지 않은 환경에서 전투하듯 하루하루를 치르면서도 한편으로는 즐겁다. 힘든데 즐겁다. 이 즐거움과 보람을 맛본 사람들은 기회가 되면 미련 없이 또 배낭을 싸곤 하는 것이다.

나의 세 번째 국경없는의사회 현장 활동지인 부룬디, 나는 다시 한 번 격동의 현장으로 들어간다. 그 속에서 팀원들을 만나 내가 보탤 수 있는 힘을 보태리라. 그리고 안전하고 건강하게 활동하고 귀국할 것이다. 나를 늘 응원해주고 기다려주는 소중한 사람들이 있고, 그 사람들에게 나는 건강하게 돌아갈 것이다. 탑승구가 열렸다. 이제 부줌부라행 비행기에 탑승한다.

2. 카리부 부룬디

　부룬디를 '아프리카의 심장'으로 부른다던데, 세계지도를 보니 왜 그런 이름이 붙었는지 쉽게 알 수 있겠다. 위치가 아프리카의 왼쪽 중간 부위에 있으면서 국가 경계가 심장 모양과 비슷해 보인다. 우리나라의 경상남북도를 합친 정도의 면적을 가진 아담한 크기의 나라인 부룬디는, 동아프리카공동체(EAC)에 속하는 나라로서 동쪽으로는 탄자니아의 북서쪽과 국경을 맞대고 있다. 지도를 펼치고 부룬디를 보지만, 나의 눈길은 종종 탄자니아로 옮겨간다. 나에게 부룬디는 '탄자니아의 이웃 나라 부룬디'로 느껴진다.

　탄자니아는, 특히 북부의 아루샤는, 한국국제협력단 국제협력의사로 2년 반 동안 생활한 곳이다. 많은 좋은 인연을 만났고, 열정적으로 활동했고, 보람을 느꼈다. 각별한 애정이 깃들어 제2의 고향과 같다. 언제든 다시 가보고 싶은 이곳과 얼마 떨어지지 않은 나라인 부룬디로 간다고 생각하니 그것만으로도 고향에 돌아가는 듯 애틋한 마음이 들고 설렐 정도였다.

　내가 탄 비행기는 아디스아바바에서 출발하여 부줌부라까지 남쪽으로 왔다가 손님을 일부 내려주고 다시 최종 목적지 키갈리(르완다의 수도)로 가는 에티오피아 항공기 ET817편이었다. 두 시간 반의 비행

끝에 공항에 내리니 햇살과 바람, 공기에서 탄자니아의 다르에스살람(탄자니아의 옛 수도이며 가장 큰 도시) 공항에 도착했을 때의 느낌이 났다. 다시 동아프리카의 땅에 서다니 감회가 새로웠다.

나는 오랜만에 친숙한 고향에 돌아온 듯한 반가움을 느끼며 마음이 들뜨고 있는데, 이곳 사람들이 나를 반겨줄지는 또 다른 문제였다. 우선 입국의 첫걸음인 비자부터가 별 탈 없이 발급될지 알 수 없었다. 도착하면 비자 창구에서 입국 비자를 받는 것이 첫 번째 관문이었다. 나처럼 부줌부라에서 내리는 승객이 많거나 외국인이 섞여 있으면 좀 더 마음이 놓일 것 같은데, 거의 꽉 찼던 에티오피아 항공기에서 내린 승객은 현지인으로 보이는 열댓 명 남짓에 그쳤다.

부줌부라가 왜 내전을 겪었으며 왜 외국인에게 호의적이지 않은지에 대한 브리핑을 한참 들은 터라 약간 긴장하는 마음으로, 같이 내린 승객들을 따라 무리에서 뒤처지지 않게 활주로를 걸어 나왔다. 하지만 공항 청사 입구에 들어섰을 때, 공항 직원의 미소 띤 인사 한마디에 갑자기 긴장이 탁 풀렸다.

"카리부 부룬디!(Karibu: 스와힐리어로 '환영합니다')"

'카리부 부룬디?!' 나는 귀를 의심했지만, 자동적으로 '아싼떼 싸나(Asante Sana: 스와힐리어로 '매우 고마워요')'가 입에서 나왔다. 프랑스어로 말을 주고받을 거라고 마음의 준비를 했는데, 스와힐리어라니! 예상치 못한 반가움이었다. 도착하기 전까지는 부룬디의 공용어가 키룬디어와 프랑스어인 줄만 알았다.

공식적으로는 그렇긴 하다. 그런데 막상 와보니, 스와힐리어가 아주 보편적으로 쓰이고 있었다. 지난 아이티 프로젝트 이후 프랑스어를 꾸준히 익혔지만 아직 필요한 만큼으로 원활하지는 않아 마음의 부담이 적지 않았는데, 부룬디에 도착해서 처음 들은 말이 프랑스어가 아닌, 탄자니아에서 사용했던 친숙한 스와힐리어라니, 고향이 나를 환대하는 듯한 기분이 들었다.

나도 놀랐지만, 현지 의료진들도 놀라고 있었다. 부줌부라의 국경없는의사회 병원인 아흐취 외상센터에 도착한 지 하루 만에 스와힐리어를 하는 활동가가 왔다며 소문이 퍼졌다. 결국 다음 날 아침 컨퍼런스에서 소개도 스와힐리어로 하게 되었다. 프랑스어를 준비한 것이 무색하게도 느껴졌지만, 아무럼 어떠랴. 스와힐리어도 그렇게 잘하는 건 아니지만, 프랑스어보다는 나았다.

프로젝트 공식 언어가 프랑스어라 가능하면 프랑스어를 사용해야 했지만, 다른 해외 팀원이 있는 자리가 아니라면 수술실에서도 스와힐리어로 이야기를 나누고, 병동에서 환자들과도 스와힐리어로 이야기하게 되었다. 다음 날부터 이미 현지 의료진들도 내가 프랑스어로 잘 못 알아듣는다 싶으면 바로 스와힐리어로 말을 건넸다.

스와힐리어를 재발견하는 느낌이었다. 부룬디에서는 초등교육 이상을 받은 사람들은 키룬디어, 프랑스어와 더불어 스와힐리어를 기본으로 사용한다. 탄자니아, 케냐, 우간다, 르완다, 부룬디로 구성된 동아프리카공동체뿐 아니라 어마어마한 땅덩어리를 가진 콩고의 동쪽 절반도 스와힐리어를 사용하는 것을 알게 되었다.

예전에 탄자니아를 떠나면서 언제 또 스와힐리어를 쓰겠나 싶었는데, 이렇게 넓은 지역에서 많은 사람들이 스와힐리어를 쓰고 있다는 것은 잘 몰랐기에 더욱 반가웠다. 반면 이곳에서는 영어가 점차 관심을 받고 있기는 했지만 아직은 거의 쓰이지 않았다.

나는 언어를 아주 잘한다고 할 수는 없지만 이곳저곳 다닐 때마다 조금씩 현지어를 익히려고 노력했던 편이다. 탄자니아에서도 그들과 영어로 대화를 나눌 때보다 스와힐리어로 대화할 때 환자들과의 거리가 좁혀졌던 경험이 있다.

하지만 언어도 근육처럼 자꾸 써야 발달하고 유지된다. 그동안 사용을 거의 안 했기 때문에 스와힐리어의 상당 부분을 잊어버렸고 기본적인 단어들이 생각 안 날 때도 있었다. 그래도 몸으로 배운 것은 감각이 금방 살아나듯, 생활 속에서 익힌 언어는 이야기를 하다 보니 잊혔던 단어가 하나씩 다시 반갑게 돌아오는 걸 느낄 수 있었다. 현지에서 보편적 공용어인 영어나 프랑스어가 아닌 현지어를 할 줄 안다는 것은 기초만 할 줄 알아도 서로에게 뜻밖의 선물이 되는 법이다. 현지인들에게 좀 더 쉽게 다가갈 수 있는 지름길이기도 하다. 낯설면서도 친숙한 부룬디의 생활에 기대감이 커졌다.

3. 자가 격리하다

콧물, 코막힘, 기침, 두통, 근육통, 무릎관절통, 울렁거림, 오한, 발열, 발한, 인후통, 호흡불편감, 불면, 식욕부진, 무기력함, 어지러움이 한바탕 휩쓸고 지나간 길고 긴 밤이었다. 부줌부라에 도착하고 다음 날부터 어째 몸살과 감기 기운이 있는 것 같더니만, 도착한 지 나흘이 채 되지 못해 증상이 복합적으로 파도처럼 밀려왔다.

최근 일정에 몸이 지쳤던 듯했다. 급하게 잡힌 일정 탓에 한국에서의 일을 부랴부랴 정리하고 바로 비행기에 올라야 했다. 게다가 브뤼셀을 찍고 아디스아바바를 거쳐 이곳에 이르는 장시간 비행이 무리가 되었던 모양이었다. 시차도 한몫했다. 가지고 간 상비약을 먹고 잠을 푹 자려고 했는데, 증상은 나아지지 않고 오히려 심해지고만 있었다. 그런 와중에 어제 저녁 응급 콜을 받고 숨넘어가기 직전의 환자를 수술해야 했다.

수술을 마치고 환자 상태는 다행히 호전됐다. 하지만 수술가운을 벗고 긴장이 느슨해질 무렵 내 상태는 최악으로 치닫고 있었다. 몸이 좋지 않은 가운데 급박한 환자를 새로운 상황 속에서 긴장한 채 응급 수술을 하고 나니 컨디션이 급격히 나빠졌다.

그렇지 않아도 열이 오르고 있었는데 수술을 기점으로 기름을 부은 듯 온몸이 끓어오르기 시작했다. 어지럽고 다리에 힘이 풀렸다. 수술실 밖으로 걸어서 나오려다가 포기하고 탈의실에 주저앉아 한참 숨을 골라야 했다. 우여곡절 끝에 간신히 집에 도착해서는 씻지도 못한 채 쓰러졌다. 응급 콜이 또 오지 않기를 바라면서. 혹시나 응급 콜이 또 올 수 있으니, 마리아 선생님께 몸 상태에 대해 보고를 드렸다.

걱정이 되기 시작했다. 내 몸도 걱정되고, 또 부줌부라의 상황이 나빠져서 대량 사상자가 병원에 실려 오면 어떻게 해야 되나 싶었다. 다행히 이번 주부터는 비교적 정세가 잠잠했다. 하지만 교통사고 환자들이 실려 오기도 해서 하루건너 하루는 밤에 병원으로 나가는 상황이었다. 마리아 선생님이 계신 게 너무나 감사하게 느껴졌다. 현지 정형외과 전문의는 없는 상황이라(부룬디 국내에는 어느 과든 전문의가 거의 없다고 한다), 수술할 환자가 오면 내가 담당해야 하는데 이렇게 골골대며 내 역할을 제대로 못하니 걱정이 되었다. 마리아 선생님은 연세가 지긋한 정형외과 선생님이고 여기에서 오래 머물며 주로 의료진 교육과 관리업무를 담당하고 계신데, 유사시에는 일선에서 수술을 하시며 부족한 부분을 보충해주셨다.

밤새 거의 한잠도 못 자며 끙끙대다가 아침에야 휴대폰을 만지작거릴 기운이 났다. 한국에 있는 감염내과 교수이신 임승관 선배에게 카톡으로 증상에 관해 SOS 자문을 구했다. 아무래도 인플루엔자 독감 같다고 했다. 요즘 동남아에서 유행한다는데, 어디에서 전염되었을까 찬찬히 돌이켜 보니 퍼뜩 떠오르는 장면이 있었다. 부줌부라로 오는 비행기에서 뒷좌석에 앉은 승객이 입도 가리지 않고 기침을 미친 듯이 뱉어냈다. 그때 옮은 바이러스가 배양기를 지나 스멀스멀 증상이 올라오다가 어제 저녁 이후 갑자기 터져 나온 것으로 추정됐다. 독감은 감기와는 정말 차원이 다른 것을 느꼈다. (많이들 오해하지만, 독감은 독한 감기가 아니라 전혀 다른 질병이다.) 어젯밤보다는 나아지긴 했지만 오늘은 도저히 출근할 몸 상태가 아니어서 결근을 신청했다. 증상이 심할 때는 전염성도 높은 게 독감이다. 팀원들에게, 그리고 무엇보다도 환자들에게 독감을 퍼뜨려서는 안 될 노릇이었다.

타미플루 같은 독감약을 구해달라고 도움을 요청했으나, 여기서는 쉽게 구할 수 없는 약이라, 약 없이 충분한 휴식과 요양을 하며 증상이 가라앉기를 기다리는 신세가 됐다. 모기장이 둘러쳐진 침대에 누워 오전 내내 멍하니 창밖만 바라보았다. 여기는 적도 근처이지만 남반구다. 요즘은 이쪽의 겨울에 해당하기 때문에 우리나라 가을 날씨와 같은 계절이다. 바람은 선선하게 불고, 아름드리나무는 그 푸르름을 시원하게 노래하고 있었다. 이왕 쉴 것이면, 정원으로 나가서 따뜻하게 햇볕 쬐며 쉬고 싶었다. 따뜻한 담요를 들고 나가 숙소 다가구주택 정원의 나무 그늘 아래에서 레몬차 한 잔과 책 한 권이면 정말 더 잘 요양할 수 있을 것 같았다. 하지만 적어도 증상이 가장 심한 오늘은 자가 격리를 하기로 했다. 마침 2층의 가장 구석인 내 방은 자가 격리하기에 딱 좋은 방이기도 했다.

오후에는 증상들이 다시 올라오기 시작하더니 저녁에는 오들오들 오한을 느끼며 옴짝달싹 못하게 기운이 없어졌다. 창문 밖의 정원에서는 마리아 선생님의 예순한 번째 생일파티가 시작됐다. 흥겨운 음악 소리와 웃음소리가 들리는데 창문 밖도 내다보지 못했다. 팀원들이 전화로, 그리고 몇몇은 방문을 노크하며 안부를 묻고 파티에 나오지 않겠냐고 초청을 했다. 갖가지 맛난 음식이 준비되어 있고, 잘 먹어야 빨리 낫는다며, 마스크 쓰고 나오면 되니 전염도 걱정하지 말라며 같이 저녁 시간을 보내자고 했다. 고맙지만 어쩌겠나, 사양할 수밖에.

밤이 오고, 자정경에 다시 뒤척이다가 기침이 심해서 잠에서 깼다. 위생상 손 씻기와 양치를 좀 하고 싶었는데, 화장실 가기에도 몸이 무거웠다. 가글과 물티슈가 있었으면 싶었다. 다음에는 상비약 주머니에 두 가지도 추가해야겠다고 생각했다. 나를 위해서 혹은 동료 중 아픈 사람이 있으면 요긴하게 쓸 것 같았다.

새벽 네 시쯤 다시 눈을 뜨니 몸이 조금 가벼웠다. 한국은 일요일 오전 열한 시였다. 가족과 카카오톡으로 이야기를 나누고, 따뜻한 차 한 잔 하라는 권유에 마스크를 쓰고 후들거리는 다리로 1층 부엌으로 가서 따뜻한 물과 티백을 가지고 왔다. 꿀 넣는 걸 깜빡하긴 했지만, 따뜻한 홍차 한 잔이 황홀하도록 맛있게 느껴졌다.

오늘은 일요일이라 두문불출하고 앓아누워있는 것에 마음이 덜 무거거웠다. 아직은 기침이 꽤 있지만 새벽부터 좀 회복되는 기운이 느껴지니, 오늘 하루 더 요양하고 나면 내일은 정상 출근할 수 있을만큼 나아지리라 싶었다. 그래도 오늘 역시 자가 격리를 유지했다. 하루 종일 방문 밖으로 나오지 않으니, 마리아 선생님이 라면을 한 그릇 끓여다 주셨다. 따끈한 정을 담아 챙겨주신 것도 감사한데, 여기에서 라면을 볼 수 있으리라 생각지 못했던지라 반가움에 눈이 휘둥그레졌다. 부줌부라 시내의 슈퍼마켓까지 가서 구해온 라면이라고 했다. 귀한 라면을 감사히 받아 들고는 국물 한 방울 남기지 않고 싹싹 비웠다. 속이 따뜻해지며 몸이 풀리는 것이 내일이면 정말 다시 출근할 수 있을 것 같았다.

　일상생활에서도 아프거나 다치지 않고 건강하게 지내는 것이 중요하지만, 이렇게 특수한 공간과 시간 속의 프로젝트 활동을 하러 나와서 아프거나 다치는 것은 치료가 힘들어 더 고생이다. 그리고 무엇보다도 면목이 없다. 도움이 되겠다고 와서 오히려 다른 사람의 도움을 받아야 하는 처지가 되는 것에 대한 미안함이 크다. 만약 환자가 밀려오는 상황이었다면 다른 팀원들의 업무가 크게 늘어나는 것은 자명한 일이다. 일당백을 해도 모자랄 판국에 일당 이백, 삼백을 요구하는 형국이 된다. 나부터 건강하고, 나부터 안전해야 내가 다른 이들을 도울 수 있다. 독감에 걸리고 싶어서 걸린 것은 아니지만 바쁜 와중에 초반부터 이렇게 골골대니 미안쩍은 마음은 어쩔 수 없다.

4. 상당히 평화로운

독감에 시달린 첫 번째 주말이 지나고, 두 번째 주말이 찾아왔다. 독감은 약간의 기침만 남고 다 나았다. 바깥바람도 쐴 겸 팀원들과 쇼핑을 다녀오기로 했다. 부줌부라 내에서의 안전수칙은 지난 타바에서 만큼 까탈스럽지는 않았다. 그래도 지켜야 할 안전수칙들은 있었다. 특히 주말 오전에는 종종 집회, 시위가 있어서 사람들이 밀집된 곳에는 안전상 방문을 자제하는 것이 안전수칙 중의 하나였다. 방문 금지와 자제의 정도는 시간대에 따라 달랐다. 토요일 오전 근무를 마치고 시내로 외출하려 외출 승인을 올렸지만, 잠시 기다리라는 지시가 내려왔다. 한 시간 정도 지나 오후 세 시가 되니 이제 다녀와도 된다고 했다. 혹시나 급히 돌아오는 일 없게, 응급실 상황이 어떤지 병원에 전화를 걸어 별일 없음을 체크하고 세 명이 함께 숙소를 나섰다.

국경없는의사회의 전용 랜드크루져를 타고 이동했다. 여기에서도 개인적으로 대중교통을 이용할 수는 없었다. 내일 벨기에로 귀국하는 외과 전문의 래몽 교수님의 제안으로 우리는 우선 시내의 기념품 가게가 모여 있다는 장터에 들렀다. 부줌부라는 관광도시가 아니어서 그런지 기대했던 바에 훨씬 못 미쳤다. 자그마한 구역에 열 개가 채 안 되는 작은 가게들이 옹기종기 모여 있을 뿐이었다. 케냐나 탄자니아는 드넓은 국립공원을 끼고 있고 야생동물을 보러 오는 관광객이 적지 않기 때문에 관광산업이 나름대로 발달했는데 이곳은 아직 관광객이 거의 없다는 것을 짐작할 수 있었다. 들르는 사람도 많지 않은지, 먼지가 소복이 쌓인 진열품들이 곳곳에서 눈에 띄었다. 나는 다음에 출국 전 한번 들를 셈으로 찬찬히 둘러보기만 했다. 유독 하마 조각상들이 많았다. 래몽은 그 자그마한 하마 조각상들을 네댓 개 구매했다.

"래몽 교수님, 하마 조각상을 사셨는데, 그럼 이번에는 진짜 하마 보러 같이 가실래요?"

물리치료사 사빈느가 시원한 미소와 함께 제안했다. 그녀는 작년 크리스마스 시즌부터 활동을 하고 있었고, 반년 넘게 지내면서 부줌부라의 곳곳을 알고 있었다. 하마는 부줌부라에서 유명했고, 호숫가로 가면 쉽게 볼 수 있는 동물이었다. 그녀는 우리를 탕가니카 호숫가의 식당으로 안내했다. 부줌부라의 탕가니카 호수는 석촌 호수나 경포대의 수준이 아니었다. 최대 길이 673km, 최대 너비 72km로, 유역 면적으로 치면 거의 한반도 크기라고 할 만한 거대 호수였다. 이 호수는 넓이로나 깊이로나 세계에서 두 번째로 큰 호수였고, 부룬디, 잠비아, 콩고민주공화국, 그리고 탄자니아에 걸쳐 있었다. 우리가 찾아간 탕가니카 호숫가에는 하마가 어슬렁거리며 살고 있었다. 여럿이 모여 있는 크고 둥근 등이 수면 위로 살짝 보이다가 이따금 한 번씩 숨 쉴 때 코를 물 밖으로 내밀고는 다시 머리를 넣고 물속으로 들어갔다. 허름한 식당의 오두막에 올라가 난간에 기대어 하마들의 느긋한 오후를 바라보았다. 기울어지는 햇살이 잔잔한 호숫가에서 부드럽게 흐트러지고 있었다. 하마를 향해 실컷 휴대폰 카메라 버튼을 누르던 우리는, 음료수 한 잔을 앞에 놓고 석양을 즐겼다. 게으르게 움직이는 하마에 가만히 시선을 두고 있자니 나른함이 몰려왔다. 느긋하게 한 주를 돌이켜 보았다.

독감의 여파로 몸 상태가 좋지 않은 한 주였다. 다행인 점은 병원이 많이 바쁘지는 않았던 시기라는 것이다. 무력사건에 의한 환자가 없지는 않았으나 상대적으로 평화로운 일주일이었다. 지난주에는, 복부에 총탄 두 발, 우측 가슴에 한 발이 관통한 총상 환자 한 명이 응급실로 실려 왔다. 의료진들이 달려들었지만 얼마 버티지 못하고 응급실에서 사망했다. 교통사고로 실려 온 20세 여성 환자도 응급실에서 사망했다. 급하게 이송침대를 옮기고, 심폐소생술로 가까스로 생명의 불씨를 이으며 방사선실을 오갔다. 하지만 머리와 가슴 복부 출혈이 심해 몇 시간 버티지 못했다. 그 외의 교통사고나 기타 사고에 의한 손상 환자들이 적지 않게 왔다. 그러나 진짜 상태가 심각한 중증 환자는 한둘 정도였다. 일요일인 내일도 상처 치료를 위해 수술실로 데려가야 하는 중증 환자가 있어서 일이 적다고 할 순 없지만 지난주에는 밤 시간 병원에서 응급수술 요청이 한 번도 없었다. 요르단이나 아이티에 비해볼 때 이 정도면 아주 평화로운 한 주였다고 할 만했다.

이번 주에 무력사고로 인한 환자가 거의 없었다는 점은 부줌부라에 다행한 일이다. 무력과 폭력으로 다치고 죽어가는 사람이 없는 평화로운 시간이 당연한 일상이 되어야 하는데, 이곳은 평화로운 날을 다행으로 여겨야 하는 안타까운 시기를 겪고 있다. 이렇게 평화로운 날들이 얼마나 지속될까. 전반적으로 요즘 사상자가 생기는 상황은 점차 줄어드는 추세였는데, 화요일 저녁 팀원들 정기 모임에서 팀 리더가 들려주는 사회 상황들을 보면, 변곡점이 될 만한 사회적 이슈들이 앞으로도 적지 않아 긴장을 놓을 수만은 없었다. 때때로 발생할 수 있는 대량 사상자들에 대해 준비를 해야 했다. 지금 이렇게 평화로운 시기에는 그런 때를 대비해 교육과 준비에 집중해야 한다는 생각이 들었다. 부줌부라의 국경없는의사회 병원에는 대량 사상자 발생을 대비해 병원 입구와 마주 보이는 곳에 텐트 형태로 강당과 같은 공간이 만들어져 있었다. 만약 긴급 상황이 터져서 환자들이 갑자기 밀려들면 매트리스를 깔아 임시병상으로 사용할 목적으로 만든 공간이었다. 긴급 상황이 발생하지 않은 평상시에는 아침 컨퍼런스나 회의, 교육의 장소로 사용되었다.

부줌부라엔 아직 현지 정형외과 전문의가 없다. 20대 중반의 젊은 현지 의사 몇몇은 정형외과적 손상 환자들을 접하고 치료하면서 궁금한 것을 모아 와 열정적으로 물어본다. 한국에 있었다면 대학을 마치고 인턴으로 의료현장에 투입되었을 나이다. 이들에게 골절치료에 대해 그림을 그려가며 차근차근 설명해주면, 그 종이를 본인이 가지고 가도 되냐고 묻는다. 그림이 그려진 이면지를 들고 주옥같은 지식을 배웠다는 듯 뿌듯한 미소를 지으며 고맙다고 하면, 설명해준 나도 같이 뿌듯한 미소를 짓게 된다. 교감의 순간이다. 나도 인턴 시절 그렇게 배웠다. 이런 열정적인 후배 의사들을 어떻게 도와주면 좋을까. 젊고 배우려는 의지가 가득한 현지 의료진들이 지금 필요로 하는 지식, 그리고 지금 그들이 먼저 요청하지 않았더라도 현지에서 적용이 가능하고 앞으로 필요해질 내용을 파악해 조금이라도 더 나눠주고 싶었다. 이런 생각을 팀원들과 나누자 모두 내 말에 공감하며 아주 좋은 생각이라고 격려해주었다. 타바에서의 '작은 강의'의 경험을 바탕으로, 이번에도 작은 강의를 준비해보기로 했다. 지난 강의는 전문의들을 대상으로 한 강의였지만, 이번에는 인턴 또는 전공의 1년 차 수준에서 꼭 알아야 할 정형외과 치료의 기초에 대한 강의로 마련해보았다.

목요일 저녁에 급하게 준비해서는, 금요일 아침에 인쇄물과 함께 3분 정도 분량의 매우 짧은 강의를 했다. 목요일에 응급실 환자를 함께 치료하면서 받은 질문에 대한 답변을 교과서에서 찾아 정리한 강의였다. 이번에도 다행히 호응이 예상보다 좋았다. 한 단어도 놓치지 않기 위해 집중하는 현지 의사들의 모습 그 자체가 나에게는 큰 격려의 박수와도 같았다. 정규 강의 및 증례 검토와 더불어, 아침 컨퍼런스 시간에 간단하게 진행할 수 있는 작은 강의를 자주 하는 것이 효율적이리라는 생각이 들었다. 질문을 받은 내용을 정리해서 짧지만 중요한 한 가지는 확실하게 알 수 있는 '3분 강의'를 이어가보고 싶었다.

'상당히' 평화로운 한 주가 지나간 느긋한 주말 오후, 하마는 여전히 평화롭고 여유롭게 뒹굴고 있다. 탕가니카 호수 위로 아름다운 노을이 붉게 익어가는 시간이 되었다. 느긋함을 안고 집으로 돌아갈 시간이다. 다음 주부터는 저녁 시간이면 강의 준비하느라 나에게는 여유롭지만은 않을 것 같은 예감이지만, 부줌부라의 풍경은 이렇게, 아니 이보다 더 평화롭게 앞으로도 지속되면 좋겠다.

5. 아베 마리아

부줌부라 북키고베(Kigobè Nord)의 아흐취 외상센터에 오면 마리아 선생님을 만날 수 있다. 2주 전 토요일에 예순한 번째 생신을 맞이한 백발의 선생님이다. 내가 도착한 다음 날은 그가 이곳에서 일한 지만 1년이 되는 날이었다. 부룬디에서는 만 60세 이상의 활동가가 비자를 받기란 하늘에서 별 따기라고 한다. 그런데 그는 어떻게 들어왔을까? 만 59세 363일째 되는 날 입국한 게 선생님의 '비결'이었다.

남루한 티셔츠와 청바지에, 무릎이 안 좋다며 어기적어기적 걸어가시는 백발의 마리아 선생님을 뒤에서 보면 아담하고 통통한 판다곰이 걸어가는 것 같기도 하다. 하지만, 아침 컨퍼런스에서 교육 중에는 엄격한 호랑이 할머니의 카리스마가 풍긴다.

아흐취 외상센터는 2015년 5월에 은쿠룬지자 대통령(2005년부터 대통령으로 재직 중)의 3선 출마 선언을 계기로 부줌부라 내 격한 무력충돌이 발생하자 국경없는의사회에서 만든 병원이다. 앞서도 한 번 언급했지만 그를 향한 쿠데타가 실패하자 은쿠룬지자는 관련자들을 잇달아 체포했고 불과 일주일 사이에 10만 명 넘는 난민이 발생할 정도로 사회가 혼란스러웠다.

당시 국경없는의사회는 우선 건물과 토지를 임대해서 이곳 사람들에 대한 인도적 지원을 시작했다. 이후 추가로 목조 건물을 덧댔다. 현재 63개의 일반 병상이 네 개의 병동에 배치되어 있고, 중환자실에 여덟 개의 병상이 있다. 다섯 개 병상 규모의 응급실과 두 개의 수술실이 있고, 물리치료실과 혈액검사실 및 혈액은행도 갖추고 있어 수혈에 필요한 혈액을 자체적으로 보관할 수 있다. 현재 10여 명의 다국적 해외 활동가와 250여 명의 현지 직원이 근무하고 있는 이 병원에는 비상시 응급실로 쓰기 위해 만들어진 강당 같은 공간이 있고, 외상 후 스트레스 장애에 대한 심리적 사회적 지원을 위한 부서도 갖추고 있다. 작년 12월에는 엑스레이 기계를 설치하며 엑스레이실을 열었다. 그전에는 엑스레이를 찍으려면 환자를 다른 병원으로 이송하여 검사를 받게 했다. 2년 남짓 운영된 기간 동안, 마리아 선생님은 초창기라고 할 수 있는 시기부터 프로젝트를 다듬어오는 데 공헌하고 계신다. 현지 의료진들에게는 마마mama로 불린다.

마마, 즉 엄마로 불리는 마리아 선생님은 정 많은 아시아인의 푸근함을 느낄 수 있는 분이다. 필리핀 국적의 선생님의 휴대폰 배경화면엔 어여쁜 손녀 사진이 있다. 벌써 초등학교에 입학할 나이로 보인다. 자녀들 다 키웠고, 집도 한 채 마련했으니 더 이상 크게 바랄 것이 없다는 선생님은 부줌부라에서의 생활이 만족스럽다고 여러 차례 말하면서도 "언젠가는 꼭 한국에도 가야지"라고 덧붙이곤 했다. 한국인 친구인 내가 있어서만은 아니고 진짜로 한국을 좋아하시는 것 같았다. 불고기, 삼겹살, 김치, 라면 등을 하나하나 꼽아가며 정말 좋아하는 음식들이라고 입맛을 다시며 현지 의료진들에게 이야기했다.

"그중에서 으뜸이 뭔지 알아?"

"글쎄, 뭔데요?"

"한국식 짬뽕이야. 빠알간 국물에 오징어하고 조개를 넣고 팔팔 끓여서 면이랑 먹는 거지. 한국에 가면 땀을 뻘뻘 흘리면서 짬뽕을 먹어봐야 한다구. 정말이야. 그걸 모르는 사람들이 많아."

그는 늘 다른 사람들에게 이렇게 권하곤 했다. 그가 입맛을 다시며 희극 배우 이영자 뺨칠 만한 표정 연기와 함께 짬뽕 이야기를 할 때면 언제나 배꼽을 잡고 웃을 수밖에 없었다. 안타깝지만, 필리핀 국적으로는 한국으로 입국 비자 받기가 까다로워서 한국 여행은 나중으로 미뤄놓았다고 했다.

아침에 가장 일찍 일어나 커피를 내리는 마리아 선생님은 언제나 정규 출근 시간보다 30분 전에 병원에 도착한다. 그리고 아침 컨퍼런스가 끝나면 꼭 들르는 곳이 있다. 나의 근무 첫날, 업무를 시작하기 전 마리아 선생님은 나에게 '네뷸라이징(Nebulizing: 약제를 분무하는 방식으로, 보통 천식 환자에게 이 방식을 쓴다)'이 필요하다고 했다. "같이 갈래?" 그래서 따라가 보니, 병원의 한 모퉁이 영안실 옆 공터였다. 네뷸라이징에 이런 장소가 왜 필요한가 생각했는데 여기가 병원 내 비공식적 흡연구역이란다. 담배를 즐기기 위해서 나오신 것이었다. 걸걸하게 웃는 마리아 선생님과 그곳에서 오늘 해야 할 일, 환자들의 상황과 사정에 대해 이런저런 이야기를 나누는 게 이후에도 패턴으로 자리 잡았다.

마리아 선생님은 그 자리에서 꼭 "아침 먹었냐"고 확인했다. "여기서 근무하다 보면 점심 거르는 때가 종종 생기니 아침은 어떻게든 잘 챙겨 먹고 오라"고 거듭 당부했다.

"여기에서는 틈나면 잘 먹고, 잘 자두고, 잘 쉬어야 해."

그런 지론을 가진 선생님은 도움이 필요할 때면 밤낮 가리지 않고 언제든지 병원으로 달려온다. 가끔은 별일이 없어도 저녁 늦게 병원을 둘러본다.

주로 현지 의료진들 교육 등의 관리를 담당하지만 회진도 같이 돌고, 직접 수술도 한다. 60세가 넘었어도 수술하는 모습을 보면 영락없이 시원시원한 정형외과 의사다. 뼈를 고정할 환자가 있으면 손드릴로 빠르게 하프 핀Half pin을 박고 외고정 장치를 조립해 뼈를 고정한다. 절단술을 받는 환자에게서 뼈를 잘라낼 때는 줄톱(Gigli saw)을 힘차게 다뤄 가볍게 끝낸다. 여성 정형외과 의사는 요즘 우리나라에서도 보기 드문데, 선생님 세대에 정형외과를 택해서 활동을 해온 것을 보면 젊었을 때부터 참 걸출한 인물이었을 것이다.

틈나면 구석에서 담배 피우시고, 걸쭉하게 저녁 늦게까지 술 마시고, 때로는 휴일이면 방 안에 틀어박혀 온종일 미드 시리즈에 몰두하시기도 하는 부줌부라의 마마 마리아를 성모 마리아에 비할 수는 없겠지만, 의료가 열악한 이곳에서 헌신하시는 마리아 선생님을 통해 부룬디 사람들의 안녕과 건강을 보듬어 달라고 빌 수는 있겠다. 기독교식 인사에 빗대어 마리아 선생님께 기원해본다. 늘 건강, 강건하시길. 아베 마리아.

6. 트라우마 속 트라우마

트라우마trauma:

1. [의학] 외상外傷 : 사고나 폭력에 의해 장기가 충격을 받은 상태

2. [심리] 정신적 충격(외상)

　외상(트라우마) 환자가 오면 의사가 해야 하는 일 중 하나는 사고 기전에 따라 환자 차트에 코드를 적어 넣는 것이다. 아흐취 외상센터에서는 외상 코드를 크게 사고에 의한 손상(TA류)과 폭력에 의한 손상(TV류)으로 나누어 기재한다. 그 하위분류로, 사고로 인한 손상은 교통사고(TAT), 화상(TAB), 낙상(TAF)이 대표적이다. 스포츠 손상, 집에서의 손상, 자연재해 손상 등을 모두 포함시켜 기타 손상(TAO)으로 분류한다. 그리고 폭력에 의한 손상은 총에 의한 총상(TVG), 폭탄이나 수류탄에 의한 폭파상(TVB), 지뢰에 의한 폭파상(TVM), 칼이나 날카로운 물체에 의한 자상(TVK), 둔기나 주먹에 의한 구타상(TVA), 성폭행(TVR), 고문(TVT)으로 분류한다.

　내가 부줌부라에 온 후로는 새로 발생한 폭파상 환자는 없었다. 하지만 TVG 환자, 즉 총상 환자의 수가 늘었다. 생명을 잃을 정도의 환

자는 드물었지만 총상 환자의 수 자체는 꽤 많았다. 총알이 무릎뼈를 깨뜨린 환자, 허벅지 근육이 파열된 환자, 종아리를 관통한 상처가 있지만 심한 근육 손상 없이 피부만 뚫고 나간 환자 등이었다.

그러나 모든 환자가 병원에 도착하는 것은 아니었다. 얼마 전 병원에 도착한 어느 총상 환자는 뒤로 넘어지며 총알을 맞은 듯 우측 가슴의 피부 아래로 얕게 총알이 관통해서 몸에는 큰 손상 없이 살았다. 하지만 그날 밤 그와 함께 있었던 친구 네 명은 총에 맞아 즉사했다. 실제로는 총으로 인한 사망 사고가 적지 않으리라 짐작할 수 있었다.

어느 아침에는 컨퍼런스를 하러 가고 있는데 응급실 선생님이 나를 불러 세웠다. 입원해야 하는 환자가 있다며 빨리 와달라고 손짓했다. 달려가 보니 서른 살 남짓한 남성이 누워 있었다. 무슨 일이 있었던 걸까. 칼에 찍혀 귓불이 두 동강이 났다. 머리 뒤쪽으로 벌어진 상처의 피를 닦아보니 갈라진 머리뼈에 큰 틈이 벌어져 있었다. 그나마 뇌가 밖으로 튀어나오지 않은 것이 다행이었다. 뇌를 감싸고 있는 얇은 막인 경막도 찢어져 보이지 않았다. 만약 뇌가 다쳤다면 복잡한 신경외과적 치료가 필요했을 수도 있는데, 이 정도면 신경외과 전문의가 없더라도 여기 병원에서 치료할 수 있었다. 마침 브뤼셀 운영본부에서 나에게 브리핑해주었던 외과 전문의 리네트가 교육 프로그램을 준비하러 현장에 와 있었다. 구호현장에서 머리, 안면 손상 치료에 경험이 많은 그를 호출해 환자 상처를 다시 점검했다. 수술실 업무 일정을 조금 당기고 예정된 정규 수술을 다소 뒤로 미루어 시간을 확보해서 이 환자를 먼저 수술하기로 결정했다. 그의 집도하에 내가 어시스트하여 함께 수술을 진행하기로 했다. 차트에 '날카로운 물체에 의한 자상(TVK)'이라고 적어 넣었다.

이틀 전에는 코드를 바꾸어야 할지 고민이 되는 환자가 있었다. 화상 사고(TAB)로 코드가 적힌 30대 중반 여성 환자였다. 등판 전체에 2도 화상을 입어 몸통 뒷면 전체가 커다란 수포로 뒤덮이고 팔다리 뒤쪽으로 넓게 1~2도 화상을 입은 채 실려 와 중환자실에 바로 입원했다. 다행히 기도 화상은 없어 보였지만, 극심한 통증에 시달리고 있는 환자에게 자세한 사고 경위를 듣기는 어려웠다. 우선 응급조치 먼저 하기로 했다. 초진 차트에는 TAB로 기재됐다. 상처를 입은 부위가 등판이고 넓은 부위에 화상을 입었기 때문에, 자는 중 촛불이 넘어져 모기장에 불이 붙고 침대로 번져, 누운 채 화상을 입은 것으로 추정되었다. 도시 외곽이나 시골에서는 그런 화상 사고가 가끔씩 일어난다는 이야기를 들었다.

하지만 환자의 상태가 조금 나아져서 의사소통을 할 수 있게 되자 상황은 우리가 추정한 것과 매우 달랐다. 발화 원인이 될 만한 촛불은 방에 있지도 않았다. 자고 있을 때 불이 난 것은 맞았다. 그는 불기운을 느끼고 잠에서 금방 깨어나긴 했지만, 물을 찾으러 밖으로 나가려 했을 때 문이 바깥쪽에서 잠겨 있다는 것을 깨달았다. 누군가 그를 불태워 죽이려고 시도한 것이다. 다행히 이웃이 달려왔지만, 문을 열려고 시도하는 동안에 불길이 번졌다. 함께 있던 아이를 살리는 게 우선이었다. 그는 아이를 감싸 안고 불길을 버텼다. 다행히 목숨은 건졌으나 그의 몸통과 팔다리 뒤쪽이 불길에 타서 화상을 입게 되었다. 이야기를 들어보니 이것은 사고(TA류)가 아니라 폭력(TV류)으로 인한 것이라고 보는 게 옳았다. 폭력으로 인한 화상에 적절한 코드가 없어 고민하다가 사람을 불태워 죽이려 했으니 이것은 고문 쪽에 가깝다고 보고 TVT를 적어 넣었다.

그의 화상은 지금은 고통스러우나 언젠가는 나을 것이다. 하지만 그렇게 다 낫더라도 그가 집으로 쉽사리 돌아갈 수 있을까? 그것도 아이를 데리고 갈 수 있을까? 어쩌면 그에게 다른 선택지는 많지 않을 것이다. 다른 곳으로 떠난다 해도 안전한 삶을 보장받을 수는 없다. 많은 환자들의 눈빛은 '집에 돌아가기가 두렵다'는 불안감을 드러내고 있었다. 아이티에서도 그랬듯, 이곳에서도 환자들은 집보다 병원이 훨씬 안전하다고 느꼈다.

부줌부라 아흐취 외상센터가 처음 생겼던 2015년에 비해 폭력의 절대적인 양은 줄었다고 할 수 있다. 당시는 수십만 명의 난민이 생기고 수많은 사람들이 죽고 죽였다. 2년이 지난 지금, 그때보다는 사회가 조금이나마 안정되었다. 폭탄 등에 의한 피해도 상당히 감소했다. 그러나 여전히 사회는 불안하고, 사람들의 삶 속으로 파고 드는 폭력은 내부장기보다 더 깊은 심연을 부서뜨리기도 한다. 마음과 정신에 지속적으로 고통스런 영향을 끼치기도 한다. 폭력으로 상처 입은 사람들의 심리적인 치료가 등한시될 수 없다.

단순히 안정과 휴식을 취한다고 해서 마음의 상처가 저절로 치유

되는 것은 아니다. 부서져버린 뼈를 치료하기 위해 대대적인 수술을 하고 상처를 관리하고 재활을 하듯, 부서져버린 마음도 그에 못지않은 치료가 필요하다. 특히 폭력에 의한 트라우마(외상)가 남기는 트라우마(심리적 상흔)는 사고에 의한 것과는 종류가 다르다. 의도치 않은 사고 역시 트라우마를 남기지만 의도적인 폭력, 누군가 나를 해치려고 했고 또는 해쳤다는 분명한 경험은 몸뿐만 아니라 마음에도 깊은 흔적을 남긴다. 실제 현장에서도 사고에 의한 환자들보다 폭력에 의한 환자들이 더 불안정한 모습을 보였다. 불면과 악몽을 호소하고, 식욕이 떨어지고, 때로는 피해망상을 겪기도 한다. 몸이 거의 다 나았어도 그들의 생활터전으로 다시 돌아가기조차 두려워하기도 한다. 몸에 생긴 상처보다 더 깊게 속으로 멍들고 타 들어가고 썩어가고 있는 듯 보였다. 환자들은 외상 후 스트레스 장애(PTSD)를 겪을 가능성이 높다. 엄청난 충격으로 죽음의 선까지 떨어졌다가 겨우 건져진 이 환자들이 겪는 트라우마 속의 트라우마에도 관심을 기울여야 하지 않을까.

국경없는의사회 아흐취 외상센터에는 심리치료사 겸 사회복지사 역할의 의료진이 있다. 벨기에에서 온 심리치료사 세흐지가 중장기로 머물면서 현지의 심리치료사 세 명과 함께 활동하고 있고, 여기에 추가로 지난 8월 말 운영본부에서 한 명이 단기 파견돼 시스템을 점검하고 조율한 뒤 돌아갔다. 나는 폭력에 의한 외상을 겪은(TV류) 환자를 맡게 되면 바로 심리치료사에게 알리고 상담을 의뢰했다. 심리치료사들은 의뢰 받은 환자를 외상 치료 초기부터 관여하여 환자의 상태와 성향을 파악하면서 오랜 기간 걸릴 치료의 방향을 잡아갔다. 또 가족이나 친척들이 환자를 지지해주도록 격려하고 주변 인물들의 도움을 이끌어내려는 노력을 했다.

폭력이 아니라 사고로 다친(TA류) 환자들 중에서도 절단술이 필요한 환자는 통상적으로 수술 전에 심리치료사의 도움을 요청했다. 절단술은 그 자체만으로도 상실감이 큰 과정이기도 하거니와, 문화적으로도 부룬디에서는 환자나 보호자에게 절단술은 쉽게 결정할 수 없는, 상당히 민감한 결정을 요구하는 수술이었다. 유교 문화권에서도 '신체발부수지부모'를 이야기하는 것처럼, 의사가 절단술에 대해 이야기를 꺼냈을 때 환자나 그 가족들은 머리로는 이해가 되지만 마음으로는 쉽게 받아들여지지 않는 경우가 있다. 절단술이 필수적으로 필요한 상황임에도 환자들은 수술 동의를 주저했다. 생명이 오가는 상황이라면 어쩔 수 없겠지만, 그런 상황이 아니라면 수술 전후로 충분한 시간을 들여 이해를 돕는 것이 바람직할 것이다.

트라우마 속 트라우마는 쉽사리 눈에 보이지 않는 경우가 많아 관심을 갖지 않으면 놓치기 쉽다. 환자마다 천차만별 서로 다른 심리적인 복원력(회복력)을 갖고 있기는 하지만, 전반적으로 사회 안전망과 복지 시스템이 없는 곳일수록 신체적 손상에 따른 사회적 심리적 충격은 훨씬 더 크지 않을까. 구호현장이라는 비정상적인 상황 한복판에 있으니, 심리안정과 정신건강에 대해 좀 더 관심을 갖게 된다. 게다가 이에 대한 시스템을 가꾸려는 노력을 가까이서 보기에 그 중요성을 더 인식하고 배우게 된다. 일상 속에서 팀원 간에 서로 안부를 나누고 심리적 지지를 하며 도움을 주고받는 '스태프 케어staff care'부터 심리적 구급 요법(Psychological First Aid)과 PTSD에 대한 것까지 관심이 커졌다. 특히 PTSD 치료에 도움을 줄 수 있는 의료진이 있다면 주치의로서 환자와 적극적으로 연결해줘야겠다고 마음먹는다.

7. 격려가 필요한 시간들

오지, 분쟁 지역, 재해 지역 등의 활동지에서는 활동가들도 심리상태를 평상시처럼 유지하기 어려울 때가 많다. 태어난 나라의 익숙한 환경과 가족 친구 동료들을 떠나 새로운 나라, 새로운 상황, 새로운 문화 속에서 새로운 팀원과 만나고 적응해야 한다. 그리고 안전 수위에 따라, 때로는 그저 슈퍼에 들러 장을 본다든가 바깥을 걸어 다니는 일조차 제한당하고 보면 당혹스럽거나 답답할 때가 있다. 주변 상황은 대개 황량하기 그지없고, 사람들은 슬퍼하거나 고통스러워하고 있다. 이런 가운데 국경없는의사회 본부나 본국 외교부 등에서 '정세가 불안하다', '철수를 권고한다'는 안내 문자가 날아올 때면 긴장을 놓을 수가 없다.

구호활동가도 사람이다. 이런 곳에서는 외로움, 우울함, 답답함, 좌절감 등 부정적 감정을 평소보다 크게 느낄 때가 있다. 가족도 친구도 친한 동료도, 그리고 익숙했던 일상도 모두 떠나왔기 때문이다. 열악한 지역에서의 구호활동은 쉽지만은 않은 길이다. 마음의 유연성과 탄력성이 필요하다. 다행인 것은 혼자 걷는 길은 아니라는 것이다. 같은 길에 선 사람들끼리 격려가 필요하다. 서로에 대한 격려의 마음은 팀이 원활히 기능을 하는 데 바탕이 된다. 인도주의 활동현장 속에서 우리는 팀원들 서로 간의 심리적 안정에 얼마나 관심을 가지고 있을까? 그리고 일상 속에서 우리는 주위 동료들을 얼마나 지지하고 있을까?

사실 모든 팀원이 늘 좋고 마음이 맞는 건 아니다. 독일에서 온 한 마취과 전문의는 초반에는 팀원들과 잘 지내는 듯했는데, 중간에 무엇에서 틀어졌는지 점차 히스테릭하게 변해갔다. 하루는 팀장과 크게 다툰 후 수술실 앞에서 나를 만나자 곧바로 하소연을 늘어놓기 시작했다. 그의 마음은 알겠지만 그의 마취를 기다리는 환자도 있고 일이 밀려 있는데 수술실 밖에서 씩씩거리고만 있으니 나 혼자 속이 탔다.

그는 독일에서는 이랬는데 왜 여기는 이런 것이냐, 왜 이런 게 제대로 돼 있지 않느냐고 따지곤 했다. 답답한 마음은 이해하나 이곳의 환경이 독일과 같을 수는 없었다. 이곳의 환경이 독일이나 여타 선진국과 같지 않기 때문에, 바로 그 이유로 우리가 이곳에 와 있는 것이 아닌가. 국경없는의사회가 지원한다는 것이 곧 현지 의료 수준을 선진국 수준으로 끌어올릴 수 있다는 뜻은 아니다. 아무리 큰 규모의 프로젝트라 해도 모든 문제를 단숨에 해결하기엔 턱없이 부족하다. 우리들이 만나는 현장은 대개 열악하고, 이가 없으면 잇몸으로 최선을 다해 해결해야 하는 문제들이 쌓여 있다.

그러나 그는 그런 상황을 이해하고 싶지 않은 듯했다. 그의 격해진 감정은 점점 짜증난 말투로, 나중에는 거친 욕설로 변해갔다. 내 어깨를 기분 나쁘게 툭툭 밀치며 말할 때는 나조차도 기분이 몹시 상했을 정도였다. 그는 그날 이후에도 두어 번 감정이 폭발해서 고성을 지르며 히스테리를 부렸다. 구호현장을 순회하던 운영본부 심리지원팀의 정신과 전문의에게 상담도 받았다.

결국 그는 임기를 다 채우지 못하고 귀국을 신청했다. 그는 팀원들과 인사도 나누지 않고 조용히 떠났다. 떠나는 그를 구태여 찾아가 수고했다며 작별의 인사를 나누지도 않았다. 그래도 한 번 더 마음을 헤아리고 같이 격려했어야 하나 싶은 생각이 들었지만 이미 그가 떠난 후였다.

어둑한 저녁에 퇴근을 하려는데, 건물 앞마당의 돌 위에 앉아 있는 새로 온 마취과 선생님을 보았다. 같이 퇴근하면 되겠다 싶어서 반갑게 인사했는데, "문제가 좀 생겼다"며 우울한 표정으로 말했다. 무슨 일이냐고 물으니 한숨을 쉬면서 답했다. "바늘에 찔렸어."

이런. 지난해 아이티에서 바늘에 찔렸을 때 내가 느낀 그 당혹감이 떠올랐다. 우선 그에게 위로를 표했다. 그리고 그의 사고 경위를 들은 후, 사고 이후의 행동요령도 다시 한 번 차분히 설명해줬다. 마리아 선생님도 얼마 전 수술 중 몇 년 만에 손가락을 찔렸다고 했다. 이와 같이 현장에서는 가끔씩 벌어질 수 있는 이런 일들에 대해 직간접 경험담도 들려주었다.

그는 응급실에서 아이에게 진정제로 마취하려고 정맥주사를 놓다가 그만 바늘에 찔렸다고 했다. 전문의가 된 지 약 3년 정도 된 젊은 이탈리아 선생님은 수련 기간 동안에도 전문의가 된 이후에도 한 번도 바늘에 찔리는 실수를 한 적이 없다고 하는데, 하필 여기에서의 근무 첫날 저녁에 이런 일이 벌어졌다. 어쩌면 말라리아 예방약 '라리

암'의 부작용일 수 있었다. 이 약은 미세한 운동기능의 조화에 영향을 주기도 했다. 일상생활에서는 크게 티가 안 나지만, 아이 정맥주사처럼 가느다란 바늘을 다루는 섬세한 동작은 영향을 받을 가능성이 있었다. 찔린 자리가 아프지만 그보다 더 걱정해야 하는 것은 C형 간염이나 HIV와 같은 난치의 감염병이었다.

부룬디의 HIV 유병률은 평균 1.3%이다. 유병률이 1% 이상인 지역에서는 이처럼 환자의 혈액 등에 노출되는 사고가 발생했을 때 기본적으로 네 시간 이내에 예방약을 먹기 시작해야 한다. 그리고 혈액검사도 해야 하는데, HIV 혈액검사는 이 병원에서 못하고 외부의 혈액검사센터에 의뢰해야 한다. 아이가 수직감염으로 HIV가 있는지 아닌지를 알려면 아무리 빨라도 내일 아침까지 기다려야 하는 답답한 상황까지 겹쳤다.

국경없는의사회 활동을 하려면 상당한 결심이 필요하다. 다니던 병원을 그만두고 오려면 경력을 희생해야 할 수도 있다. 월급을 안 받는 것은 아니지만 본국에서 의사로 일하는 것에 비하면 매우 적은 수준이다. 그러니 큰마음을 먹고 오랜 준비 기간을 거쳐 합류했을 것이다. 그런데 시작한 첫날 바늘에 찔려서 HIV 감염을 걱정해야 하는 처지라니, 누구라도 속이 상하지 않겠는가. 의사로서, 그리고 파견 전에 교육을 받아서 이 선생님도 발생률, 경과, 대처법 등에 대해 대략적으로는 알고 있겠지만, 막상 닥치니 당혹스런 상태로 어쩔 줄 몰라 하고 있었다.

그는 마음이 도무지 진정되지 않아 마당에 나와서 고개를 떨구고 있었다고 했다. 고국의 가족과 여자 친구에게 이 일을 알려야 할지, 오히려 어설프게 알리면 걱정만 크게 끼치지는 않을지, 누구에게 보고하고, 누구와 상담해야 할지, 무엇을 해야 할지 막막해하며 후회와 자책이 섞인 불안함을 두서없이 쏟아냈다. 나도 겪었기에 그의 심정이 더 이해가 갔다. 예방약 처방을 담당하는 선생님에게 전화해서 HIV 감염 예방약을 구할 수 있도록 조치를 하고, 기다리는 동안 옆에 있어주었다. 위로와 격려가 필요한 시간이었다.

밤샘 치료에도 견디지 못하는 환자들이 적지 않았다. 모닝 컨퍼런스에서의 부고 소식은 드물지 않았다. 중환자실의 환자가 또 한 명 세상을 떴다. 열두 살 나이에 교통사고로 간과 비장이 깨지고 복부에 과다출혈이 있는 어린이 환자였다. 환자의 혈액형은 O Rh-형이었다. O Rh+형의 혈액도 구하기가 쉽지 않은 곳이다 보니 이 아이에게는 피 한 방울 보충하기조차 어려웠다. 살리기 어렵다는 것을 알지만, 가능성이 아예 없지는 않아 보이니 시도는 해보겠다며 외과 전문의인 장폴이 응급수술을 했다. 환자의 상태를 가까스로 안정시켜 중환자실까지 갈 수 있었다. 하지만 밤늦게까지 응급수술을 하느라 고생하고, 중환자실 선생님도 밤새 환자의 사투를 지켜보느라 고생했지만 노력한다고, 기대한다고 다 이루어지진 않는다. 아이는 하루를 버티지 못하고 결국 하늘나라로 갔다. 착잡하게 다시 하루를 시작하는 외과 선생님과 중환자실 선생님을 비롯한 동료들에게 격려의 마음을 보냈다.
내가 수술을 담당했던 서른두 살의 데오도 얼마 전 세상을 떠났다.

1주 전 그가 응급실에 도착했을 당시 이미 의식은 없었고 맥박도 희미하게 사라져가고 있었다. 교통사고로 인해 부러진 골반뼈는 옆구리 쪽으로 튀어나와 있고, 피부는 엉덩이부터 시작하여 성기를 지나 허벅지 안쪽과 장딴지 안쪽까지 길게 찢어져 벗겨진 상처가 있었다. 상처가 흉측한 것은 둘째 문제였고, 상처 확인을 위해 임시 지혈해놓은 피에 젖은 천을 풀어보니 대퇴동맥이 허벅지 중간 부위에서 끊어져 콸콸 피를 토해내는 상태였다. 과다출혈로 사망 직전에 도착한 환자에 해당했다.

바이패스(동맥우회술) 수술을 하려 했으나, 혈압도 낮고 헤모글로빈 수치가 5.1g/dl(남자 성인 정상치는 13g/dl 내외)로 낮아 더 이상 수술을 진행하지 않는 것이 좋겠다고 마취과에서 권고하였다. 그에게는 수혈이 필요했으나 피는 넉넉히 구해지지 않았다. 우선 대퇴동맥을 결찰(지혈을 위해 피가 더 이상 통하지 않게 혈관을 동여매는 것)하고 출혈 부위에 압박지혈을 했다. 그렇게 급한 불만 끄고 중환자실에 보냈다. 그는 얼마 지나 아슬아슬하게 살아났고 의식이 돌아오기도 했다. 그가 죽기 전날에도 나는 그의 상처를 수술실에서 씻어주며 그와 이야기를 나눴다. 데오는 부들부들 떨고 신음을 참지 못하면서도 "잘 버텨보겠다"며 "살아서 아내와 아이들을 만나게만 해달라"고 애원했다. 상처도 나빠지지는 않는 듯했고 이렇게 잘 버티면 며칠 후부터는 조금씩 상처 부위를 닫아 나갈 수 있겠다 싶었는데…… 우리가 쓸 수 있는 항생제도 다 사용해봤지만, 컨디션이 나빠질 대로 나빠진 상태였던 그는 패혈증을 이기지 못했다.

국경 없는 병원으로 가다

구호현장을 돌아다니며 환자의 죽음을 드물지 않게 보기는 하지만, 내가 수술에 직접 참여한 환자의 사망 앞에서는 아직도 마냥 덤덤해질 수가 없다. 아무리 예견된 상태였다고는 해도, 어느 순간 아무리 애를 써서 손을 내밀어도 환자와의 거리가 손 닿을 수 없는 곳까지 순식간에 벌어지면 막막함이 덮친다. 주검은 차가워진다기보다는 싸늘해진다. 그 주검을 꿰매야 한다. 주검을 꿰매는 시간은 적막하다. 삑삑대던 모니터링 장비가 꺼지고, 환자를 살리고자 몰려들었던 의료진은 대부분 빠져나가기 때문이다. 환자는 이미 죽었지만 망자에 대한 최소한의 예의로 벌어져 있는 상처를 꿰매어 시신을 수습하는 것도 의사의 일 중 하나다. 봉합사를 꺼낸다. 이런 상황에서도 태연하게 가십성 이야기를 꺼내는 의료진도 있지만, 나는 그 대화에 끼고 싶지 않다. 기분이 침울하다. 특히 그동안 손 많이 가고 공들여 치료했던 환자를 떠나보내는 자리는 더 그렇다.

그날 수술실에서 나와 병동으로 가는 길목에 중환자실을 지나다가 데오가 있었던 빈 침대를 보자 발길이 멈춰졌다. 눈을 감고 잠시 묵념을 했다. 그러는 동안 수술실에서 뒤이어 나온 마리아 선생님이 내 옆에 말없이 다가와서는, 그 역시 빈 침대를 바라보며 한숨을 한 번 들이쉬었다가 내쉬고는 내 어깨를 다독이며 말을 건넸다.

"수고 많았어. 다음 환자 봅시다."

마리아 선생님과 함께 병동 회진을 갔다. 아이들이 '음중구~ (Mzugu: 스와힐리어 또는 키룬디어로 외국인을 뜻함), 음중구~' 하면서 반긴다. 몸의 넓은 부위에 화상을 입었으나, 이제 치료가 거의 끝나가는 병동의 아이들이 환하게 웃으며, 천진난만하게 오늘도 같이 춤추자며 폴짝폴짝 뛰면서 나한테 손을 내밀고는 달려온다. 그 작은 손들이 내 손을 반갑게 잡는데, 굳었던 얼굴이 조금 풀어진다. 그 미소가 큰 격려였다. 꼬마 아이 하나를 들어 올려 안았다. 그래, 다음 환자 봐야지. 기운 내자.

국경 없는 병원으로 가다

8. 부줌부라는 겨울

친애하는 김 선생님께,

부룬디를 떠날 비행기를 기다리며, 공항 대합실에 앉아 편지 한 장 적습니다. 이제 곧 부줌부라를 떠나 르완다의 키갈리를 거쳐 벨기에 브뤼셀로 향할 예정입니다. 부룬디에서는 우편 발송이 쉽지 않다고 하여, 아마 이 편지는 브뤼셀에서 띄우게 될 것 같습니다.

5주간의 파견은 짧았습니다. 이제야 점점 현지 의료진들과 가까워지고 팀원들과 더 끈끈해지고 있는데, 이제야 하나씩 지식들을 공유하며 서로에게 좀 더 진지하게 귀를 기울이기 시작했는데, 이제야 본격적으로 프로젝트의 주체적인 일원으로 자리 매김하기 시작했는데…… 팀원들과의 뜨거운 포옹을 뒤로하고 벌써 비행기에 오를 시간입니다.

지난 몇 주간 부줌부라의 풍경은 우려에 비해서는 비교적 평화로운 듯했습니다. 우리는 출근길을 즐겼습니다. 미리암이 음악을 작게 틀면, 안느가 춤을 추기 시작하고, 베닐드가 따라 하고는 제 옆구리를 쿡 찌르지요, 같이 추자고. 그러면 몸치인 저도 엉거주춤 최선을 다해야죠. 그렇게 흔들거리며 춤추며 걸었습니다. 맑은 하늘 아래 그렇게 아침을 시작하면 출근길이 즐거워졌어요.

그러나 골목길을 지나 포장도로로 오면 분위기는 조금 달라졌지요. 거리에는 총을 들고 있는 군인과 경찰이 곳곳에 보였습니다. 도로를 달리는 지붕 없는 트럭에는 제복 차림의 군경찰이 가득 타고 있곤 했고요. 모두 장총을 들고, 그중 한두 명은 바주카포를 들고 있는 모습을 볼 때면 왠지 등골이 서늘해졌습니다. 한국에서 군용 차량을 만날 때면 그저 나라를 지키는 든든한 군대라는 생각이 들 뿐이었는데, 정세가 수시로 변하는 부줌부라에서는 그 모습에서 연상되는 것이 상당히 달랐습니다.

다행히도 제 파견 기간 동안에는 대량 사상자가 몰려오는 사태는 없었습니다. 팀원들은 이 평화로운 시기를 즐기고 있기도 합니다. 일요일이면 수영장도 가고, 같이 식사도 준비합니다. 지난번 아이티 파견의 경험 덕분에 이번에도 임무 기간 중 한 번쯤은 주말 식사 당번이 되리라는 예상을 할 수 있었고 덕분에 김과 단무지를 챙기는 센스를 발휘했습니다.

제가 식사 당번인 날, 팀원들은 한국의 '김밥'이라는 신메뉴를 기대하고 있었죠. 그중 세 명은 예전에 먹어본 적 있다며 만드는 법을 배우고 싶다고 부엌에 모이기까지 했습니다. 그런데 식재료를 모두 준비하고 나서야 김밥을 돌돌 마는 기구(김발)를 깜빡하고 챙기지 않았다는 걸 알게 되었습니다. 잠시 난감했는데, 베닐드가 그럼 쿠킹호일로 말아보는 건 어떻냐고 하더라구요. 그럴싸한 아이디어였어요. 울퉁불퉁하지만 만들어지긴 하더군요. 못생기면 어떠랴, 맛있으면 됐지 하면서 즐거운 저녁을 보냈습니다.

요즘 저희 숙소에서는 미드가 유행입니다. 제가 여기 오기 한 달 전경 〈왕좌의 게임〉 파일이 숙소에 입수되어 팀원들이 즐겨 보고 있어요. 저희들의 요즘 유행어는 'Winter is coming'입니다. 춥고 긴 겨울 같은 상황이 다가오고 있으니 대비하라는, 미드 속에 나오는 문구를 따라 하는 우스갯소리이기도 하지만, 여기 상황도 어째 또 다시 정치적인 겨울을 대비 해야 하지 않나 싶은 생각에 저 문구가 유행하고 있습니다. 점차 긴장감이 커지고 있습니다. 9월 중순이 지나면서, 매주 토요일 오전 부줌부라 시내에서 열리는 집회가 슬슬 거세지기 시작했습니다. 머지않아 사회적으로 큰 이슈가 될 사항이 있다고 하여 팀원들은 마음의 준비를 하고 있습니다.

제가 떠나오는 오늘 천둥 번개와 거센 비가 내리며 본격적으로 우기가 시작되었습니다. 남반구인 이곳은 지금이 겨울일 수 있겠습니다. 부줌부라의 겨울이 평화로이 지나갔으면 합니다. 살을 에는 정치적인 겨울은 다시 오지 않기를 바라며, 파견 일정을 마치고 이곳을 떠납니다.

부줌부라 국제공항에서

재헌 드림

9. 여전히 겨울

부룬디에서 들려오는 소식은, 여전히 좋지 않다. 내가 부룬디에 있던 2017년 당시 큰 정치적 파문을 일으켰던 대통령 임기 제한 철폐 개헌안은 다음해인 2018년 5월에 '대통령 임기 7년 중임'으로 통과하였다. 이로써 은쿠룬지자 대통령은 2034년까지 권력을 유지할 수 있는 가능성을 열었다. 또한, 부룬디 내전을 끝내려는 노력 끝에 2000년에 협의한 권력분담을 주요 골자로 하는 아루샤 평화 협정도 폐기하는 상황으로 가게 될 여지도 만들었다. 2019년 은쿠룬지자는 그를 지지하는 집권여당인 CNDD-FDD으로부터 '불멸의 최고 영도자eternal supreme guide'라고 공식적으로 명명되었다. 2019년 2월부터는 기테가Gitega를 새 정치적 수도로 삼기로 했다. 아프리카 안보 이슈를 다루는 미국 국방부 내 학술기관인 아프리카센터Africa Center는, 직접적인 정보는 부족하지만 충분한 단서들이 악화되는 상황을 가리키고 있다며, 집권 여당이 2020년 대선을 준비하기 시작하면서 실종, 살해, 인종적 발언ethnic rhetoric이 증가하고 있다고 파악하고 있다.

이런 정세 속에서 난민들이 고국인 부룬디로 송환되기 시작했다. 지난 8월 캉이 루골라 탄자니아 내무부장관이 부룬디 정부와의 합의에 따라 2019년 10월부터 부룬디 난민을 본국으로 송환하기 시작할 것이라고 말한 바와 같이, 10월이 되자 우선적으로 590명이 '자발적' 귀향길에 올랐다. 하지만, 유엔난민기구UNHCR는 지난 8월 귀환을 장려하기에는 현재 부룬디 내 상황이 충분치 않다고 성명을 내었다. 유엔난민기구의 집계에 따르면, 탄자니아내 캠프 3곳에 22만5천 명, 르완다에 7만1천 명, 콩고민주공화국에 4만5천 명, 우간다에 4만3천 명의 부룬디 난민이 머물고 있다. 아직도 매달 수백 명이 부룬디를 탈출하고 있으니 인접 국가에서는 국경을 개방하고 피난처를 제공해주기를 바란다고 성명에 덧붙였다. 난민들은 지낼 곳이 막막하고, 부룬디는 여전히 냉혹한 겨울이다.

5장

팔레스타인 가자 :
반복되는 피의 금요일

팔레스타인 가자 (Gaza Strip, Palestine),
2018년 6월 2일~6월 17일

밤에는 조명으로 비춰지는 뉘여진 간판은 상공을 떠도는 감시용 드론에게 보이기 위한 조치였다. 의료시설임을 알리는 방법이었다. 가자 지구에서는 기분 나쁜 기계음이 멀어졌다 가까워졌다 하며 끊이지 않고 들려왔다.

1. 나는 가지 않기로 했었다

2018년 봄, 이스라엘은 건국 70주년을 축하하고 있었다. 그리고 팔레스타인은 커다란 진통을 겪고 있었다. 팔레스타인 사람들의 관점에서는 예루살렘을 포함해 나라를 잃은 지 70주년이 되었다는 뜻이었다. 그리고 미국 대통령 도널드 트럼프는 미국대사관을 이스라엘 수도 텔아비브에서 예루살렘으로 옮기겠다고 전격 발표했다. 종교적, 정치적 상징성이 큰 예루살렘에 미국대사관을 둔다는 것은 예루살렘을 이스라엘의 실질적인 수도, 유대인의 도시로 인정한다는 뜻이었다. 팔레스타인으로서는 기필코 막고 싶었던 일이었다. 트럼프 대통령은 지난 70년간 미국대사관을 예루살렘에 두지 못했던 이유는 아랑곳하지 않았다. 화약고에 불을 댕긴 형국이었다.

3월 30일부터 매주 금요일마다 남북으로 길게 그어진 팔레스타인 가자 지구-이스라엘 접경 지역 곳곳에서는 크고 작은 시위가 발생했다. 이른바 '귀환의 행진'이었다. 이를 진압하려는 이스라엘 군대로 인해 유혈사태가 뒤따랐다. 1주일마다 피의 파도가 몰아쳤다. 유엔 인도주의업무조정국(OCHA)에 의하면 3월 말부터 9주일 동안 128명이 사망하고 13,000여 명이 부상을 당했다. 이 가운데 3,500여 명이 총상 환자였다.

정점을 찍은 날은 5월 14일이었다. 이날은 이스라엘 건국 70주년 기념일이었고 미대사관은 이날 예루살렘으로 터를 옮겨 새로 문을 열었다. 그리고 가장 격한 시위가 벌어졌다. 가장 많은 사상자가 발생한 날이기도 했다. 이스라엘-팔레스타인 가자 지구 접경을 향해 몰려드는 팔레스타인의 비무장 군중들을 향해 이스라엘 군대는 최루탄과 고무총을 쏘아댔다. 일부는 군중들의 다리를 겨냥해 무차별 실탄을 쐈다. 전 세계 뉴스를 통해 이 사태가 전해지면서 비판이 쏟아졌지만, 이스라엘 측은 아랑곳하지 않는 듯했고, 매주 금요일마다 몰아치는 피의 파도는 여전히 크게 울렁이고 있었다.

국경없는의사회는 이런 사태가 벌어질 것을 어느 정도 감지하고 준비했지만, 거대한 파도처럼 몰려드는 사상자들을 감당하는 일은 결코 쉽지 않았다. 금요일 오후, 국경없는의사회 의료진이 파견 간 병원의 응급실에만도 네 시간 동안 400명이 넘게 몰려들었다. 국경없는의사회는 긴급 의료지원을 대폭 늘렸다. 그리고 나에게도 연락이 왔다. 한 달만이라도 와줄 수 없냐고 했다. 나는 망설였다. 국경없는의사회가 나를 불렀고, 나는 또다시 구호현장으로 가서 활동하고 싶은 마음에 일렁였다. 하지만, 나는 가지 않겠다고 했다.

나는 곧 한 아이의 아빠가 될 준비를 하고 있었다. 부룬디에 다녀온 후 결혼 준비는 급물살을 탔고, 적지 않은 나이에 결혼식을 올린 우리에게 곧이어 찾아와준 아이는 한없는 축복이 아닐 수 없었다. 하루하루 다르게 불러가는 아내의 배를 쓰다듬으며, 잉태된 새 생명의 기운을 느끼는 날들이었다. 핏줄로 연결된 아이의 아빠가 된다는 것은 가슴 벅찬 기쁨으로 다가왔다. 설레는 새 출발을 기다렸다. 아이가 생기니 마음 자세가 달라져야 했다. 아내의 임신과 동시에, 나는 당분간 출산과 육아 기간에는 해외 파견은 가지 않기로 결심하고 국경없는의사회 인력관리팀에 구호현장 파견 희망 여부를 '비활성'으로 바꿔놓았다. 하지만 팔레스타인의 상황이 긴급하게 돌아가면서 본부에서 상당히 이례적으로 '비활성' 상태인 나에게까지 파견을 가겠느냐고 타진해왔다. 임신한 아내의 배를 보았다. 나는 "가지 않겠다"고 했다.

하지만 며칠이 지나 다시 한 번 연락이 왔다. 운영본부에서 나를 콕 찍어서 "와달라"고 했다는 것이다. 한국사무소에서는 "정말 안 될 것 같으냐"고 다시 물었다. 나를 지정해서 요청했다니 크게 인정받는 것 같아 어깨가 으쓱하기도 했다. 그렇지만 나뿐이었으랴. 평가가 좋았던 (프로젝트가 끝나면 매번 상호평가가 진행된다. 이를 바탕으로 다음 미션 참가요청을 보낼 때 참고한다.) 정형외과 의사들 모두에게 물어보고 있을 것 같으니 너무 우쭐할 필요는 없었다. 그래도 재차 요청을 받으니 고민이 되기 시작했다. 그렇게 고민하는 사이에 다시 연락이 왔다. 기간을 줄여 2주만이라도 와줄 수 없느냐는 요청이었다. 대체 얼마나 다급하고 사람이 부족하길래 이렇게 제안이 오나 싶었다. '2주 정도라면……' 마음이 요동치기 시작했다. 이번에는 "가지 않겠다"고 말하지 못했다. "가족과 상의하고 직장 상황도 보고 답하겠다"고 했다.

구호현장으로의 파견은 온갖 어려움들도 있지만, 파견 활동에서 찾을 수 있는 독특한 즐거움과 보람은 강렬하고 중독성이 있었다. 그 경험들과 기억들이, 자석처럼 나를 끌어당기고 있었다. 아내에게 이런 마음을 털어놓았다. 2주간 다녀와도 괜찮겠냐고 상의했다. 종전에도 아내는 나의 활동을 지지해왔다. 부룬디 파견도 그렇고 이번에도 아내는 나의 고민을 긍정적으로 생각해주었다. 다만 아내도 임신한 몸이어서 신체적으로나 감정적으로 평소보다 힘들기 때문에 내가 파견 나간 동안 걱정과 외로움과 불안감을 스스로 잘 헤쳐 나갈 수 있을지 생각해보겠다고 했다. 신중하게 사나흘을 고민한 아내는 답을 주었다.

"그래, 출산 후가 아닌 게 어디야. 다녀오겠다면, 출산 전에 다녀오는 게 낫지. 2주 정도니 혼자 있어도 잘할 수 있을 거야. 잘 다녀와요."

팔레스타인 가자 지구는 전 세계에서 아마도 가장 유명한 분쟁 지역일 것이다. 그것도 한창 사상자가 나와서 국제적인 이슈가 되는 분쟁의 시기다. 그런 곳에 간다고 하는데, 남편의 파견을 승낙해줄 임산부가 몇이나 있을까. 사실 아내가 "안 된다"고 했어도 나는 충분히 수긍했을 것이다. 승낙을 해준 아내가 대단해 보이고 고마웠다. 국제 대외협력에 관심이 있는 아내는 지정학을 공부하기 위해 유학 생활을 했고, 한때 유엔난민기구 구호활동가를 꿈꾸기도 했다. 그녀는 국경없는의사회 활동의 의미를 이해해주었다. 앞서는 걱정과 우려를 가라앉히며, 나의 파견을 승낙해주었다.

이번 2주간의 일정은 직장을 그만두지 않고도 가능한 기간과 타이밍이었다. 구호활동가에게는 안정적인 직장 유지가 몇 개월씩 집을 떠나 있는 구호활동과는 양립하기가 힘들어 매번 고민에 빠지게 되는데, 이번에는 연차 및 모아놓은 대체휴가 등 개인 휴가를 모두 털어넣으면 가까스로 가능한 일수였다. 마침 타이밍 좋게도 2018년 6월 6일과 13일이 현충일과 지방선거일로 공휴일이어서 휴가일수를 벌었다. 하지만 2주를 통으로 휴가를 쓰는 것이 여간 눈치 보이는 일이 아니었다. 예약된 환자를 비롯해 진료에 차질이 생기고, 진료 공백이 커지면 이 공백을 메워야 하는 선생님에게는 적지 않은 부담이 되었다. 나의 진료 공백의 부담을 떠안게 될 이규성 원장님(정형외과 주임과장님)께 조심스레 일정을 들고 찾아가 상의드렸는데, 원장님께서는 좋은 일 한다며 흔쾌히 받아들여주셨다. 그는 대한적십자사의 사회봉사사업 자문위원장으로도 활동하시며, 대전 지역에서 명망 있는 분이었다. 그에게 고마움의 인사를 올리고, 공식적으로 휴가 신청서를 제출했다.

나는 또 급히 비행기표를 받았다. 인천공항으로 향하는 공항리무진에 올라 손을 흔들며 차창 밖의 아내와 인사를 나누었다. 아내는 28주의 배를 어루만지며 안녕히 다녀오라고 배 속의 아이와 함께 배웅 인사를 했다. 그렇게 또 한 번 파견지로 향했다.

2. 디데이

국경없는의사회는 이례적으로 짧은 기간의 참여를 제안하며 참여 가능한 회원들을 릴레이로 불러들이고 있었다. 평상시라면 세 명에서 다섯 명 정도가 생활하던 숙소에 마흔다섯 명이 넘는 활동가들이 모여들었다. 모두들 다급한 요청에 응한 이들이었다. 급히 팔레스타인 가자에 도착하고는 짧은 기간의 근무를 마치고 귀국하는 일정이 맞물리며 정신없이 활동가들이 교체되고 있었다.

이번 사태가 시작되기 전, 국경없는의사회는 화상 환자를 치료하는 작은 프로젝트를 하나 열고 있었다. 당시에 근무했던 한국인 활동가 김지민 선생님(마취과 전문의)에 따르면 그때는 상당히 평화로운 분위기였던 모양이다. 해변가에서 산책도 하고, 저녁에 충분히 휴식도 취하며 안정적인 프로젝트를 수행하고 있었다고 했다. 그러나 3월 30일을 계기로 분위기가 180도 바뀌었다. 병동에서 받아야 하는 환자는 화상 환자가 아니라 총상 환자로 바뀌었다. 현장은 분주하고, 혼란스러웠다. 전 세계에서 활동가들이 긴급히 오가고 있었고, 김지민 활동가 이후 한국인 활동가들도 가자를 향해 바통 터치를 이어가고 있었다. 수술실 간호사인 박선영 활동가가 가자로 향했다. 곧이어 충북의대 정형외과 김용민 교수님이 퇴임을 정년보다 앞당겨 하며 국경없는의사회 조끼를 입고 팔레스타인으로 떠났다. 나는 이들이 가자 활동을 마치고 귀국한 직후인 6월 2일 토요일 오후 두 시 이십오 분 텔아비브행 비행기에 올랐다.

비행기 안에는 한국인이 제법 많았다. 앞뒤 좌석을 가득 메운 한국인들은 성지순례를 가는 이들로 보였다. 예수의 생애를 이야기하고, 성지의 의미와 성지를 방문하는 가슴 벅찬 기대들의 이야기가 귀에 들려왔다. 일생일대의 소풍을 가는 어린아이마냥 기쁨으로 가득 찬 고양된 톤과 표정이었다. 그들은 성지로 가고 있었다. 그리고, 나 역시 그 성지로 가고 있기는 한데… 서로 전혀 다른 곳에서 전혀 다른 모습을 볼 것 같았다. 그들도 그리고 나도 이스라엘을 만나겠지만, 같은 이스라엘을 만나지는 않을 것 같았다.

이스라엘 건국일은 1948년 5월 14일이다. 유럽 등지에서 박해 받은 유대인 민족이 자신의 땅으로 돌아가야 한다는 시오니즘에 근거해 이스라엘 정부가 수립됐다. 그러나 그 땅에는 이미 팔레스타인 사람들이 살고 있었고, '우리의 땅으로 돌아가자'는 시오니즘은 팔레스타인 사람들이 보기에는 이스라엘이 '굴러온 돌'인 셈이었다. 시오니즘의 발현은 아랍-이스라엘 분쟁을 낳으며 격한 양상으로 전개되어 왔다. 이스라엘이 건국된 해인 1948년 제1차 중동전쟁이 발발했고, 이어 1952년 수에즈 위기, 1967년 6일 전쟁, 그리고 1973년 욤키푸르 전쟁이 있었다. 인권과 환경을 파괴하는 무력분쟁 속에서 팔레스타인은 이스라엘과 같은 지역에서 애매하게 동거하고 있는 중이다.

지도를 보면 현재의 팔레스타인 땅은 두 곳에 나뉘어 있다. 사해를 동쪽에 끼고 예루살렘을 중심으로 위아래를 둘러싸고 있는 땅이 이른바 '(요르단 강의) 서안 지구(West Bank)'이고, 걸프해 쪽에 외따로 붙은 땅이 '가자 지구(Gaza Strip 또는 짧게 Gaza)'다.

국제사회는 1993년 오슬로 협정을 비롯하여 이스라엘과 팔레스타인이 공존할 수 있는 방법을 모색해왔다. 그러나 예루살렘을 비롯한 그 일대의 영토를 점령한 이스라엘은 국제법상으로는 팔레스타인에 속하는 동예루살렘 지역에 유대인 정착촌을 만들고, 그 외곽으로 8미터 높이의 분리 장벽을 쌓으며 팔레스타인인들을 축출하고 있다. 2002년부터 쌓은 육중한 콘크리트 장벽은 2004년 국제사법재판소의 "장벽 건설은 부당하다"는 권고에도 아랑곳하지 않고 서안 지구 및 이스라엘 경계 곳곳에 똬리를 틀듯 둘러쳐져 그 길이가 서안 지구에만 330km에 달한다. 직선으로 늘어놓으면 서울-부산 간 거리와 맞먹는 길이다. 또한 2007년 6월부터는 가자 지구를 서안 지구보다 더 철저히 봉쇄하기 시작했고, 가자 지구 역시 분리 장벽을 쌓으며 밀어내고 있다. 이후 2008년 12월 말부터 약 3주간, 그리고 2014년 7월에는 50일간의 전쟁으로 가자 지구의 상당 부분이 폐허가 되었다. 2008년 민간 지역과 군사 지역을 구분하지 않는 폭격과 유엔 학교 및 유엔 구호트럭에도 폭탄을 떨어뜨린 이스라엘에 국제적 비난이 일었지만, 2014년에도 상황은 반복되었고 50일간 이스라엘의 일방적 공습으로 2100명이 넘는 팔레스타인인이 사망했는데 그중 민간인이 약 70%로 추정되며 가자 지구의 도로, 항만, 공항 등의 기반

시설이 무너졌다. 지속적으로 이어지는 전쟁과 봉쇄, 공습 등의 무력 분쟁 속에서 팔레스타인은 고립되어가고 있는데, 불난 집에 기름 붓는 격으로 최근 트럼프 대통령이 이스라엘 편을 노골적으로 들고 나서면서 양쪽의 균형은 또다시 무너지는 중이었다. 팔레스타인은 더 고립되고 있었다.

예루살렘은 기독교, 유대교, 이슬람교 모두의 성지다. 특히, 유대교와 이슬람교의 주요 성지의 자리가 얽혀 있다. 유명한 유대교의 '통곡의 벽' 성지 바로 뒤에 691년에 지어진 이슬람의 성지 '바위의 돔'이 있다. 그 바위의 돔이 있는 성전산(템플마운트)은 이슬람교 창시자 무함마드가 아버지들인 아담과 아브라함, 형제들인 모세와 예수를 만난 후 승천한 장소다. 또한 동시에 아브라함이 아들 이삭을 제물로 바치려던 유대교의 장소이기도 하다. 예루살렘을 속 편히 둘 중 하나가 갖거나, 사이좋게 나눠서 쓰기가 어려운 근본적인 이유였다. 국제법적으로는 이 올드시티가 있는 동예루살렘은 이스라엘의 영토가 아니다. 그렇다고 팔레스타인에서 자치적으로 무언가를 할 수 있는 것도 아니다. 이슬람교 수니파가 대다수인 팔레스타인 사람들은 예루살렘이 자신들의 수도라고 주장하며 수도 이전을 하려 한다. 하지만 이 일대는 1967년 6일 전쟁 이후 상당 부분 이스라엘이 점령하고 있는 상태로 이스라엘은 이곳에 유대인 정착촌을 확대해가고 있으며, 팔레스타인 정부기관이 들어오는 것을 막고 있다.

지금 이 소풍 가는 분위기의 교인들과 전 세계에서 온 관광객들은 오늘도 예루살렘 올드시티를 찾아가 통곡의 벽 앞에 서게 될 것이다.

그리고 그 너머 바위의 돔에 대해 이야기를 나눌 것이다. 이들이 어떻게 이 상황을 받아들일지는 알 수 없다. 하지만 누군가에게는 종교가 기쁨과 안식, 위안의 원천이 되고, 또 한편에서는 종교 때문에 사람들이 이렇게 모질고 잔인해진다는 것이 아이러니컬했다. 성스러운 기운이 흐르고 마음의 고향이 되는 곳이 성지라면 어떻게든 평화를 추구하는 게 좋은 것 아닌가. 성스러운 땅 때문에 이렇게 서로 죽이고 다치게 하는 분쟁이 생기는 게 맞는 걸까. 몇천 년이 지나 현시대에도 여전히 피로 물들고 있는 이 땅이 가엽게 느껴졌다.

텔아비브 벤구리온 국제공항에 내려, 팔레스타인 서안 지구에 위치한 국경없는의사회 게스트하우스에 도착하니, 다음 날 같이 가자 지구로 들어갈 활동가들이 와 있었다. 다들 짧은 기간을 예정으로 참여했다. 프랑스 파리 근교에서 온 혈관외과 전문의 패트릭은 일주일 기간으로, 호주 멜버른에서 온 마취과 전문의 제니퍼는 3주, 아르헨티나에서 온 외과 전문의 마틸드는 4주, 영국 뉴캐슬에서 온 성형외과 전문의 파비오는 2주, 그리고 나 역시 2주 기간으로 대한민국 대전에서 이곳으로 왔다. 사연은 비슷했다. 급하게 일정을 조율하고 개인 휴가를 써서 모였다.

우리는 6월 3일 가자 지구로 들어가기 위해, 팔레스타인 북쪽의 에레즈Erez 검문소로 향했다. 새벽에 도착하기로 예정된 파비오가 텔아비브 공항에서 까다로운 검문에 네 시간 넘게 억류되는 바람에 예정보다 출발이 늦어졌다. 가자 지구로 들어가는 길은 까다로웠다. 가자 지구로 들어가는 사람들은 공항에서부터 조심해야 했다. 오해를 살 수도 있는 물품은 미리 빼놓아야 했고, 각종 서류와 예상 질문에 대한 답변을 빠짐없이 준비해야 했다.

검문소의 검문은 공항보다 더 철저했다. 직원들은 군복 같은 제복 차림이었다. 그리고 경찰인지 보안요원인지 모를 남성들이 현대식 기관총을 메고 위압적인 분위기를 조성했다. 가자 지구로 들어가려 하는 사람은 우리 다섯이 전부였다. 에레즈 검문소는 제법 컸다. 청주공항 정도 크기로 보이는 큰 건물 안에는 오가는 사람 없이 텅텅 비어 휑했다. 평소에도 그런 건지 오늘이 토요일이라 그런 건지 알 수 없었지만, 이렇게 사람을 오가지 못하게 할 거면서 검문소는 대체 뭣 하느라 이렇게 크게 지은 걸까 싶었다.

심사를 마치고 나온 검문소 뒤편으로는 길게 야외 복도가 하나 나왔다. 양옆으로 철조망이 쳐진 복도를 한 10여 분 걸어야 했다. 물결 모양의 슬래브 지붕을 얹어놓은 복도에는 낮에도 형광등이 켜져 있었지만, 지직거리며 불이 들어왔다 꺼졌다 해서 뭔가 기분 나쁜 분위기를 풍겼다. 한낮인데도 불구하고 어딘가 어둑한 지하 감옥으로 들어가는 느낌이었다. 철창 밖으로 멀지 않은 곳에 콘크리트 장벽이 우뚝 서 있었다. 사막을 가로지르며 끝이 안 보이게 시야를 가로막는 8미터 높이의 분리 장벽이 위압적으로 땅을 갈라놓고 있었다. 쉽게 들어갈 수도 쉽게 나올 수도 없는 지역에 우리가 발을 딛고 있다는 것이 느껴졌다. 철조망 복도의 끝에 이르면 철창 회전문이 나온다. 가자로 향하는 단 하나의 문이다. 한쪽으로만 회전하는 철창 문은 한 사람

245

이 가까스로 통과할 수 있는 폭이었다. 우리가 가지고 간 캐리어들을 우겨 넣듯 밀어서 통과시켜야 했다. 뭔가 치욕스러운 기분을 느끼게 만드는 통로였다.

가자 지구의 땅을 밟았다. 국경없는의사회 차량이 우리를 기다리고 있었다. 가자 쪽에서도 우리의 신원을 꼼꼼히 확인하는 절차를 거쳤다. 확인하는 내용은 거의 동일한데 시설은 천지 차이였다. 이스라엘 쪽 에레즈 검문소는 커다란 현대식 건물에, 텅 빈 내부인데도 추울 정도로 에어컨을 켜고, 현대식 전산시스템으로 돌아가는 중이었다. 반면 가자 지구 내의 검문소는 허름하게 찌그러진 작은 컨테이너를 개조한 수준이었다. 창문을 열어도 더운 기운이 가시지 않았다. 다 해진 예비군 군복 같은 옷을 입은 사무관이 낡은 종이 서류에 일일이 검문 내용을 받아 적었다.

숙소로 가는 차창 밖으로 보이는 가자의 땅은 말라비틀어져가는 듯이 보였다. 땅이 썩어가는 것처럼 느껴지기도 했다. 고층 빌딩들도 더러 보이기는 했지만, 길거리 곳곳에는 골목이나 큰길가나 관계없이 정리 안 된 쓰레기들이 너저분하게 방치되어 있었고, 더위에 썩어가는 것에선 악취가 풍겼다. 기초적인 사회 정비가 이뤄지지 않는 것이 뚜렷했다. 봉쇄가 지속되면서 하수 처리 시설을 제대로 가동하지 못하고 있어 해안 오염뿐 아니라 하수가 땅속으로 스며들어 식수원인 지하수를 오염시키고 있었다. 아이들은 무너진 건물 주변에서 시멘트 먼지를 묻혀가며 노는 중이었다. 쓰레기가 쌓인 컨테이너 속에 들어가 쓰레기 더미를 뒤적이는 아이들도 종종 보였다.

모든 게 열악했다. 전기는 하루 최대 네 시간만 공급되는데, 여기 사람들을 더 맥 빠지게 하는 건 하루 중 언제 전기가 들어오고 나가는지 알 수 없다는 것이었다. 수돗물은 그대로 마실 수 없는 물이었다. 이스라엘이 가자 지구 봉쇄정책을 펼치기 시작한 시기는 2007년 6월이었다. 팔레스타인 가자 지구의 200만 명은 지금까지 내내 부산광역시의 절반 수준인 이 지역 밖을 벗어나보지 못했다. 외부 통행이 불가능하고, 식료품과 의약품 등은 이스라엘이 허락하는 선에서 최소한도로 반입된다. 사람과 물건, 서비스가 자유롭게 오갈 수 없으니 이 공동체의 경제를 스스로 꾸리는 일은 대단히 어렵다. 주체적으로 뭔가를 결정하고 바꿔서 문제를 해결할 길이 닫혀 있다. 그것이 이스라엘이 봉쇄정책을 펼치는 목적이기도 하다. 그래서 희망도 없고 잃을 것도 없는 감옥 같다고들 이야기한다. 그 육중한 장벽만 봐도 감옥인데, 이스라엘은 그것도 부족해 콘크리트 지하장벽을 만들고 있고, '스마트 펜스'라 불리는 센서 달린 6m 높이의 철조망을 세워 접경 해안에도 장벽을 쌓고 있다. 그야말로 '지붕 없는 감옥', '세상에서 가장 큰 감옥'이다. 주민 소득은 해마다 줄어 구호품 의존도는 더 커지고 있다. 세계은행 보고서에 따르면 80%의 가자 지구 주민들이 사회적 지원이나 국제단체의 구호품에 크고 작게 의존하고 있다. 내가 다녀온 2018년 무렵에는 공무원마저도 월급의 절반만을 받는다고 했고, 정부 병원에서 근무하는 의료진들은 아예 3개월 넘게 월급을 못 받았다고 했다. 사립병원에 추가로 취직해서 '투잡'을 뛰어야 겨우 생계를 꾸려간다는 것이다. 그나마 취직자리가 나면 다행인 상황이다. 전체 실업률은 50%에 육박한다. 청년 실업률은 65%에 이른다. 가자 지구는 이스라엘의 11년째 지속되고 심해지는 봉쇄와 억압 속에서 '살아도 죽은 것 같은' 절망에 놓였다고들 한다. 이스라엘군의 공격을 받아 목숨을 잃을 수도 있다는 것을 알면서도 이곳 사회가 또다시 절망과 분노를 안고 죽음의 집회 현장으로 향하는 배경이었다.

6월 3일에 도착한 우리는 6월 5일을 대비하고 있었다. 이날은 팔레스타인 사람들에게 또 하나의 잊지 못할 날이다. 1967년 6월 5일, 이스라엘과 아랍국가들 간에 제3차 중동전쟁이 발발했다. 이 과정에서 팔레스타인은 동예루살렘을 비롯해 대부분의 땅을 이스라엘에게 빼앗겼다. 과거가 아닌 현재에도 여전히 '쫓겨난' 땅에서 살고 있는 이들에게는 감정이 격해지는 날일 수밖에 없다. 게다가 3차 중동전쟁 51주년이 되는 올해는 상황이 더욱 악화될 전망이었다. 이스라엘 건국 70주년인 지난 5월 14일, 이미 대규모 집회와 이스라엘군의 공격으로 수많은 사상자가 나왔다. 그 이후로도 폭력사태는 매주 강도가 더 거세지는 중이었다. 그리고 이틀 전인 6월 1일, 부상자 구호 자원봉사자로 참여한 라잔 아쉬라프 나자르라는 현지의 간호사가 집회 현장에서 살해되었다.

가자 지구 남부 칸유니스의 분리 장벽 부근에서 시위대의 부상자를 위해 응급처치 활동을 하던 스물한 살 나이의 그녀는 가슴에 총을 맞고 숨졌다. 부상병을 도우러 간 사람을 노리는 이스라엘 저격수에게 당했다는 이야기가 파다하게 퍼졌다. 3월 30일 첫 집회 때부터 적극적으로 자원봉사에 참여한 그녀는 지역 내 언론을 비롯해 《뉴욕타임스》 등 여러 해외 언론과의 인터뷰로 얼굴이 알려지며 칸유니스 캠프에서뿐 아니라 국제적으로도 가자 지구의 유명인이 되어 현장의 목소리를 내고 있었다. 라잔의 죽음에 대해, 팔레스타인 보건장관은 그녀가 총에 맞았을 때 의료진임을 알리는 유니폼을 입고 있었고 의료진에 대한 공격은 제네바 협약 위반이고 전쟁범죄라며 다시 한 번 이스라엘을 강력히 비판했다. 이전에도 이미 구급대와 의료진들은 시위대와 구분되기 위해 명확히 식별되는 유니폼을 입고 부상자를 구하러 다가갔음에도, 이스라엘군의 조준 사격으로 사망했고, 그 수는 25명이 넘었다. 시위가 벌어진 이후 119번째 사망자가 된 라잔의 죽음에 대해 장례식장은 애도와 추모의 행렬이 이어지고 있었고, 이스라엘군의 무차별 총격에 대한 들끓는 분노가 온라인과 오프라인을 통해 확산되고 있었다. 거리의 광고판마다 그녀의 사진이 담긴 추모 포스터가 나붙었다.

국경없는의사회는 긴장을 늦출 수가 없었다. 가장 우선 이번 주 화요일인 6월 5일이 분수령이 될 것으로 예상했다. 그다음으로는 같은 주의 금요일인 6월 8일, 그 후에는 라마단이 끝나는 6월 15일 또는 16일이 이 시기 팔레스타인 가자에 다시 한 번 큰 고비가 될 전망이었다.

6월 5일, '디데이'의 아침이 밝았다. 시차 적응이 덜 되어서인지 긴장이 되어서인지, 아니면 단지 주변이 소란스러워서인지 선잠으로 밤을 보냈다. 가자시의 도심에 있는 숙소에서 맞이하는 어젯밤과 아침은 별다른 조짐이 보이지 않았다. 라마단 기간이어서 새벽 두 시 반이면 둥둥둥 크게 북 치며 한껏 노래하는 이슬람교도가 새벽 식사 시간을 알리며 우리 숙소 앞을 지나갔다. 새벽 세 시 반이면 숙소 옆의 대형 모스크에서 기도 시간을 알리는 아잔이 확성기를 통해 들려오고 잇따라 다른 모스크에서도 서라운드로 아잔을 울렸다. 뒤이어 수탉들이 목청껏 울어대는 소리가 들리다가 새벽 다섯 시경 동틀 녘에는 짹짹 새소리와 함께 당나귀 마차가 아스팔트 도로를 또각또각 지나가는 소리가 들렸다. 어제와 다른 오늘이라면, 당나귀 한 마리가 모두의 잠을 깨울 정도로 크고 구슬픈 울음을 수차례 반복하며 숙소 앞을 지났다는 것이다.

우리는 오늘 진료 일정을 모두 비우고 대기했다. 사태가 발생하면 응급실에 전원 투입되어야 했기 때문이다. 다섯 개의 팀을 꾸렸다. 각 팀마다 외과 및 혈관외과, 정형외과, 성형외과 전문의 그리고 수술실 간호사가 포함됐다. 각 팀은 가자 지구의 북부, 중부, 남부의 각 요소 병원으로 배치됐다. 오늘은 병원에서 하룻밤 잘 각오를 하고 개인별로 가방을 추가로 꾸렸다. 우리 팀은 가자 북쪽의 알아우다Al Awda 병원으로 출발했다.

3. 소소한 하루

피곤한 하루였다. 아무 일도 하지 않는 것이 오히려 더 피곤할 때가 있는데 오늘이 그런 날이었다. 우리는 평소보다도 일찍 숙소로 돌아왔고, 돌아오는 귀갓길의 마음은 덤덤했다. 아니, 덤덤하다기보다는 조금 복잡한 심정이었다.

대규모 폭력사태가 예상되었던 6월 5일은 우려와는 전혀 다르게 매우 평화롭게 지나갔다. 잔뜩 팀을 소집해놓았는데 허탈하게 지나갔다. 많은 활동가들이 무리하게 일정을 조정하며 세계 각지에서 급하게 왔는데 아무 일 없이 지나가니 맥 빠지는 느낌이 들었다. 일부 활동가들은 딱 이 하루에 대한 대비로 왔는데 괜히 시간만 낭비했다며 툴툴거리기도 했다.

그러나 6월 5일 상황이 우려되었던 것은 사실이다. 본부와 현장의 판단이 잘못된 것은 아니었다. 중요한 상황에 대비하는 것은 우리의 임무다. 예상보다 부족하게 준비해서 살릴 수 있는 생명들을 피와 모래 먼지 이는 바닥에 나뒹굴게 하는 것보다는 약간 넘치게 준비하는 것이 백번 낫다. 평화로운 하루를 보내는 것이 대량 사상자가 발생한 상황에 놓인 것보다 다행인 것은 말할 필요도 없다.

일정을 모두 비워놓고 대기했기 때문에, 아이러니컬하게도 평소보다 훨씬 한가한 하루가 되었다. 환자들의 상처를 치료하는 등의 일상적인 오전 진료도 없었고, 오후 수술 일정도 없었다. 아침 일찍 응급실을 다시 한 번 둘러보고 진료 물품 수량 및 위치 확인, 의료진 배치와 연락에 대한 것을 확인한 후에는 특별히 할 일이 없었다. 치료 중인 환자 중 와야 할 날짜를 잘못 알고 찾아온 두 명의 환자를 드레싱한 것이 전부였다.

병원 내 대기 장소에서 우리 팀 중 의료인 다섯 명은 자리를 지키며 멍하니 늘어져 있었다. 환자들 파일을 정리하며 전산으로 입력하고 물품을 다시 체크해도 시간이 남았다. 조용하고 지루했다. 다들 각자의 방식으로 대기했다. 누구는 멍하게 있기도 하고, 누구는 휴대폰 화면에 빠져 있기도 하고, 누구는 응급실을 왔다 갔다 하기도 했다. 나는 가방에서 책을 꺼내어 읽기 시작했다. 인천공항에서 제목이 예뻐서 집어 들은, 산드라 시스네로스의 자전적인 소설 『The House on Mango Street』였다. 세계적인 베스트셀러라는 이 책의 도입부를 천천히 읽다 보니 어느새 점심시간이 되었고 그때쯤 프로젝트 팀장님으로부터 연락이 왔다. 오늘은 아무런 조짐이 없으니 오후 수술 일정은 취소하고 숙소로 퇴각해도 된다고 했다. 긴장했던 탓에 뭔가 맥이 빠졌다. 그러나 오늘은 사상자 발생이 없는 좋은 날이다. 그리고 깜짝 휴가는 언제나 환영이다.

이왕 도시락까지 싸 온 거 먹고 가자며 도시락을 펼쳤다. 시모네 선생님이 꾸려온 도시락 가방을 풀자 한 사람당 삶은 달걀 하나, 식빵 두 조각, 치즈 두 조각, 바나나 하나, 그리고 잼과 초콜릿 조각이 분배

됐다. 요즘 라마단 기간이라 대놓고 먹을 수는 없고, 병원의 구석에서 우리끼리만 조용히 식사를 즐겼다. 요르단에서도 그러더니 내가 중동에 올 때마다 꼭 라마단 기간에 걸렸다. 조촐한 도시락이지만, 식사 시간은 화기애애했다. 오늘은 서둘러 먹을 필요도 없었다. 느긋한 기분이 뭔가 야유회에 온 것 같았다.

도란도란 이야기하며 소소한 시간을 함께 나누었다. 한 사람씩 본인의 취미를 이야기하고 인증 샷이라도 보여주듯 휴대폰에서 사진을 들추어 돌려 보았다. 다들 특색 있는 취미를 가지고 있었다. 69세의 정형외과 전문의 시모네는 시골에서 지내는데 큰 농장이 있고 당나귀를 엄청 좋아한다고 했다. 당나귀 울음이 본인한테는 절절한 구애 소리처럼 들린다며 그렇게나 로맨틱하게 느껴지지 않을 수 없다고 했다. 당나귀 울음소리를 정말 똑같이 흉내 내면서, 연극에서나 볼 수 있는 세레나데의 몸짓을 하는데 다들 빵 터져서 크게 웃었다.

50대 중후반으로 보이는 성형외과 전문의 피터는 건장한 몸에 영화배우 브루스 윌리스 같은 외모인데, 오토바이가 여섯 대 있다고 했다. BMW 4기통 수냉각 오토바이와 더불어 스즈키 350cc가 두 대, 혼다 250cc와 그에 못지않은 다른 두 대가 있고 본인이 직접 분해하고 조립까지 한다며 본인 창고의 사진들을 보여주었다. 런던에서는 교통 정체가 심해서 슬림한 오토바이가 제격이라며 출퇴근도 오토바이로 하고, 종종 유럽 여행도 오토바이로 한다고 했다.

수술실 간호사 사스키아는 스웨덴에서 왔는데 집에 반려견 네 마리가 있다고 했다. 유럽 각지에서 온 강아지들인데, 버려진 강아지들을 입양했다고 했다. 앙증맞게 작은 강아지부터 걸을 때 높이가 허리 춤까지 오는 사냥견도 있었다. 그리고 채식주의자여서 육류와 어패류 는 안 먹는다고 했다. 그 이야기에 시모네 선생님이 채식주의에 대한 반대 의견을 이야기하여 다들 이 주제로 한참 토론이 벌어졌다. 결론 은, 시모네 선생님은 채식주의자가 전체 인구의 10%에 달하는 나라 에 살면서도 채식을 선호하지 않는 이탈리아인이라는 것을 확인하는 걸로 끝났다.

영국 악센트가 강하게 풍겨서 영국인인 줄 알았던 혈관외과 전문 의 봄은 벨기에서 왔다. 영국 신사 풍모의 62세 벨기에 젠틀맨이었 다. 유발 하라리의 『사피엔스』를 읽고 있었는데 나도 최근에 감명 깊 게 읽었던 터라 반가웠다. 이 책으로 시작해서 책 이야기들을 나누었 다. 그는 『Congo: The Epic History of a People』이라는 책을 추천 했고, 나는 재러드 다이아몬드의 『총, 균, 쇠』를 추천했다.

나는 딱히 뭘 보여줄 수 있으려나 하다가, 한때 즐겼던 암벽등반 이야기를 꺼냈다. 특히 태국 끄라비 지역의 라일레이 해변에서의 암 벽은 정말 신선놀음 같았다. 해안가의 암벽을 타다 뒤를 돌아보면 수 평선이 보이는 바다가 잔잔하게 펼쳐져 있었다. 내륙으로 조금 들어 가 산 중턱에서부터 멀티피치 클라이밍으로 70미터 남짓 바위 벽을 타고 올라가다가 발 하나 쉴 만한 암벽 위에서 뒤를 돌아보니, 산과 바다를 아울러 볼 수 있는 장관이 펼쳐지면서 눈과 마음을 탁 트이게 하고, 바람이 등줄기를 시원하게 훑었다. 일반 등산으로 정상에 올라 맞이하는 바람보다 더 달콤했다.

이들과 이야기를 나누는 것이 즐겁고, 함께하는 시간이 즐겁다. 여기 국경없는의사회 구호현장으로 모이는 이들은 어떤 사람들인지, 어떤 사람이 갈 수 있는지 또는 주로 어떤 사람이 선발되어 가게 되는지 때때로 질문을 받고는 한다. 기본적으로는 자기 분야에서 어느 정도 이상의 경험이 있는 사람이면 누구나 지원할 수 있다. 국경없는의사회의 가치와 원칙에 공감하고, 소외된 지구촌 사회에 대해 고민하고 인도주의를 실천하고자 하는 사람들이 모인다. 유연성, 그리고 다양성과 포용성도 중요한 마음가짐이다. 국경없는의사회에 본격적으로 발을 들인 시점과 계기는 저마다 사연이 다르지만, 내가 만난 활동가들을 하나하나 떠올려보면, 다양한 국제 활동을 하면서 또는 꿈꾸면서 생활하다 인도주의에 대한 적극적 실천과 인연이 닿아 자석에 이끌리듯 이곳을 찾는 이들이 많다. 자발적으로 모인 구성원들이 서로 소통하고 토론하며 자기 색을 만들어가고 실천하는 단체이다.

국제보건(Global Health)이 "전 세계적 차원의 건강 불평등 혹은 이와 관련된 과제를 해결하려는 전 세계 공통의 노력"이라면, 국제 의료 구호활동의 철학적 바탕은 세계 시민의식이고, 실천적 바탕은 연대하는 개인이지 않을까 싶다. 사람은 성장하면서 자아의 범위를 넓혀가고 다듬고 재규정 해간다. 자신만이 중심이던 유아기의 자아를 넘어 친구를 비롯한 작은 공동체 속에서 자아를 다듬어가고 그것이 확장되어 도시 및 국가의 구성원으로서 시민의식을 갖게 된다. 일상에서 피부로 직접 느끼는 자아의 바깥쪽 테두리는 국가겠지만, 조금만 더 공감대를 넓히면 그 테두리는 국가를 어렵지 않게 넘어설 수 있다. 사람에게는 국가를 넘어서 지구촌 세상과 공감하는, 인류에 대한 공감 능력이 있다. 그리고, 공감하고 함께 고민하고 행동하며 세상을 움직이는 힘도 있다.

구호현장으로 뛰어드는 활동은 세계 시민의식을 몸소 열정적으로 실천하는 역동적인 시간이라고 할 수 있겠다. 구호활동가들은 다국적 팀의 일원으로서 함께 일하고 함께 합숙하며 지내는 것을 즐기고, 험난한 지역도 마다 않고 국경없는의사회 깃발 아래 지구촌 어디로든 갈 마음의 준비가 되어 있는, 역동적으로 살아 있는 느낌을 좋아하는 자유로운 영혼들이다. 그저 마음 내키는 대로 떠도는 방랑객이 아닌 자율적인 태도로 규율과 안전수칙을 엄수하며 질서 있게 일을 수행하는, 아이러니한 자유로운 영혼들이라고 할 수 있지 않을까. 성격도 다양하고, 유별난 사람도 있고, 서로 성향과 방향이 잘 맞지 않는 경우도 있지만, 기본적으로는 다양한 배경의 사람들이 익숙한 또는 안일한 생활을 마다하고 구호현장에서 같은 곳을 바라보며 십시일반 힘을 보태고 있다. 자신과 타인을 돌아보고 돌볼 줄 아는 따뜻한 사람들이다.

소소한 이야기를 나눈 우리는 덤덤하게 숙소로 돌아왔다. 우리는 어제 모였는데 다들 조만간 흩어진다. 다섯 명 중 두 명은 이번 주 금요일, 다른 두 명은 다음 주 수요일 떠난다. 그리고 나는 다음 주 금요일에 가자 지구를 벗어나 토요일 비행기로 귀국할 예정이니, 다음 주말이면 또 완전히 새로운 팀원으로 팀이 구성될 것이다. 긴급 대응을 위한 이 프로젝트는 별일이 없는 한 8월 말쯤이면 일단락될 것이고, 철수하든지 아니면 장기 프로젝트로 재정비할 예정이라 한다.

룸메이트인 패트릭도 내일 이곳을 떠난다. 사실 그에게 궁금한 것이 있었다. 그는 덥다고 툭하면 웃통을 훌러덩 벗고 지냈는데, 왼쪽 가슴에 타투로 글씨를 새겨놓았다. 그게 무슨 뜻이냐고 물어볼까 하다가 실례인 듯하여 안 물어봤는데, 다른 사람도 궁금했나 보다. 옥상에 모여 저녁을 보내는데 누군가가 패트릭에게 물었다. 무슨 타투냐고 하니 "세 명의 여인"이라고 해서 우리의 궁금증을 더 유발시켰다.

정답은 사랑스런 세 딸의 이름이었다. 패트릭은 예전부터 타투를 해보고 싶었는데, 작년에 첫 미션으로 시리아 프로젝트에 참여하게 되어서 이번에는 정말 새겨보자고 마음을 먹었다고 했다. 내가 첫 미션을 수행했던 요르단만 해도 시리아의 접경지임에도 긴장했는데, 내전 중인 시리아로 가게 된다니 정말 비장한 마음이 들었을 것 같았다.

그래서 하루 날 잡아 타투를 하고 집에 가 '내 인생의 여인들'을 가슴에 새겼다며 한껏 자랑했단다. 예상대로 다들 나자빠지게 놀랐는데, 또 하나 예상 못한 반응이 돌아왔다. 타투를 본 아내가 "왜 나는 없어?" 정색하며 따져 물은 것이다. 아내의 허락이 없으면 시리아 프로젝트 참여도 물 건너갈 상황이었다. 패트릭은 일단 숨을 고르고는 오른손 검지로 왼쪽 가슴을 깊게 눌렀다.

"여보야, 당신은 여기 가슴 안에 있어."

듣고 있던 우리는 웃음을 터뜨리며 그에게 엄지를 척 내보였다.

"선방하셨네요, 패트릭 선생님!"

그냥 그렇게 각자의 평범하고 소소한 일상을 즐기는 사람들이 모인 국경없는의사회였다. 그런 사람들이 릴레이를 하고 있었다. 몇몇은 내일 떠나지만, 우리는 남아 다가오는 금요일인 6월 8일을 대비할 것이다.

6월 5일은 그렇게 평화롭게 지나갔지만, 6월 6일이 되니 대대적인 집회 참가를 독려하는 분위기가 다시 고조되기 시작했다. 확성기로 집회 참가를 촉구하는 차량이 돌아다녔다. 모스크에서도 정오 기도를 마치며 집회에 참여하도록 안내했다. 5월 14일 집회 참가를 요구하던 거대 광고판은 6월 8일을 새로운 디데이로 제시하고 있었다. 단 하루 동안 이스라엘의 진압에 의해 52명이 숨졌고, 무려 2400여 명이 부상을 입었던 5월 14일 집회였다. 그날을 가리키던 광고판은 매주 일어나는 집회에도 바뀌지 않았었다. 그러다 갑자기 오늘 아침 바뀌며 이틀 후의 날짜를 가리켰다. 바뀐 광고판을 보는 순간, 이번에는 정말 뭔가 크게 벌어질 것 같은 조짐이 보였다. 어제 다소 풀렸던 나의 긴장감이 다시 조여졌다.

4. 옥상 담배

6월 7일, 출근을 준비하고 있는데, 무슨 폭탄 터지는 소리가 들렸다. 얼마 전까지만 해도 정말로 군용 미사일이 터지는 소리가 들렸다던 숙소였으니, 이번에는 아침부터 또 무슨 일이야 하면서 다들 소리가 나는 쪽을 바라봤다.

소리의 근원지는 부엌이었다. 부엌으로 달려가 보니 가스레인지 주변으로 온통 커피 물이 튀어 있고, 바로 위 천장도 로켓처럼 솟아오른 커피로 흥건히 젖어 있었다. 대체 커피 끓이는데 뭘 어떻게 했길래 이 지경이 되었지? 다행히 아무도 다치지 않았다. 사고 친 시모네 선생님이 이 황당한 사고를 수습하며 말했다.

"이런 제길. 나는 이탈리아인이야. 내 평생 이런 적이 없었어. 커피는 내 인생이었다고! 오, 여기서 나 죽으면 와이프에게 뭐라고 이야기가 들어갈는지."

"걱정 마세요, 선생님. 저희가 잘 말씀드릴게요. 3월 이후, 가자 지구 사태로 누적 사망자 131명. 130명 이스라엘군의 총격에 의해 사망, 1명 커피에 의해 사망."

시모네 선생님의 해프닝으로 한껏 웃으며 시작한 아침이었지만,

여기 상황은 좋지 않았다. 3월 30일부터 두 달 남짓 기간에 누적 사망자가 120명이 넘었고, 13,000명 넘게 부상당했으며, 그중 총상 환자가 3,500명이 넘어가고 있었다. 총상 환자는 대부분 다리를 다쳤다. 다리를 겨냥해 갈겨댄 총탄은 잔인하기만 했다. 다리를 겨냥해 총을 쏘는 것은 목숨에 지장이 적은 선에서 시위를 진압하고자 하는 목적도 있지만, 다른 해석도 있었다. 다리를 다친 사람이 발생하면 그를 실어 나르기 위해 동료 두 명 이상이 필요하기 때문에 시위가 더 금방 진압된다는 것이다. 진짜로 그런 목적이 있는지 확인할 수는 없지만 잔인하고도 가슴 아픈 이야기였다.

다리에 입은 상처는 회복이 가능한 손상도 있지만 손상 정도가 심해 수술로 최대한 복구를 해도 모양과 기능을 회복하기 어려운 손상도 많았다. 겉의 상처는 나아도 결국 평생 신체장애를 안고 살아가야 할 사람들이 많았다. 팔레스타인 가자 지구에서 나고 자란 사람들은 이 숨 막히는 감옥 같은 사회에서 지내다가, 이스라엘에 대한 반감을 키우다가, 시위에 참가하다가, 자신이 다치거나 가족이 다친 상태에서, 사회복지도 없이 50% 수준의 실업률에 허우적대며 살고 있었다. 신체 장애인이 된 사람들은 어려운 환경에서 살아갈 가능성이 더욱 높았다. 숱한 전쟁 부상 장애인을 끌어안은 이 지역 전체적으로도 사회적인 부담이 한층 더 커질 것이다. 인프라도 망가지고 사회복지도 없는 사회는 악순환의 늪으로 빠져들게 된다.

환자들은 이 다가올 잔인한 미래를 얼마나 인지하고 체감하고 있는지 모르겠다. 자신에게 곧 장애가 남아 평생 다리를 못 쓰게 될지 모르는 청년들인데, 그들은 그저 현재의 치료에 커다란 희망을 가지고 있다. 우리는 절망감을 주고 싶지는 않았다. 하지만 미래에 신체장애가 남을 가능성이 높다는 것을 이야기하지 않을 수 없었다.

스물한 살의 함마드는 훤칠한 체격에 광대뼈가 도드라진 단단한 구릿빛 피부의 청년이었다. 큰 눈망울이 인상적인 그는 드레싱을 받으러 진료실에 들어올 때마다 늘 밝은 분위기를 조성했다. 함박웃음을 지어 보이며 우리에게 연신 고맙다고 했다. 이렇게 잘 치료받으면 금세 정상적으로 발을 쓸 수 있을 것 같다며 미소를 보냈다.

하지만, 아니다. 그의 발은 정상으로 돌아오지 않을 것이다. 그는 정상적으로 걷지 못할 것이고 평생 장애를 달고 살아야 할 것이다. 그럴 가능성이 매우 높다. 그는 시위에 참가했다가 우측 발에 총을 맞고는 발에 커다란 구멍이 생길 정도로 뼈와 살이 터져나갔다. K-와이어(Kirschner wire)로 발가락뼈를 꼬치 끼우듯 끼워 얼기설기 대략적인 모양 정도는 잡아놓았지만, 중간에 비어 있는 뼈와 끊어져 없어진 힘줄과 피부는 그대로였다. 추후에 다른 부위에서 살을 떼어다 붙여주는 피판술을 시도하려고 준비 중이지만, 단계적 수술을 받더라도 그건 모양만 그럭저럭 잡는 정도이지 발의 기능을 원래대로 회복시키는 것은 불가능한 상태였다. 뒤꿈치로 체중을 지탱할 수 있을 정도로 발을 딛게 하는 것을 목표로 하지만, 그조차 가능성이 높지 않았다. 그를 보면 이런 그의 미래를 말해줘야 할지 망설여졌다. 신체 장애인이 되는 상황을 꿈에도 생각해보지 못한 것인지 아니면 알면서 애써 무시하는 것인지 그의 얼굴에는 걱정은 없고 희망만 가득 차 있었다.

그러나 기대가 크면 실망도 크다. 현실을 외면한 채 어긋나고 동떨어진 희망에만 매달리다 보면 그 끝에는 절망의 나락만이 기다리고 있을 뿐이다.

다른 환자들은 시간이 지나면서 조금씩 자신의 상태를 현실적으로 보거나 신중한 태도를 가졌다. 하지만 매일 드레싱하며 보는 이 함마드의 모습은 그렇지 않았다. 그에게 현재 상태와 예후(예상되는 최종 치료 결과)를 차분히 설명해줄 필요가 있어 보였다. 치료를 할 때는 의료진과 환자가 같은 수준의 치료 목표를 기대하며 그 목표를 향해 가고 단계적으로 준비하는 것이 중요했다. 함마드에게는 앞으로의 예후에 대한 상담이 필요했으나, 1주일 또는 2주일 단위로 바뀌는 요즘의 활동가들은 언젠가 그도 알게 되겠지 또는 누군가 설명하겠지 하며 그의 상처를 들여다보기만 한 것 같았다. 그리고 이런 상담을 해줄 시간 자체가 없기도 했다. 통역이 필요한 상황이니 좀 더 시간을 들여 이야기를 전달해야 할 것 같은데, 밀려오는 환자들로 인해 충분히 이야기를 해줄 여유를 가지기가 어려웠다. 쉴 틈 없이 바쁘게 뛰어다녀야 간신히 오전 외래 환자들을 정리하고 오후에는 수술에 들어갈 수 있었다.

하지만 함마드의 주치의가 된 나는 아무래도 시간을 내어 함마드와 이야기를 해보는 것이 필요하겠다는 생각이 들어 팀원들에게 그 이야기를 꺼냈다. 내심 나는 다음 수술인 피판술을 담당할, 공동 주치의라고 할 수 있는 A 선생님이 수술에 대한 설명을 하면서 전반적인 예후에 대해 그에게 얘기를 해줬으면 했다. 그러나 A는 냉정했다. "우리는 1주일 후면 떠날 것이고, 지금은 그럴 시간이 없다"고 잘라 말

262

했다. "그냥 우리가 이 시기에 해야 할 일 먼저 하자"고 덧붙였다. 그의 말에 동의하고 그것이 현실적이라 생각하면서도, 왠지 그날은 그냥 넘어가기가 석연치 않았다. 한 번 더 A 선생님에게 이야기를 꺼내봤다. A는 "그러면 네가 해봐. 말리지는 않겠어"라고 선을 그었다. 함박웃음의 함마드에게 이런 이야기를 쉽사리 던질 만한 상황은 아니었지만, 내가 주치의로서 설명을 하기로 했다. 통역을 거쳐야 하기에, 통역을 담당할 간호사에게 먼저 이 상담의 중요성과 환자의 예후에 대해 차분히 설명했다. 환자가 너무 상심하지 않도록 주의해서 통역해달라고 부탁했다. 언어의 뉘앙스가 제대로 전달되기를 바랐다.

단기적으로는 환자가 힘들어 할 수 있지만, 장기적으로는 함마드를 위해서 더 옳은 길이라 생각했다. 이렇게 흘러온 상황에서 결국 언젠가 한 번은 이런 설명이 필요할 텐데, 지금 이야기를 나누는 것이 나을 것이라 생각했다. 그러나 전체적으로 보면 현시점에서는 A의 말이 더 맞기도 했다. 함마드가 너무 놀라지 않게 시간을 들여서 부드럽고 차분하게 이야기를 전한다고는 했지만, 내가 함마드에게 신체장애의 가능성을 언급한 이후로 진료실은 정지되어버렸다. 함박웃음의 함마드는 묻고 또 묻고 매달리더니 울기 시작했다. 나와 함마드로 인해 통역을 해주는 간호사도 묶이고, 침대도 묶이고 진료실도 묶였다. 그가 우는 통에 그를 달래러 친구들까지 들어와 북적대느라 진료실은 더 혼란스러워졌다. 언어의 장벽이 시간을 더 잡아먹었다. 상당한 시간이 날아갔다. 다른 환자들은 뒷전으로 밀려났고, 시간에 쫓기거나 업무를 종료해야 해서 내일 다시 와야 했다.

A와 눈이 마주쳤다. 그는 어깨를 으쓱, 하곤 말았다. 환자도 그리고 나도 안쓰럽다는 표정이었다. 그의 말마따나 요즘 상황에서 이런 상담을 꺼내는 건 무리였던 것 같았다. 좀 더 시간이 흐른 후 나중에 설명하는 것이 더 좋았나 싶기도 했다. 훤칠하고 단단한 외모와 달리 함마드의 감정은 불안정했고 마음은 얇은 유리처럼 깨지기 쉬웠다. 자신이 처한 상황에 대해 '그럴 리 없다'며 강한 부정과 거부감을 표했다. 절망하는 그를 보는 것이 안쓰럽고 답답했다. 의료진과 친구들이 그를 도닥이며 침대에서 일으켰지만, 시무룩한 그에게서 함박웃음은 당분간 다시 보기 어려울 것 같았다.

하루의 일과를 마치고 숙소의 옥상으로 올라갔다. 6층 건물인 숙소의 옥상은 전망도 좋고, 바람도 시원했다. 다른 팀의 활동가들이 이미 옥상의 플라스틱 의자에 앉아 저녁노을을 들이쉬고 있었다. 나는 오래전에 담배를 끊었다. 그런데 이상하게도 현장에 나오면 담배가 왜 이리 땡기는지 모르겠다. 나 같은 사람이 한둘이 아니었다. 자기 나라에서의 일상에서는 담배를 안 피운다는데, 하루 일과를 마치고 숙소에 돌아오면 옥상에 올라와 담배를 꺼냈고, 서로에게 라이터 불을 댕겨주었다. 국경없는의사회 내부적으로도 금연 캠페인을 하고는 있지만, 일상을 떠나 답답하고 안타까운 현장 속에 놓이면 담배 한 모금이 위안이 되었다. 함마드 일로 마음이 어지러웠던 그날도 한 대 깊게 피우고 싶었지만, 아내에게 한 금연 약속이 생각나서 꾹 참았다.

어스름이 깔리기 시작했다. 옥상 바닥에 뉘어놓은 국경없는의사회 간판을 비추는 조명에 불이 들어왔다. 낮에나 밤에나 국경없는의사회의 건물이라는 것을 알리는 수단이었다. 이스라엘군이 띄운 감시용 드론에게 우리를 알리기 위해 일부러 간판을 바닥에 뉘어놓았다. 가자에서는 머리 위에서 가까워졌다 멀어졌다 하는 모터 소리가 늘 들린다. 조용한 이른 아침이나 밤이 되면 더 잘 들린다. 큰 소리는 아니다. 그러나 성가신 모기 소리에 비할 수 없는 기분 나쁘고 위협적인 기계음이다. 그 소리를 따라 눈을 찡그리고 하늘을 살펴보아도 맨눈으로는 식별이 되지 않는다. 전쟁이 격해졌을 때는 드론에 폭발물을 실어 살상무기로 쓰기도 했다고 들었다. 그런 만일의 사태를 대비해서 우리 숙소의 지하는 벙커처럼 만들어 두꺼운 철제문과 비상식량 및 무선도구도 준비해놓고 있었다. 라마단 기간, 평화로워야 할 저녁 풍경 속에 등장하는 드론 소리는 가자 지구의 현실을 압축적으로 보여주고 있었다.

옥상에서 저녁 바람을 쐬던 사람들은 하나둘씩 각자의 방으로 내려갔고, 나는 조금 더 밤공기를 즐겼다. 6월 7일 오늘은 내 생일이었다. 마흔 번째 생일을 가자 지구에서 맞이하고 있었다. 엊그제 만난 팀원들에게는 굳이 이야기하지 않았다. 요란하게 생일파티 할 나이도 아니거니와 긴장되는 분위기에 내일은 또 한차례 난리가 밀려올 가능성이 있으니 차분하게 보내고 싶었다. 그저 휴대폰을 꺼내 오랜 친구들이 보내온 축하 메시지와 출국 이틀 전 가족모임을 하며 찍은 사진을 들여다보았다. 가족모임은 내 생일을 미리 축하하는 의미도 있었지만 축하 분위기보다는 무사히 잘 다녀오라는 배웅 성격이 더

짙었다. 걱정 반, 응원 반으로 가자 지구에 다녀오는 것을 승낙해준 아내는 손수 케이크를 만들고 그 위에 '당신의 모든 날을 응원해!'라는 메시지로 데커레이션을 해서 나를 감동시켰다. 아내가 그리운 밤이었다.

5. 쿠드스의 날(Quds Day)

6월 8일은 평화롭지 않았다. 다섯 시간의 수술을 마치고 피에 흠뻑 젖은 수술화와 수술복을 갈아입고 뉴스를 들으니 오늘 팔레스타인 전역에서 1만 명이 집회에 참여했다고 했다. 15세 소년을 포함하여 네 명이 사망했으며 600여 명이 최루탄과 총에 의해 다쳤다는 보도였다. 5월만큼은 아니지만 지난 9주간 그렇게 많은 희생이 있고도 이번 주에도 또 이런 사상자가 나오는 건 슬픈 일이었다.

오후 두 시 반부터 팔레스타인 전역의 접경지에서 벌어지는 집회 모습이 텔레비전을 통해 생방송으로 보도되고 있었다. 군중들이 모이고 있었고, 접경을 향해 웅성대는 모습이 카메라에 잡혔다. 이스라엘 군용 차량이 배치되고 포구가 팔레스타인 지역을 향했다. 팔레스타인 사람들은 비무장 상태였다. 불을 붙인 연을 띄우거나 불을 붙인 타이어를 접경으로 굴려 보내는 모습도 있었지만, 대개는 고작 손에 돌조각 하나 든 정도였다. 이스라엘은 두껍고 넘지 못할 높은 장벽을 둘러친 것도 모자라, 장벽 앞 300m 지대를 절대접근금지구역(No-go Zone)으로 지정해놓았다. 길게 늘어선 장벽의 접경 중 네댓 군데를 중심으로 시위가 시작되었고, 시위대가 장벽에 가까이 다가오는 순간

이스라엘 군은 가차 없이 실탄을 발포하기 시작했다.

오후 세 시부터 알아우다 병원의 응급실은 구급차 사이렌 소리로 요란해지기 시작했다. 우측 팔을 다친 10대 소년, 두피가 찢겨져 온 청년, 다리를 절뚝거리며 온 청년, 히잡에 가려서 어디가 다친 건지 쉽게 확인되지는 않지만 들것에 실려 온 여성, 그리고 이어 청바지가 이미 피로 범벅이 되어 부목으로 다리를 꽁꽁 싸맨 청년이 실려 왔다.

5분도 채 안 돼 응급실에 대기 중인 의료진이 모두 투입되어 바빠졌다. 초기 진찰로, 먼저 온 네 명은 경상으로 분류할 수 있었다. 하지만 다섯 번째 환자는 허벅지뼈가 부러진 게 겉으로 봐도 명확할 정도였고, 붕대를 살짝 걷어내자 피가 쿨럭이며 흘러나오기 시작했다. 커다란 혈관손상이 동반된 것으로 보였다. 당장 응급수술이 필요한 환자로 분류해서 곧바로 수술실로 옮겼다. 수술실은 옆 건물이라 다시 응급실 출입구를 나와 이동한다. 환자를 옮기는 동안에도 구급차가 환자를 싣고 병원에 도착하는 모습이 보였다. 응급실은 아수라장으로 변해가고 있었다.

허벅지를 다친 환자는 23세의 남성이었다. 의식은 아직 붙어 있고 다리의 통증을 신음으로 표현하고 있지만, 과다출혈로 인해 저혈량 증후를 보이며 심각한 쇼크 상태에 빠지기 직전이었다. 혈압 90/50mmHg 맥박 분당 170회, 그의 심장은 있는 힘껏 빠르게 쥐어짜서 살아남기 위해 안간힘을 다하고 있었다.

수술침대로 옮기자마자 마취과에서 마취를 하고 수액을 손으로 쥐어짜 억지로 밀어 넣으며 혈량 보충에 집중했다. 우리는 붕대와 부목을 치우고 상처를 확인했다. 좌측 허벅지 바깥쪽에는 콩알만 한 상처가 있을 뿐이지만, 허벅지 안쪽에는 약 15cm의 지름으로 산산이 터져버린 상처가 보였다. 총탄이 바깥으로 들어와 뼈와 살을 휘저어버린 다음 허벅지 안쪽에 큰 구멍을 내며 뚫고 나간 상태였다. 여기에서 그치지 않고 이어 총탄은 남아 있는 에너지로 반대쪽 허벅지 안쪽 후방으로 약 5cm의 상처를 내며 허벅지 두께의 3분의 1 정도의 뒤쪽 근육을 터뜨리고 나간 양상이었다.

다리로 가는 유일한 주요 동맥인 대퇴동맥은 끊어졌고, 현장에서의 응급조치로 압박된 동맥은 스스로 살아남기 위해 끊어진 부위를 수축하며 혈전을 생성해 틀어막아보려고 애쓰는 중이었다. 그러나 상처를 열자 강한 동맥의 압력 때문에 그 혈전은 금세 밀려나고 피가 강하게 뿜어 나오기 시작했다. 정맥혈도 덩달아 상처의 여기저기에서 다량으로 흘러나오고 있었다. 수술침대가 피로 물들고 있었다. 혈관 클램프(혈관을 눌러 지혈을 시키는 집게)로 혈관 끝을 잡아 임시적으로 지혈 조치를 한 후, 서둘러 소독포를 씌우고 수술 가운을 입었다.

벨기에의 뢱Luc 대학병원 혈관외과 교수인 봅이 먼저 집도를 시작하고 이어 내가 외고정 장치로 뼈를 고정하면 봅 선생님이 다시 혈관을 점검하는 순서로 계획하고 수술을 시작했다. 혈관의 상태는 예상대로 심각했다. 대퇴동맥과 정맥이 크게 찢겨져 중간에 약 10cm가 없었다. 혈관 이식이 필요했다. 우측 대퇴부에서 정맥을 채취해 없어진 좌측 다리의 동맥에 연결했다. 하지만 중간점검에서 결과는 좋지 않았다. 피가 제대로 흘러가지 않았다. 다시 시도했지만 연결을 완료

269

하고 테스트를 해보니 또 실패였다. 피가 발까지 도달하지 못했다.

우리의 이마에 맺힌 땀은 방울이 되어 수술 마스크 안쪽으로 흘러 내리고 있었다. 특히, 봅은 더 예민해지고 있었다. 혈관을 이어놓아도 혈전 덩어리들이 금세 생겨 혈관을 막아버리고, 혈관근육이 경련을 하며 수축되어 피가 제대로 못 가고 있었다. 여기는 기본 약제만 있고, 필요한 추가 혈전방지제도, 경련방지제도 없었다. 수술 기자재들은 부족했고, 언제 어떻게 들어왔는지 알기 힘든 관리 안 된 수술도구들은 많이 닳아 무뎌져 있는 통에 섬세한 수술을 더 어렵게 만들었다.

수술도구나 약제도 문제지만, 팀원과의 팀워크도 문제였다. 어제 모여 한 번도 발 맞춰보지 않은 채로 경기에 나간 축구팀 같은 구성이었다. 이런 환경에서의 치료는 선진국에서의 환경보다 곱절은 어렵다. 봅은 나에게 "제발 여기에 남아 있어달라"고 했다. 어젯밤에 도착한 외과 전문의 카를로스도 팀으로 합류했지만 시차 적응이 안 돼서인지 컨디션이 너무 나빴다. 검게 가라앉은 얼굴로 간신히 수술대 옆에 서 있는 정도라 제대로 집도의를 보조할 수가 없었다. 현지 의료진을 세우기에는 혈관수술을 본 적이 거의 없기에 아무리 보조의 자리라 해도 이런 급한 상황에서 매끄러운 보조를 기대하기 어려웠다. 나는 봅의 요청을 외면할 수가 없었다. 결국 내가 맡은 부분인 골절 외고정을 마친 후에도 환자 옆을 떠나지 못했다. 응급실에 도착한 다른 환자들의 소식을 들으며 혹시 응급수술이 필요한 다른 환자가 있지는 않을지 신경이 쓰였다. 다른 사람들도 제각기 악조건에서 사투를 벌이고 있었다. 선진국에서도 쉽지 않은 수술이었다. 우리가 없으면

이 환자는 다리를 잃거나 죽는다.

이런 환자들은 이곳 환경에서는 목숨을 잃을 가능성이 상당히 높았다. 혈관수술을 해줄 수 있는 전문의가 없거나 부족하기 때문이다. 골든아워를 놓치면 사망에 이르거나, 다리가 괴사되어 절단술을 받을 가능성이 높다. 한꺼번에 대량 사상자가 발생하는 경우는 살아남을 확률이 더욱 낮아진다. 지난 5월에는 가자 지구 내에 혈관수술이 가능한 병원이 단 두 곳뿐이었다. 국경없는의사회의 외과팀의 보충으로 현재는 다섯 개 이상의 병원에서 가능하게 되었다.

봅의 고전 끝에, 다시 처음부터 시작하듯 다른 부위에서 정맥을 떼어내 2차로 이식한 혈관은 성공해서 네 시간 반 만에 드디어 발에 피가 돌며 따뜻해지기 시작했다. 우리는 쾌재를 외쳤다. 기쁨을 잠시 누렸지만 긴장을 늦출 수는 없었다. 수술을 마치고 다른 환자들의 상황을 곧바로 둘러보아야 했다. 수술 중간중간 체크하기는 했지만 적지 않은 시간 동안 오직 한 환자에게 집중하느라고 다른 환자들을 수술할 겨를이 없었다. 다행히 우리 응급실에는 이 정도의 중환자는 더 없었다. 또 수술실에서 처치가 필요했던 환자는 대부분 근육 손상이었고, 복부 손상과 종아리의 개방성 골절 환자도 있었는데 다행히 생명이 위급할 정도로 심각한 것은 아니었고 카를로스와 현지 의사가 수술을 해 치료할 수 있었다.

집회에 모인 사람들은 일곱 시경에 해산했다. 초반에 사상자가 많았고, 북쪽 접경에 가깝게 위치한 여기 알아우다 병원으로 온 환자 수는 33명, 그중 오늘 크고 작은 수술을 진행한 환자는 일곱 명이었다.

적지 않은 수였지만 그나마 우려했던 것보다는 적은 수였다. 지난 5월 14일처럼 밤을 새워가며 환자를 수술해야 하는 상황은 아니었다. 팀이 보강되어 환자가 여러 병원으로 분산된 것도 한 요인이었다.

저녁 늦지 않게 환자들의 응급치료는 정리가 되었지만, 우리는 통금시간에 걸려 숙소로 돌아가지 못했다. 다른 병원의 팀들도 오늘 상황이 종료되었다는 소식을 팀장님의 전화로 들었다. 국경없는의사회의 현지 보안규정상 오후 일곱 시 반 이후로는 가자 도심 내를 제외하고는 이동하지 못했다. 일곱 시 반 이후로 늦게 일정이 끝나면 병원에서 자야 했다. 침대가 없으면 바닥에서라도 자야 하는데, 그날은 다행히 남는 침상이 있어서 침대에서 잘 수 있었다. 침대에 누워 하루를 정리하며 지난 시간을 돌이켜 보았다.

우리는 그 한 사람을 살려내기 위해 여기에 온 듯한 느낌이 들었다. 그 한 사람이 중요했다. 한 생명이 중요했다. 우리는 팀을 이뤄서 한 사람, 또 한 사람을 구하는 것이다.

이렇게 쿠드스(Quds : 예루살렘의 이슬람식 이름)의 날이 지나갔다. 오늘은 이슬람의 휴일인 금요일과 맞물린 또 하나의 상징적인 날이었다. 이란을 비롯한 다른 이슬람국가들도 이날에 예루살렘을 장악하고 있는 이스라엘을 규탄하는 집회를 했다. 이스라엘이 만들어놓은 희망없는 감옥 속에 사는 것 같다는 팔레스타인 가자 지구 사람들은 오늘도 또다시 총포가 늘어선 접경 지역으로 향했다.

현지의 모든 사람들이 이 집회에 열광적이지는 않다. 우리의 운전기사인 나이가 지긋한 현지인 아을라는 아무리 힘들다 하지만, 사지로 몰고 가는 집회 주최자도, 그에 응해 접경으로 가는 참가자들도 제정신이 아닌 거 같다며, 이런 방식의 집회에는 고개를 절레절레 흔든다. 하지만 여전히 오늘만 해도 1만 명이 또다시 접경 지역으로 갔다. 불붙인 연과 타이어가 그들의 무기라면 무기겠지만, 맨손으로 남녀노소가 갔다. 또다시 수많은 사람들이 총탄에 노출되었다. 뼈와 살을 휘저어놓는 총탄은 그 사람의 다리뿐 아니라 그 사람의 인생 전체를 휘저어놓을지도 모른다. 밀려든 응급환자들을 치료하고 장시간의 수술을 하며 생명을 구했지만, 다들 마음이 무겁다.

6. 또다시 금요일

금세 일주일이 지나, 또다시 금요일이 돌아왔다. 오늘도 우려되었던 금요일이었다. 하지만 다행히 이번 금요일은 여느 이드Eid와 같은 명절 분위기였다. 내가 가자에 도착했던 2주 전만 해도 명절 기간마저도 대량 사상자 대비 프로그램을 운영해야 할 가능성이 꽤 높다고 보았는데, 팽팽했던 긴장감은 지난주 금요일인 8일 이후로 다소 가라앉았다.

6월 14일인 어제 오후 일곱 시 오십 분경 금식이 풀리며 올해의 라마단Ramadan이 끝났다. 오늘부터 3일간 이드다. 이슬람 최대 명절이다. 친척과 친구들을 방문하며 선물을 주고받고, 가난한 이에게도 자선을 베푸는 나눔의 축제기간이다. 모스크에서는 동틀 녘부터 끊임없이 확성기로 아잔을 울렸다. 평소보다 일찍 기상을 할 수밖에 없었던 아침, 창밖을 보니 사람들이 기도 소리를 향해 가족 단위로 삼삼오오 모스크로 들어가고 있었다. 이번 명절도 다행히 예년과 같은 온정적인 분위기인 듯했다.

나는 오늘 예정대로 가자를 떠난다. 2주가 빠르게 흘렀다. 귀국행 비행기는 토요일이지만, 국경은 금요일 오후부터 닫히고 일요일이 되어서야 열리기에 금요일 오전 일찍 팀원들과 인사와 포옹을 나누고 숙소를 나섰다. 오늘과 내일, 6월 15일과 16일도 심히 우려되어 준비가 필요한 날들이었기에 이날을 대비하기 위해 어제 도착한 활동가들도 있었다. 엊그제는 부룬디에서 같이 활동했던 수술실 간호사 베닐드가 우리 팀에 합류했다. 오랜 친구이자 전우 같은 그녀를 이곳에서 만나니 기쁨에 서로 얼싸안았다. 활동하다 보면, 세계 어딘가 평범치 않은 곳에서 우리는 또 만나고 만난다. 짧은 재회는 아쉬웠지만, 그녀에게 바통을 넘기고 떠났다. 우려와 달리 평화로운 금요일을 맞이하게 되어, 덜 무거운 마음으로 오전 일찍 가자를 벗어났다.

가자에 들어올 때와 마찬가지로 세 곳의 체크포인트를 지나, 다시 공항과 구치소를 섞어놓은 분위기의 에레즈 검문소를 지났다. 여전히 이곳을 지나는 사람은 외지인인 우리밖에 없었고, 이스라엘로 나오는 검문은 팔레스타인으로 들어갈 때보다 더 까다로웠다. 검문소에 도착하니 근무시간이 되었는데도, 철문은 굳게 닫혀 열리지 않았다. 사람도 없고, 인터폰도 없고, CCTV만이 우리 쪽을 바라보고 있었다. CCTV에 대고 손을 흔들어봐도 잠잠할 뿐이었다. 설마 오늘 검문소가 폐쇄되어 나가지 못하는 건 아닐까 걱정이 됐다.

한참 동안 맥없이 사막을 바라보며 앉아 있는데, 덜컹 소리가 들리더니 자물쇠 풀리는 소리가 났다. 나오는 사람은 없었다. 살며시 문을 열고, 그냥 들어가도 괜찮은지 두리번거리다가 검문소 안으로 조심히 들어갔다. 멀리서 검문소 안의 사람이 가까이로 오라는 손짓만 퉁명스레 보냈다. 검문을 받는 사람은 딱 우리 세 사람이었는데, 소지품 검사실로 들어간 캐리어들은 한참을 기다려도 나올 줄 몰랐다. 문제

275

가 되는 건 없었다. 걱정과 지루한 기다림 끝에 검문소를 나오니 시간은 오전에서 오후로 넘어가고 있었다. 들어갈 때와 마찬가지로, 이곳은 역시 뭔가 치욕감을 느끼게 하는 검문소였다.

뒤돌아 팔레스타인 쪽을 바라보니, 그곳은 높은 장벽이 가로막아 전혀 보이지 않았다. 구름 한 점 없이 쨍쨍한 햇볕의 하얀 하늘 아래 끝없이 둘러쳐진 무정한 장벽을 보니, 장벽 너머는 단절되고 버려진 세상이라는 느낌이 들었다. 저 안에도 사람이 살고 있었다. 정을 나누고 일상의 평화를 소망하는 사람들이 살고 있었다. 떠나는 자는 남은 자의 풍경을 그려보았다.

오늘은 휴식을 취하고 내일부터 다시 우리 팀은 MSF 차량 P-77을 타고 20분가량 달려 알아우다 병원으로 향할 것이다. 이제 라마단이 지나 낮 동안의 금식이 풀렸으니, 점심을 싸들고 갈지 병원 근처에서 사먹을지는 모르겠다. 병원에 도착하면 이미 MSF 미니버스 P-73으로 데려온 환자들이 외래 진료 대기실을 가득 메우고 있을 것이다. 우리는 매주 목요일에는 금요일을 대비하여 병원 침상을 비워야 했기 때문에, 우선 집으로 퇴원시킨 뒤 거동이 많이 불편하거나 병원으로 데리고 올 보호자가 없는 환자들은 MSF 미니버스 P-73이 가가호호 찾아다니면서 환자들을 데려오고 데려다주는 방법으로 환자를 진료했다.

거의 매일 또는 하루건너 드레싱을 받으러 오는 환자들이니 이번 주에는 누가 올지 그려졌다. 발바닥 신경이 지나가는 부위에 박힌 총알을 빼내는 수술을 닷새 전 받고 상처 치료를 받는 스물세 살의 아흐마드도 있을 것이고, 6월 8일의 총상으로 좌측 팔꿈치 살점이 떨어져 나간 열네 살 아흐라도 있을 것이고, 총상으로 정강이뼈의 일부가 노출되어 어제 장딴지의 살을 떼 뼈를 덮는 피판술을 받은 열아홉 살의 칼림도 있을 것이다. 그리고, 3월 30일의 총상으로 우측 허벅지뼈가 골절되고 좌측 허벅지뼈는 하단부가 떨어져 나간 스물한 살의 싸미도 친구 두어 명의 부축을 받으며 올 것이다. 싸미는 아직도 양측 다리에 외고정 장치를 주렁주렁 달고 있는데, 요즘 고정핀 부위가 감염되어 관리를 받는 중이었다. 지난주 크게 낙담했다가 조금씩 기운을 차려가고 있는 함마드도 올 것이다. 대부분 10대 후반에서 20대 초반의 젊은 청년들이다.

진료실에서 만난 이들은 순박했다. 아직 앳된 모습이 가시지 않은 청소년기를 갓 벗어난 모습이었다. 어제는 명절 전날이라 "이드 무바락Eid Mubarak" 하고 인사를 나누며 진료실을 오갔고, 몇몇은 전통 쿠키를 선물하며 정을 나누었다. 평소보다 조금 늦게 진료실에 도착한 스물세 살의 아흐마드도 반찬통에 집에서 만든 쿠키를 소복이 담아 왔다. 내미는 손매가 투박하고 순박한 시골 청년 같았다. 쿠키가 맛있다고 하니 양 입가가 올라가며 그도 즐거워했다.

그는 폴더폰을 꺼내서 셀카를 같이 찍자고 했다. 요즘에 누구나 다 하나씩은 있는 스마트폰은 여기서는 흔하지 않은 귀한 물품이었다. 그의 청에 팀원들이 모여 선물해준 과자를 들고 함께 사진을 찍었다.

그걸 보더니 친구들과 다른 환자들도 우리와 같이 사진을 찍자고 해서 진료실은 갑자기 포토타임이 되어버렸다. 밝고 천진한 청년들이었다. 이 청년들은 시위에 또 나간다고 한다. 맨손으로 나간 시위에서 다음번에는 정말 죽게 될지도 모른다. 나는 이들이 죽음의 시위에 계속 나가는 이유를 이제는 알 수 있을 것 같다. 그래서 더 마음이 아프다.

이들의 상처가 잘 치료되기를 기원한다. 상처가 치유되기까지 앞으로도 가야 할 길이 멀다. 요즘은 급성기와 아급성기 치료로 혈관을 잇고, 외고정 장치로 뼈의 정렬을 맞추고, 살을 덮어주고 있다. 다리의 형태를 갖추어가고 있지만, 아직 대부분 발을 딛는 걸 기대하기 어렵고, 외고정 장치를 빼거나 깁스를 푸는 데까지도 한참 남았다. 골수염 발생 예방도 쉽지 않은 환경이며, 특히 뼈의 일부가 없어진 골 결손은 앞으로 풀어야 할 커다란 과제다. 선진국에서도 골 결손 치료는 대단히 많은 시간과 노력이 필요한데, 여기의 인프라와 인적, 물적 자원으로는 역부족이다.

국경 너머 요르단의 수도 암만에는 3차 병원급의 국경없는의사회 병원이 있지만, 팔레스타인 사람들은 환자라 해도 닫힌 국경을 넘기가 쉽지 않다. 이미 여러 후유증에 시달리는 환자들도 여럿이다. 특히 비골 신경을 다쳐서 족하수(발목을 올리는 근육을 작동시키는 신경이 기능하지 못하여 발이 아래로 힘없이 떨어지는 증세)가 생긴 환자, 근육과 피부가 다치면서 관절이 굳고 있는 환자들에게는 물리치료, 재활치료가 더 필요하다. 총상 환자가 된 이곳 3,500여 명 청년들의 일부는 이미 장애인이 되었고, 또 적지 않은 수가 앞으로 서서히 신체장애를 떠안게 될 가능성이 다분했다.

우리는 대량 사상자에 대한 급성기 대비에 이어, 이미 발생한 대량의 부상자에 대한 중장기 계획의 필요성을 크게 느끼고 있다. 다행히 국경없는의사회 운영본부에서 상황을 보러 직접 오고 있으며, 우리 팀 내에서도 다음 단계에 대해 본격적으로 회의가 시작되었다. 어젯밤에도 회의가 있었고 오늘도 휴일이지만 팀원들은 회의를 통해 다음 단계를 준비할 것이다. 중장기 프로젝트를 어느 수준으로 하는 것이 가능할지를 가늠하고 결정하는 것은 쉽지 않다. 하지만 고립된 이곳 사람들에게는 당분간 인도주의적 지원이 절실하다.

적어도 명절만큼은 평화롭고 풍성하게 나눔을 즐겼으면 좋겠다. 그러나 이번 이드 명절 같은 평화의 시기가 얼마나 유지될 수 있을까. 다음 금요일부터는 또 집회가 이어질 수도 있다. 팔레스타인-이스라엘 접경의 300m 접경금지 지역으로 넘어가면, 이스라엘 군대의 총격에 목숨을 잃을 수도 있다는 것을 이들은 안다. 커다란 희생이 있어 왔고, 어쩌면 앞으로도 이어서 금요일마다 또다시 그 희생이 반복될지도 모른다. 이들은 언제까지 이 접경에서 피를 흘릴 것인가. 이 피는 무엇을 의미하는 것일까. 3월 30일부터 이어지고 있는 사태는 이곳에 있는 당사자들에게 그리고 국제사회에 어떤 화두를 던지고 있는 걸까. 다시 한 번 질문을 품게 된다.

7. 통곡의 벽

검문소를 통과하는 것 때문에 귀국행 비행기 일정보다 하루 일찍 나오니, 만 하루가 온전히 자유시간이었다. 이 하루의 꿀 같은 시간을 늘어져 잠만 잘 수는 없었다. 피곤하더라도 역사적 장소인 예루살렘 올드시티는 꼭 둘러보고 싶었다. 올해 초 시오노 나나미의 『십자군 이야기』 시리즈를 읽으며, 다시 한 번 리들리 스콧 감독의 영화 〈킹덤 오브 헤븐〉을 보았다. 예루살렘의 점령과 동시에 타 종교인들에 대한 대학살을 자행한 십자군과 달리 예루살렘 성안의 백성의 안전을 보장하며 예루살렘을 탈환한 20만 대군의 이슬람 지도자 살라딘은, 그 협상을 이끌어낸 십자군 측의 주역 발리안이 던진 '예루살렘의 가치는 무엇인가'라는 질문에 대해 심오한 답을 한다. 'Nothing(아무런 가치가 없다)'이라며 발리안의 피땀 흘린 노력이 무색하게 냉소적으로 답하고 뒤돌아서서 한두 걸음 가더니, 다시 뒤돌아서 승리의 주먹을 지그시 쥐며 'Everything(또한 모든 가치를 지닌다)'이라고 답한다. 단 두 마디로 영화의 모든 것을 아우르는 대사가 인상적이었다.

너무나 유명한 혹은 악명 높은 예루살렘이었다. 성지라 불리는 이곳은 역사적 무대에서 소용돌이를 일으키는 상징의 도시였다. 혹자는 '성스러운 지옥'으로도 부른다. 역사 속의 무대가 아니라, 현재 진행

중인 참혹한 광경을 목격하고 오니, 대체 예루살렘이란 무엇인가라는 질문의 무게가 느껴졌다.

우선 팔레스타인 가자 지구를 벗어나 또 다른 팔레스타인인 서안 지구에 있는 국경없는의사회 게스트하우스로 돌아왔다. 팔레스타인은 두 개의 지역으로 갈라져 있고, 서안 지구는 예루살렘 동부를 포함하여 동북쪽으로 영토가 구획되어 동쪽으로 요르단과 국경을 맞대고 있다. 이스라엘은 국제적 비판과 지탄에도 아랑곳하지 않고 서안 지구에도 8m 높이 장벽을 둘러치고 있기는 하나, 가자 지구에 비해서는 현대적 도시의 인프라와 이동의 자유를 비교적 누리는 것 같았다.

그러나 곧 '보이지 않는 장벽'을 보게 되었다. 시내버스를 타고 서안 지구에서 예루살렘 올드시티로 넘어가는 어느 정류장에서 불시 검문을 받았다. 총을 메고 제복을 입은 경찰 두 명이 버스에 올라탔고, 창밖으로도 두 명이 더 있었다. 버스에 탄 승객들은 모두 신분증을 제시해야 했다. 뒷좌석에 앉은 나는 여권 원본을 깜빡 챙기지 않은 데다가, 가자 지구에 다녀온 이력은 요주의 인물로 분류된다고 들은지라 불시 검문에 당혹스러웠다. 경찰이 다가왔다. 하지만 그는 관광객 차림에 관광지도 하나 달랑 들고 있는 동양인은 관심이 없다는 듯 아예 나를 검문하지도 않았다. 다행이라면 다행이었지만 언제든 심문당하고 내가 누구이며 무엇을 하러 어디에 가고 있다고 답해야 하는 통제 사회임을 새삼 깨달았다.

올드시티로 들어가는 다마스커스 게이트 앞에도, 올드시티 내 곳곳에도 무장 경찰들은 눈에 잘 띄게 배치되어 있었다. 관광객을 보호하려는 걸까. 문화재를 보호하려는 걸까. 아니면 그저 힘의 과시와 위협일까. 곳곳에 평화와 평안을 담은 히브리어 인사말인 '샬롬'이 관광 상품에 적혀 관광객의 추억 속으로 평화롭게 들어가고 있지만, 정작 이곳 풍경의 샬롬은 평화를 완력으로 짜내는 단어같이 보였다.

올드시티는 아르메니아 구역, 크리스천 구역, 이슬람 구역, 그리고 유대 구역, 이렇게 네 개의 구역으로 나뉘어 있었다. 각 구역을 천천히 걸으며 아브라함에 뿌리를 둔 종교 분파의 박물관같이 다양한 계파의 건축물들을 접할 수 있었다. 성지를 찾는 관광객들은 이 역사적 건물들 앞에서 그들 안의 성스러운 마음을 찾고 있었다. 그 마음 또한 진심이리라. 하지만, 이 종교 분파들의 평화는 상생과 대화로는 어려운 것일까. 나는 '신이 바라신다'라며 타 종교를 말살하려 하고 살육을 자행하는 이 종교들 간의 분쟁을 종교적으로 이해하기 어려웠다. 이들이 섬기는 신이 진정 거룩한 신이라면, 이런 살육들이 진정 신이 바라는 일일까.

관광 명소인 예루살렘의 올드시티는 역사적 명소가 많을 뿐 아니라, 상점들과 기념품 가게들도 즐비했다. 사람들이 북적이는 활기찬 골목들이었다. 허름한 식당에 들어가 팔라펠 샌드위치를 시켰다. 요르단에서 즐겨 먹었던 팔라펠이었다. 홈무스를 듬뿍 넣어달라고 했다. 그리고 현지에서 꼭 맛보라는 싱싱한 석류즙을 짜서 만든 석류 주스를 손에 들고, 기념품을 찾아 나섰다.

나는 해외를 다녀올 때면 냉장고에 붙이는 마그넷을 나라 또는 도시마다 하나씩 기념품으로 사 온다. 작고 소박한 기념품이지만 나에겐 의미가 있다. 뭔가 스스로에게 주는 명예훈장 같은 느낌이다. 혹시 이곳에도 팔레스타인과 연관된 기념품이 있으려나 했는데, 의외로 많았다. 그중 뾰족한 창끝 모양의 국가 영토를 본뜬 틀을 가로지르며 '팔레스타인'이라고 적힌 기념품이 마음에 들어 집어 들었다. 그런데 바로 그 옆에는 완전히 똑같은 모양인데 가로지르는 단어는 '이스라엘'이었다. 기념품에서도 같은 영토를 두고 하나는 이스라엘, 하나는 팔레스타인을 외치고 있었다.

독도와 동해가 떠올랐다. 우리나라의 독도와 동해를 두고, 다케시마와 일본해로 적힌 지도를 보면 감정이 끓어오르는 건 이 영토 분쟁의 당사자이기 때문일 것이다. 영토에 대한 분쟁은 결코 쉬운 일이 아니다. 독도와 동해는 국가의 자존심과 영해권을 둘러싼 논쟁이지만 그나마 사람이 살지는 않는 곳인데, 이곳은 사람이 뿌리내린 곳의 영토이다. 독도 문제보다 더 복잡하고 유구한 역사의 얽히고설킨 관계 속에서 국제적 힘과 정치, 경제적 요인을 바탕으로 자신의 땅이라 주장하며 한쪽을 몰아내고 있다. 몰살하고 있다고 해도 과언이 아닐 만한 일들을 자행하는 배경에는 종교를 중심으로 한 일그러진 역사가 있다. 뺏고, 빼앗기고, 빼앗긴 땅을 되찾으며 다시 뺏기를 잔혹하게 반복하는 광기와 살육과 피 비린내의 역사가 오싹하게 느껴졌다. 역사라는 그 카르마가 무겁게 그리고 무섭게 현재를 지배하고 있음을 느낀다.

통곡의 벽 앞에 섰다. 로마에 의해 무너져 내리고 남아 있는 성벽과 그 너머로 없어진 유대 사원 터 위로 자리 잡은 이슬람의 바위의 돔 사원과 알아크사 사원이 보인다. 유대인들이 햇볕이 쨍쨍한 여름날에도 불구하고 검정 슈트와 검정 모자를 쓰고 벽 앞에서 기도를 외고 있다. 관광객들은 벽을 배경으로 사진을 찍기도 하고, 이 명소를 체험하기 위해 유대교의 모자인 카파를 빌려 쓰고 벽을 만져보기도 했다. 소원과 염원을 담은 쪽지를 커다란 돌 블록 사이의 틈으로 밀어넣기도 했다.

이들은 어떤 염원을 적고 있을까. 개인적인 성공, 사랑, 건강? 아니면 보다 넓게 집단과 사회의 번영과 기원? 아니면 더 크게 인류 공영과 세계 평화? 통곡의 벽에서 통곡을 원하는 사람은 없을 것인데, 통곡의 벽은 2천 년이 지난 지금 더 넓게 더 길게 세워지고 있는 것은 아닐까. 두껍고 높은 현시대의 통곡의 벽으로 매주 향하는 가자 지구의 사람들이 떠올랐다. 잔학한 총탄에 찢기고 터져 나간 맨손의 환자들이 떠올랐다. 잔인한 카르마가 반복될 것인가. 상생의 카르마로 돌아설 수는 없는 것인가. 통곡의 벽 앞에서 과거를 그려보다 현재를 바라본다. 그리고 미래를 생각해본다. 언제인가 어머니가 들려준 영문 격언이 떠올랐다.

"The past is in your head, the future is in your hand."

긴 호흡

국경없는의사회 활동을 하면서 좋은 분들을 참 많이 만납니다. 활동가, 사무소 직원, 현지 직원의 많은 팀원들뿐 아니라, 응원과 격려를 보내주시는 분들, 관심을 갖고 지지해주시는 분들이 있어 더욱 힘이 나고 행복합니다.

국내에 개발협력 또는 인도주의의 국제보건의료 분야에서 앞서 활동하시는 여러 선생님들로부터 긍정적인 자극을 받으며 배웁니다. 그분들 중, 국경없는의사회 활동가 김나연 선생님은 제게 있어 많은 걸 배우고 싶은 선배이자 일상을 이야기하고 고민을 털어놓고 상담 받고 싶은 푸근한 누님입니다. 조언이 목마를 때 경험과 지식에서 우러나는 한마디로 격려가 되는 멘토 같은 분입니다. 첫 파견을 앞두고, 선생님과 여러 이야기를 나누다가 문득 한마디가 제 마음 깊이 들어왔습니다. 그 한마디는 '긴 호흡'이었습니다.

그 말은 길게 보고 넓게 보며 꾸준히 나아가려는 노력을 게을리 하지 말라는 의미로 제게 다가왔습니다. '긴 호흡'은 '하쿠나 마타타', '모든 것은 잘될 거야' 같은 북돋는 긍정의 말보다는 좀 더 진중하고, '인간만사 새옹지마' 또는 '이것 또한 지나가리라' 같은 초탈한 말보다는 살아 있는 고민을 담아내는 온도를 지닌 말이라 생각합니다. 빠른 호흡으로 그때그때 일을 잘 처리하고 시간별로 착착 진행시키려는 노력이 중요할 때도 있지만, '긴 호흡'으로 넓고 깊게 보려는 노력이 필요할 때도 있습니다. '긴 호흡'은 국경없는의사회 활동을 준비하거나 앞두고 있을 때도, 파견 현장에서도 그리고 일상에서도 제게 안정과 의지를 주었습니다.

일상과 이상 사이의 균형은 쉽지 않은 것 같습니다. 국제 인도주의 활동에 관심이 있다면, 마음 한편에는 더 넓은 세상에서 가슴 뛰는 일을 하고, 국제적인 팀원들과의 만남과 새로운 지역에서의 경험으로 삶의 깊이를 더하며, 절실히 필요한 곳에 따뜻한 도움을 전달하고 생명을 살리는 보람찬 일에 동참하고 싶은 이상도 있을 것입니다. 하지만, 현장에서의 활동에 관심이 있어도 그 곳으로 가는 건 쉽게 결정할 수 있는 일은 아닌 것 같습니다. 배움이 진행 중이거나 가정을 꾸려나가야 하고, 안정적인 직장과 그 안에서 발전하는 경력도 중요하고, 경제적인 면에서 수입도 필요하고, 노후에 대한 대비도 해야 합니다. 어느 하나 소홀히 할 수 없는 중요한 일상입니다.

인도주의 구호활동은 일상에서도 후원을 비롯한 여러 활동으로 동

글을 맺으며

참할 수 있습니다. 우리의 시민운동은 보다 나은 세상을 위한 작은 목소리가 모여 커다란 흐름을 개선하려는 노력입니다. 그리고 이런 바탕 속에서, 보다 적극적으로 가슴 뛰는 현장을 향해 다음 출발을 준비하는 분들도 있으리라 생각합니다. 언젠간 함께하고자 하는 마음이 있다면, '긴 호흡'으로 준비하고 일상을 지내다가 어느 시점 마음에 봄꽃 같은 바람이 불 때는 너무 망설이지 마시기 바랍니다. 크게 숨 한번 들이쉬고 힘껏 뛰어 건너오셨으면 합니다. 저도 이제 시작입니다만, 세계 곳곳의 열악하고 절박한 현장에 관심을 보이고 때로는 적극적으로 참여하며, 직간접으로 우애를 나누고 함께 고민하고 크고 작게 실천해가면, 성별과 나이, 인종, 종교를 넘어 함께 성장하고 더 깊게 성숙해 가리라 믿습니다.